KB187322

만주망명과 가사문학 자료

고순희 저

박문사

　내가 가사문학과 씨름하기 시작한 지 어언 29년이 흘렀다. 나는 그 동안 박사학위논문을 포함하여 가사문학 관련 논문을 적지 않게 써냈다. 하지만 나는 늘 나의 논문에 성이 차지 않았다. 나의 논문이 자료 조사가 적당한 선에서 머물렀고, 깊이 있는 천착도 미진했으며, 문학사에 대한 통찰도 부족하여 알량하고 변변치 못하다는 생각을 떨쳐버릴 수 없었다. 그러기에 학회지에서 좋은 논문을 발견하면 경건한 마음이 들기도 하고, 학회장에서 논지전개가 치밀하고 깊이 있는 논문의 발표를 듣고 등골이 오싹해진 적도 한 두 번이 아니었다. 언제쯤이면 나도 호흡이 길고 통찰이 깊은 좋은 논문을 써낼 수 있을까가 나의 학문적 화두가 된 지 오래되었다. 그러나 나는 여전히 이 화두에서 벗어나지 못하고 있다. 이런 와중에 공론의 장에서든 사적인 수다의 장에서든 교수의 연구 성과가 질적 평가로 이루어져야 한다는 주장을 들으면 고개를 끄덕이면서도 속으로는 뜨끔해하곤 했다.

　이 책은 나의 첫 번째 연구 저서이다. 교재용 도서나 공저가 몇 권 나온 적은 있지만, 나의 단독 연구 저서는 이번이 처음이어서 감회가 남다르다. 1985년 박사학위과정에 들어와 가사문학을 전공한 지 29년만의, 그리고 1995년 가사문학 전공자로서 교수가 된 지 19년만의 일이다. 이제서야 오롯한 나의 연구 저서를 낸 것은 나의 논문에 대한 부끄러움을 과감히 떨치자고 용기를 낸 결과이다. 나이를 먹는다는 것은 한 편으로 좋은 점도 있는 것 같다. 나에게 주어진 분수를 인정하면 때론 무한긍정의 힘이 솟기도 하기 때문이다. 그래도 부끄러움은 남지만 나의 분수대로 일구어 온 그 간의 논문을 한 권의 책으로 내기로 했다.

나는 한 편의 논문을 꾸릴 때마다 내가 주제와 관련한 가사 작품이나 이본을 다 섭렵하지 못하고 쓰는 것은 아닌지 뒤가 늘 찜찜했다. 가사문학 자료를 차근차근 읽어야겠다는 것은 마음뿐이었고, 엄두가 나지 않을 정도로 많은 가사 자료의 양에 기가 질려 있었다. 10여년 전쯤인가 시간이 나는 대로 필사본 자료를 읽기 시작했다. 자료 읽기의 제일 큰 문제는 악필의 필사본에 있었다. 그러나 가사 자료에서 읽지 않은 작품이 있다면 결국 이 악필의 필사본이었기 때문에 이것들을 반드시 읽어내야만 했다. 악필의 필사본은 대부분 무명씨작 규방가사였다. 서로 비슷비슷하여 전체 내용을 파악하기도 전에 읽기를 포기하고 싶은 필사본들도 많았다. 한 두 구절에서 분명히 새로운 내용성을 지닌 것으로 파악되는 작품이 있어도, 악필이었기 때문에 전체 내용을 파악하는 데 시간이 많이 걸렸다. 품은 많이 드는데 별다른 성과가 없어서 초초한 마음이 쌓여만 갔다. 그런데 다행스럽게도 차츰 의미 있는 몇 가지 유형이 설정되었다. 그리하여 그 이후에는 설정된 몇 가지 유형에 집중하여 이본까지 찾아내는 일에 몰두하게 되었다. 만주망명과 가사문학은 이러한 작업의 결과 얻어진 주제이다.

이 책에서 다루고 있는 '만주망명과 가사문학'은 내가 가장 최근에 몰두해서 연구한 주제이다. 이 주제를 연구하면서 일제강점기에 우리 민족의 독립운동이 얼마나 치열했는지, 그리고 유림의 역할과 희생이 얼마나 숭고했는지 자세히 알게 되었다. 유림문중의 역사적 의미를 깨닫게 된 것은 이 주제를 연구하면서 얻은 큰 소득이라고 할 수 있다. 연구 과정에서 작가 추정의 단서가 작품 내용에 들어 있는 경우 작가를 추적하기 위해, 혹은 자세한 작가의 생애를 재구하기 위해 독립운동가 후손을 만나보기도 했다. 그 분들 중〈위모사〉를 쓴 작가 이호성의 후손들도 있었다. 그 때 작가의 장손이 대구에 살고 계셔서 만나 뵈었는데, 당시 그 분으로부터 일제에 의해 감금되고 투옥된 기록이 없는 경우 독립운동 사실이 입증되기 어려워 부친이신 김문식씨가 독립운동가로 추서되지는 못했다는 이야기를 들은 적이 있다. 그런데 이후 2013년에 이호성의 남편인 김문식씨에 대한 독립운동가 추서 작업이 다시 진행되었다. 이때 나는〈위모사〉의 연구자로서 기꺼이 김문식씨의 독립운동가 추서에 도움이 되는 서면의견서를 제출한 바 있다. 나의 연구가 늦게나마 김문식씨를 독립운동가로 추서하고자 하는 데에 도움을 준 것 같아 보람을 느꼈다.

그 동안 발표했던 연구 논문을 모아『만주망명과 가사문학 연구』로 엮었다. '만주망명과 가사문학'에는 크게 두 가지 유형이 있다. 하나는 '만주망명가사'이며, 하나는 '만주망명인을 둔 고국인의 가사'이다. 전자는 독립운동을 위해 만주로 망명한 작가가 만주에서 창작한 가사 유형이며, 후자는 남편, 아들, 부친 등의 만주망명 독립운동가를 둔 작가가 고국에서 쓴 가사 유형이다. 이 책에서는 두 유형의 개별 작품론을 1부에, 그리고 유형론을 2부에 실었다.

두 유형의 가사 자료들은 『만주망명과 가사문학 자료』로 엮었다. 이 책에서는 1부에 '만주망명가사' 자료를, 2부에 '만주망명인을 둔 고국인의 가사' 자료를 실었다. 여기에 실린 자료의 원텍스트는 필사본과 활자본 두 종류가 있었는데, 이 책에서는 모든 자료를 DB화하여 활자본으로 실었다. 자료집이기 때문에 필사본을 그대로 영인하여 엮는 방법도 생각해보았다. 그런데 상당수 필사본이 읽기가 쉽지 않은 악필인 경우가 많아 그대로 영인해 싣는 것이 무책임할 수 있겠다 싶었다. 필사본을 정확하게 읽고 활자화해서 싣는 것이 관련 연구자에게 더 효용성이 있을 것이라고 판단했다. 악필의 필사본인 경우 흐릿하거나 잘 읽히지 않는 부분은 이본 간의 대조를 통해 어느 정도는 읽을 수 있게 되었다. 필사본의 출전을 정확하게 기록했으므로 관련 연구자는 미진한 부분이 있다면 직접 찾아보고 보완할 수 있을 것이다. 원텍스트를 읽으면서 오자나 탈자가 분명한 부분들이 많이 있었지만 원텍스트를 존중하여 수정하지 않고 그대로 실었다. 그리고 개별 가사 작품의 이본을 모두 싣고 이본명을 붙였는데, 유일본의 경우에도 다른 이본의 발견을 기대하며 이본명을 붙여놓았다.

처음 '만주망명가사'와 '만주망명인을 둔 고국인의 가사'가 각각하나의 유형으로 설정될 수 있을 거라는 확신을 가진 날의 기억이 떠오른다. 그 날 나는 방금 읽은 필사본이 만주망명가사로 드러나자, 이제 하나의 유형을 설정할 수 있겠구나 하는 생각에 뛸 듯이 기뻤다. 곧바로 나는 옆 방 연구실로 달려갔다. 동료교수인 어학 전공 박영준교수는 만주망명가사에 대해 흥분해서 말을 늘어놓는 나를 뜬금없어 하면서도 인내심 있게 바라봐 주었다. 지금 이 기억이 새로운데, 가슴 한 구석이 스산하다. 그런 박영준교수가 이제 이 세상 사람이 아니기 때문이다. 박영준교수가 이 책의 출간을 하늘에서 보고 기뻐해주면 좋겠다.

　이 두 책의 완성에 도움을 주신 분들께 감사의 말씀을 드리지 않을 수 없다. 우선 〈위모사〉를 쓴 작가의 장손이신 김시조선생님, 〈눈물 뿌린 이별가〉를 쓴 작가의 손자이신 권대근선생님, 〈감회가〉와 〈별한가〉를 쓴 작가의 손자이신 이규석전총장님과 종손부이신 유귀옥여사님께 감사의 말씀을 드린다. 귀한 시간을 내주시어 작가에 대한 이야기를 해주셨으며, 지니고 계신 소중한 자료를 선뜻 제공해주시기도 했다. 그리고 작가 후손과의 연결이나 자료 수집에 도움을 주신 안동독립운동기념관의 강윤정선생님, 내앞마을에 사시는 김시중선생님, 한국국학진흥원의 권대인선생님께도 감사의 말씀을 드린다. 절판된 자료나 희귀본 자료의 요청에 흔쾌히 응하시고 복사해서 보내주신 도서관과 각 지방 문화원 관계자분께도 감사의 말씀을 드린다. 이 모든 분들의 도움이 없었다면 나의 연구는 불가능했을 것이다.

이 자리를 빌어 필사본 DB 작업의 일차 입력을 도와준 김복희, 김승남, 박홍식, 박가율, 이현정 학생에게도 감사의 말을 하고 싶다. 학업 중에도 시간을 내어 생전 처음 보는 필사본을 읽고 입력해야 하는 고충을 감내한 노고가 대단했다.

끝으로 책의 출판을 권유해주신 박문사의 권석동이사님께 감사의 말씀을 드린다. 이사님의 끈질긴 출판 권유가 없었더라면 아마이 책은 한참 뒤에나 출간되었을 것이다. 그리고 까다로운 편집에 수고를 아끼지 않으신 최인노선생님께도 감사의 말씀을 드린다.

일에 치이어 쩔쩔매는 이 엄마를 곁에서 의연하게 지켜봐준 나의 아들 길상이에게 이 책을 바친다.

2014년 2월 17일
새로 정착한 연구실에서
고 순 희

만주망명과 가사문학 자료

제1부

만주망명가사

만주망명과 가사문학 자료

제1장

분통가

01 김용직본

「분통가·분통가의 의미와 의식」(김용직, 『한국학보』 5권2호, 일지사, 1979, 204-225면)에 실려 있는 활자본이다. 〈憤痛歌〉(204~213면)를 신자료로 싣고, 이어서 「분통가의 의미와 의식」(213~225면)에서 작가와 작품세계를 설명했다. 『국역 백하일기』(안동독립운동기념관 편, 경인문화사, 2011, 402~421면)에 실려 있는 〈憤痛歌〉도 같은 것이다. 『국역 백하일기』는 가사 작품에 대한 解譯(413~424면)도 싣고 있어 한자투성이의 가사 내용을 파악하는데 도움을 받을 수 있다.

그런데 이 두 활자본은 고려대학교 중앙도서관에 소장되어 있는 필사본 『癸丑錄』의 〈憤痛歌 분통가〉(44~54면)와 한 자도 틀리지 않아 이 필사본을 저본으로 하고 있음이 확인된다. 그러나 이본의 명칭은 이 가사가 김용직에 의해 처음으로 소개된 점을 존중하여 김용직본이라 명명했다.

여기에서는 고려대학교 중앙도서관 소장 필사본 〈憤痛歌 분통가〉를 옮겨 기록했다. 필사본 〈憤痛歌 분통가〉는 국한문 혼용체이며 상하 2단 귀글체 방식으로 기재되었다. 상단에 귀글체로 4음보를 기재하고, 이어 하단에 귀글체로 4음보를 기재하여 좌측으로 계속 이어나갔다. 필사본 텍스트의 행 구분을 그대로 옮겨 싣되, 1음보 단위로 띄어쓰기를 하고 1음보 내의 띄어쓰기는 하지 않았다.

김대락은 〈분통가〉를 지은 바로 다음날(1913년 6월 5일 : 음력)에 〈憤痛歌後識〉를 기록해두었다. 『국역 백하일기』(425~426면)의 번역과 원문을 소개하면 다음과 같다.

노래라는 것은 시의 일종이다. 그러므로 군신이 서로 화합하던 밝은 시대에는 賡載歌[1]나 南熏의 詩[2]를 노래하고 流離하고 어지러운 세상에는 黍離[3]나 採薇의 노래[4]를 부르게 된다. 이것은 만난 때가 그래서 사람의 성정을 감발한 나머지로, 이 또한 내용은 같으나 형식이 다른 것이다. 이것이 내가 오늘 분통가를 짓는 까닭이다. 그래서 郊廟[5]에 모이는 시는 온화하며 장엄하고, 征婦의 한스러워하는 노래는

---

1 갱재가 : 순임금이 신하를 권면하는 뜻의 노래를 부른 데에 대하여 皐陶가 임금을 권면하는 뜻으로 화답한 노래이다.
2 남훈의 시 : 虞舜이 오현금을 타며 불렀다는 노래이다. 태평한 시대를 상징하는 노래이다.
3 서리 : 『시경』「王風」의 편명이다. 東周의 大夫가 行役을 나가는 길에 이미 멸망한 西周의 옛 도읍인 호경을 지나다가 옛 궁실과 종묘가 폐허로 변한 채 메기장과 잡초만이 우거진 것을 보고 비감에 젖어 탄식하며 부른 노래이다.
4 채미의 노래 : 백이와 숙제가 수양산에 들어가 고사리를 캐 먹다가 죽음에 임박하여 부른 노래이다.
5 교묘 : 교는 하늘에 제사 지내는 것을 말하며, 묘는 조상을 모신 곳이다. 천제단과 태묘, 또는 사직과 종묘를 이른다.

슬퍼 마음을 상하게 하니, 이것은 다 쇠망한 세상의 뜻이므로, 갱재가나 남훈 시의 풍에서는 거의 찾아볼 수가 없다.

　내가 사변 이후부터 사방에서 호구를 하며 혹 시로 분노하고 한탄하는 마음을 서술하고 혹은 노래로 우울하고 답답한 기운을 풀었는데, 이것이 이른바 '長歌가 통곡보다 더하다는 것'이다. 그러나 가지도 없고 마디도 없이 다만 천하고 속된 소리를 하는데 불과하니, 버려두어서 휴지나 되게 하든지 단지의 속덮개[6]로나 쓰려 하였다. 그런데 우연히 珍珠(晉州)의 벗 尹相佑의 눈에 띄게 되었다. 이 때문에 종이에 써달라고 하며 두고 볼 거리를 삼겠다고 하였다. 그 역시 품은 마음이 있는 사람이라, 이미 심한 농담이라고 하여 덮기 어렵게 되었다. 그래서 마침내 이것을 써주고 기록해둔다. 이는 소리와 기운이 같은 처지이기 때문이다.

歌者 詩之流也 是以都俞明良之時 則爲賡載歌 南熏之詩 流離板蕩之世 則爲黍離詩 採微之歌 蓋所遇時然 而感發人性情之餘者 直亦同操而異貫 是余今日所爲憤痛歌之所以作也 是以郊廟會同之詩 則和而莊 征婦怨恨之歌 則哀而傷 是皆衰世之意 而賡載南熏之風 幾無所尋逐矣 余自事變之後 糊口四方 或以詩而叙其憤惋之懷 或以歌而暢其堙鬱之氣 是所謂長歌甚於痛哭也 然無柯無節 止不過爲謳啞下俚之音 置之爲休納覆瓿之資矣 偶爲珍珠友人尹相佑之所矚 因以紙請書要作姿覽之案 其亦所懷人也 旣不得爲極弄自護之計 遂書此而志夫聲氣所同之地云也爾

6　覆瓿(부부) : 자기의 저술을 겸칭하는 말이다.

〈憤痛歌(분통가)〉

우슙고도 분통ᄒ다 無國之民 되단말가
우슙고도 憤痛하다 離親去國 ᄒ단말가
憤痛한일 許多하나 니릴더욱 憤痛하다
二氣五行 聚精하샤 父母님쩨 禀受할졔
萬物中에 秀出하니 그안니 貴重한가
四民中에 션비되니 그안니 多幸한가
孝悌忠信 根柢샴고 仁義禮智 坯樸이라
禮義東方 옛딥이셔 靑氈世業 구어보니
四書六經 기동삼아 詩賦表策 工夫로다
時來運到 됴흔바람 事君之路 열예거던
史魚董狐 부슬비러 史局諫院 드러셔셔
北寺黃門 두다리고 小人놈을 버혀닌야
太祖大王 帶礪之盟 萬億年을 期約하고
太平聖主 만나거던 日月山龍 繡를노코
世上이 板蕩커던 死於王事 하쟈던니
庚戌年 七月變故 꿈일넌가 참일넌가
칼도槍도 못쎠보고 이地境이 되단말가
二十八世 宗廟陵寢 香火祭享 뉘할넌고
三千里內 祖宗疆土 犬羊차디 되단말가
二千萬人 痛哭소리 졋줄노은 아히로다
天地가 문어진덧 日月이 晦彩한덧
五百年을 休養하신 우리先王 餘蔭으로

家庭에서 익언見聞 朋友까지 講論하던
忠孝義烈 녯글字를 간입샤에 썩여노코
敎育하고 發達하야 禮樂文物 보쟈던니
事業은 蹉跎하고 歲月은 如流로다
할이라도 故國生活 갈샤록 慣痛하다
轉海回山 하쟈히도 赤手空拳 無奈何오
赴湯蹈火 하쟈히도 運歇命盡 無奈何오
七十年 布衣寒土 죽난것도 分外事라
貫金쥬고 그슬가졔 祖上祭享 하단말가
屋貫쥬고 基貫쥬고 그터젼에 샤단말가
砒霜갓튼 恩賜金을 財物이라 밧단말가
실갓히도 國服이라 그國服을 입단말가
毒蛇갓튼 그모양을 아츰졔역 디탄말가
鬼蜮갓튼 그人物를 이웃갓치 샤단말가
길싹가라 길짐져라 雷霆갓튼 號令소리
金玉갓튼 우리民族 져의奴隷 되단말가
龍鳳갓튼 堂堂士夫 져게壓制 밧단말가
哀殘하고 慣痛하다 그거둥을 엇디보리
속졀업시 싱각ᄒᆞ니 檀公上策 一走字라
南走越에 北走胡에 四面八方 살펴보니
그리히도 난은곳디 長白山下 西間島라
檀祖當年 開國處오 句麗太祖 創業地라
決定하고 斷定하야 勇往直前 하쟈할졔

19

八世邱隴 香火所랄 弟姪의게 付託하고

冬溫夏涼 好家舍를 헌신갓치 버려노코

南田北畓 祖先世業 紙貨한쥼 바다너코

九十當年 猶父兄을 열쥴걸로 하직ᄒ고

白首之年 왜낫동싱 生離死別 쩟처노코

梁山令公 處義할제 샨鬼神을 치하하고

李司諫의 붐을바다 우슘으로 됴샹하고

李侍郞과 李上舍난 열걸句로 薤歌하고

至情切戚 다더디고 越獄逃亡 하덧하니

淚水가 압흘막가 白日이 無光이라

洞口박글 쩌나올졔 머리둘너 다시보니

山川이 어두은덧 草木이 슬피한덧

아무려도 싱각ᄒ니 가난거시 良策이라

漠漠江天 汾浦거리 再從叔姪 이별하고

칼긋갓치 맘을먹고 활샬것치 압흘셔셔

氣色업시 가난곳디 栗城查頓 門前이라

孫女난 삼익잡고 孫壻난 압흘막가

痛哭하며 怨望ᄒ며 白首尊顔 언졔볼고

木石肝腸 안니거던 子孫之情 업살손가

草木禽獸 안니거던 慈愛之心 업살손가

已發之勢 無奈何라 다시오마 뿔엇치고

七十之年 査兄弟를 城싹귀예 ᄒ딕ᄒ고

어셔가쟈 밧비가쟈 汽車우에 올나션니

千里길이 디척이오 萬事萬念 그만니라
漢陽城門 드려셔셔 古宮室을 울어보니
光化門과 大漢門은 寂寂無人 門닷기고
萬朝百官 朝會길은 黍稷蓬蒿 一望이라
壁돌딥과 電汽燈은 統監府와 外國領事
銃槍들고 橫行하난 輔助員과 日巡査가
白地行人 調査하고 無罪窮民 徵役치니
져승인가 이승인가 이地方이 어디런고
郊廟神靈 업샤신가 이光景이 무샤일고
宣祖大王 中興하신 鐵券勳錄 잇건만은
그子孫과 그百姓이 背國叛卒 되단말가
不幸이 눈귀이셔 보고듯기 憤痛하다

南亨宇딥 作別하고 金箕壽딥 단여나와
力車나려 汽車타고 가난곳디 新義州라
鬱乎蒼蒼 龍灣浦난 宣祖大王 駐蹕處오
우리先祖 勤王ㅎ신 御史行臺 愴感하다
鳳凰城과 吉林省에 從某至某 다다르니
雨萍風絮 根着업시 안는곳디 니딥이라
柳河縣과 通化縣에 上下四方 둘너보니
渾同江과 鴨綠江은 左右로 흘너잇고
太白山과 白頭山은 虎踞龍蟠 摩天ㅎ데
高麗村과 盖牟城은 英雄壯蹟 曠感하다
遼陽城郭 잇건만은 古都人物 어디간고

伯夷叔齊 찻쟈히도 山이놉파 못오을네
魯仲連을 쌀챠히도 바다머러 못갈네라
鄕曲腐儒 拙手分이 射不穿札 어이홀고
七十前程 얼미런고 河水말기 보기손가
하릴업셔 憤鬱홀제 大言張膽 하여보시
吾夫子의 春秋筆로 沐浴請討 하올젹에
宗室大臣 內部大臣 兇逆黨에 大書하고
開門納賊 멧멧놈은 奸黨篇에 실어넛고
皇天后土 昭告하샤 忠逆黨을 剖判흔후
西小門外 處斬當튼 洪在鶴게 再拜하고
海牙談判 피흘이든 李儁氏를 痛哭하고
種樓거리 칼딜흐던 李在明을 賀禮하고
哈爾濱을 바라보고 安重根쎄 酹酒하고
閔永煥딥 더구경과 崔益鉉의 返魂길에
上下千載 둘너보니 古今人物 다할손가
楚漢三國 英傑하나 東國史紀 더욱壯타
江湖廟堂 進退憂난 聖明世도 그럿커든
主辱臣死 하올젹에 烈士忠臣 멧멧친고
句麗치고 倭물이던 金庾信은 上座안고
草檄黃巢 崔致遠은 中國人도 景仰하고
百萬隋兵 鈔滅하던 乙支文德 壯홀시고
唐太宗의 눈쌰쥬턴 安市城主 楊萬春과
猪首峰에 北賊치던 庾黔弼도 招魂흐니

大版城에 刖脛當턴 朴堤上의 忠烈이오
善竹橋上 遇害ㅎ던 圃隱先生 血痕이라
松岳山中 깁흔곳세 杜門洞이 져긔런가
契丹친고 獻俘ㅎ던 姜邯瓚도 가쟈셔라
鵝兒乞奴 殲滅하던 金就礪의 元勳이오
妙淸趙匡 降服맛던 圖形褒賞 金富軾과
女眞치고 拓地하던 吳延龍과 同功爵諡
立碑定界 公儉鎭에 出將入相 尹瓘氏와
七日不食 金慶孫은 十二卒노 蒙古치네
兩國大將 金方慶은 元世祖도 錄勳하네
七人으로 敵萬하는 元沖甲의 膽略보소
紅巾칠디 首倡하던 露布以聞 郭世雲의
鬼勳卓烈 壯커니와 羅麗以上 尙矣로다
壬辰癸巳 中興時代 本朝事蹟 더러보소
天下上將 李舜臣은 龜船이 出沒하고
好男兒의 金應河난 兄도壯코 弟도壯타
六軍大將 權慄氏난 幸州大捷 第一이오
散財募兵 奮義하던 紅衣大將 郭再祐오
自請從軍 鄭起龍은 以小敵衆 能事로다
賜號忠勇 金德齡은 庾死獄中 무샤일고
去鏃放矢 林慶業은 大明에도 忠臣일네
三世忠節 吳邦彦 죽난겻도 榮光이오
遇賊輒殺 鄭鳳壽난 有是兄과 有是弟라

莫非王臣 갓흔義理 僧俗인달 달를손가
都捴攝에 休靜禪師 李提督도 壯타하네
四溟大師 靈圭和尙 忠義壯烈 싹이업네
蠹石樓中 三壯士난 忠魂毅伯 嗚咽水오
瀋陽死節 三學士난 烈日秋霜 凜然하다
罵賊不屈 李夫人은 一門雙節 烈女傳에[7]
抱賊投水 論介事난 娼妓락고 뒤할손가
그난마 忠臣義士 十更僕에 다못할쇠
父老相傳 世守之論 所見所聞 잇건만언
三百州郡 二千萬中 一人抗敵 업단말가
初遇再遇 三遇如常 薄物細故 보덧하니
太廟門前 厭冠痛哭 痛哭하고 두단말가
샤라셔도 죽은디라 그릇탁고 참쥭으랴
否往泰來 理數잇고 人衆勝天 옛그리라
大冬風雪 枯死木도 그가디예 꼿치피고
火炎崑岡 다타셔도 玉도나고 돌도나네
太平基礎 困難이오 우룸긋혜 우숨이라
嘗膽으로 軍糧하고 臥薪자리 들어누어
一死報國 ᄒᆞ쟈ᄒᆞ졔 老少之別 이슬손가
達八十에 呂太公은 創業周室 巍巍ᄒᆞ고
極壯其猷 元老方叔 出將入相 거룩하고
矍鑠斯翁 廉將軍은 上馬示其 可用이라

---

7 작품 상단에 다음과 같은 설명이 있다. "夫人卽金德齡妻丁酉死節"

七十奇計 范亞父난 楚伯王의 骨鯁일네
圖上方略 金城씰에 趙充國도 老將이오
勿謂儒臣 鬢髮蒼은 復讐志願 陣同甫라
智將福將 다모도여 唾手하고 扼腕하되
靑年子弟 압셔우고 復讐旗랄 놉피들고
關雲將의 偃月刀와 趙子龍의 八枝槍에
陸軍大將 水軍大將 左右로 衝突하니
靑天이 쮜노난덧 白地가 쓸는닷기
魁首잡아 獻馘하고 都統잡아 數罪한이
盤石갓흔 우리帝國 너게贖貢 ᄒ단말가
錦繡江山 닌地方이 너의차디 되단말가
縫掖章甫 三代衣冠 斷髮文身 當탄말가
笙簧鍾鼓 다더디고 曲䥯鉢를 부단말가
社稷宗廟 背叛하고 너게臣服 하단말가
各國其國 區域박에 釁隙업시 쎗단말가
巧譎하고 兇毒ᄒ다 背義渝盟 멧번찌고
雲飜雨覆 이世界예 너긔센달 오일손가
廓淸區宇 하온후에 自由鍾을 울니치며
오던길로 도라셔셔 凱歌하며 춤을추니
二千萬人 歡迎소리 地中人도 起舞한덧
宇宙에 빗치나고 日月이 開朗한덧
英美法德 上等國에 上賓으로 올나안쟈
六大洲와 五大洋에 號令하고 吞壓하니

筐篚玉帛 四時節에 海航山梯 朝貢바다
天地鬼神 祭享하고 太平宴을 排設하샤
大砲씃헤 死節功臣 束草代人 酹酒하고
指揮方略 都元帥 第一等에 勳號하고
忠臣烈士 다모도여 次第로 論功할졔
麒麟閣에 圖形하고 太常旗에 일름쓰니
攻成身退 옛말이라 少年學徒 勸戒ᄒ고
深衣大帶 舊文物로 某水某邱 차쟈가니
父老宗族 情話할졔 風雨戰場 예말이라
海晏河平 熙皥世예 堯舜世界 다시보니
憲法政治 共和政治 時措之義 싸라가며
福을바다 子孫쥬고 德을짝가 百姓쥬고
壽考無疆 安樂太平 참말삼아 두고보세
長歌甚於 慟哭이오 大笑發於 無奈何라
憤痛코도 快活하다 靑年學徒 드러보소
靑春이 더이없고 白髮이 於焉이라
日征月邁 時習하야 人一能之 已百之라
아무려도 雪恥하야 大韓帝國 보고디고

02 가장본

『백하 김대락 선생-추모학술강연회』(안동향교・안동청년유도
회, 2008, 210~225면)에 영인되어 있는 필사본이다. 안동 지역 김대
락 문중에서 전해오는 필사본『癸丑錄』에서 〈憤痛歌〉 부분을 따로
영인해 놓은 것으로 보인다. 그리하여 이본의 명칭을 家藏本이라
명명했다. 국한문 혼용체이며, 줄글체 방식으로 기재되었다. 여기
서는 필사본 텍스트를 그대로 옮겨 싣되, 4음보 단위로 행을 구분
하고 1음보 내 띄어쓰기는 하지 않았다.

〈憤痛歌〉

웃읍고도 憤痛하다 無國之民 되단말가
웃읍고도 憤痛하다 離親去國 되단말가
憤痛할일 許多하나 내일더욱 憤痛하다
二氣五行 聚精하야 父母님께 稟受할제
萬物中에 首出하니 그안이 貴重한가
四民中에 선비되니 그안이 多幸한가
孝悌忠信 根底삼고 仁義禮智 培墣이라
禮義東方 옛집에서 靑氈世業 구어보니
四書六經 기동삼아 詩賦表策 工夫로다
時來運到 좋은바람 事君之路 열리거든
史魚董狐 붓을빌어 史局諫院 들어서서

北寺黃門 두다리고 賣國奸臣 버혀내야
太祖大王 帶礪之盟 億萬年을 期約하고
太平聖主 맞나거든 日月山龍 繡를놓고
世上이 板蕩커든 死於王事 하잣더니
庚戌年 七月變故 꿈이런가 참이런가
칼도창도 몯써보고 이지경이 되단말가
二十八世 宗廟陵寢 香火祭享 뉘할넌고
三千里內 祖宗疆土 犬羊차지 되단말가
二千萬人 痛哭소래 젖줄놓은 아해로다
天地가 문허진듯 日月이 晦彩한듯
五百年을 休養하신 우리先王 餘蔭으로
家庭에서 익은見聞 朋友까지 講論하던
忠孝義烈 네글자를 간닢사이 싹여놓고
아무려도 基業딲아 帝國疆土 찾자하니
三十餘間 祖先第宅 學校中에 付托하고
한푼두푼 義捐金은 社會中에 贊成하고
敎育하고 生聚하야 禮樂文物 보잣더니
事業은 蹉跎하고 歲月은 如流로다
하로라도 故國生活 갈사록 憤痛하다
轉海回山 하자해도 赤手空拳 無奈何오
赴湯蹈火 하자해도 運歇命盡 無奈何오
七十年 布衣寒士 죽는것도 分外事라
萬金주고 그술갖어 祖上祭享 하단말가

屋賣주고 基賣주고 그터전에 사단말가
비상같은 恩賜金을 財物이라 받단말가
실같해도 國服이라 그國服을 입단말가
毒蛇같은 그貌樣을 아츰저녁 對탄말가
鬼蜮같은 그人物을 이웃같이 사단말가
길닭아라 길짐저라 雷霆같은 號令소래
金玉같은 우리民族 제게奴隷 되단말가
龍鳳같은 堂堂士夫 제게壓制 받단말가
哀殘하고 憤痛하다 그거동을 얻지보리
속절없이 생각하니 檀公上策 一走字라
南走越과 北走胡에 四面八方 삷여보니
그러해도 낳은곳이 長白山下 西間島라
檀祖當年 開國處오 句麗太祖 創業地라
決定하고 斷定하야 勇往直前 하자할제
八世邱隴 香火所를 弟姪에게 付托하고
冬溫夏凉 好家舍를 헌신같이 버려놓고
南田北畓 祖先遺業 紙貨한줌 받아넣고
九十當年 猶父兄을 열줄글로 하직하고
梁山令監 處義할때 산鬼神을 치하하고
李司諫의 訃을받아 웃음으로 弔喪하고
李侍郎과 李上舍는 열글구로 獻歌하고
至情切戚 다던지고 越獄逃亡 하덧하니
淚水가 앞을막아 白日이 無光이라

29

洞口밖을 떠나올제 머리돌려 다시보니
草木이 슯어한듯 山川이 暗黑한듯
아모려도 생각하니 가난것이 上策이라
漠漠江天 汾浦거리 再從叔姪 離別하고
칼끝같이 맘을먹고 활살같이 앞을서서
氣色없이 가난곳이 栗城査頓 門前이라
孫女난 삼아잡고 孫壻난 앞을막아
痛哭하며 怨望하며 白首尊顔 언제볼고
木石肝腸 안이거든 子孫之情 없을손가
草木禽獸 안이어든 慈愛之心 없을손가
已發之勢 無奈何라 다시오마 뿌리치고
七十之年 査兄弟를 城깍휘에 하직하고
어서가자 밥이가자 火車우에 올나서니
千里길이 咫尺이오 萬事萬念 그만이라
漢陽城門 들어서서 古宮室을 우러보니
光化門과 大韓門은 寂寂無人 門닫기고
滿朝百官 朝會길은 黍稷蓬蒿 一望이라
벽돌집과 電氣燈은 統監府와 外國領事
銃鎗집고 橫行하는 輔助員과 日巡査가
白地行人 調査하고 無罪國民 虐殺하니
져승인가 이승인가 이地方이 어듸런고
高廟神靈 없아신가 이光景이 무산일고
宣祖大王 中興하신 鐵券勳錄 있것만은

그子孫과 그百姓이 背國反卒 되단말가
不幸히 눈귀있어 보고듯기 憤痛하다
南亨佑집 作別하고 金箕壽집 단여나와
力車나려 汽車타고 가난곳이 新義州라
鬱乎蒼蒼 龍灣浦는 宣祖大王 住蹕處오
우리先祖 勤王하신 御史行臺 愴感하다
十餘家族 거나리고 鴨江祭氷 건너서서
咸京省과 吉林省에 從某至某 다다르니
風絮雨萍 根着없이 앉는곳이 내집이라
通化縣과 柳河縣에 上下四方 둘러보니
鴨綠江과 渾豬江은 左右로 둘러있고
太白山 小白山은 虎踞龍蟠 摩天한대
高麗墓와 渤海城은 英雄壯蹟 曠感하다
遼陽城郭 있것만은 故都人物 어듸간고
伯夷叔齊 찾자해도 山이높아 몯올을네
魯仲連을 딸차해도 바다멀어 몯갈너라
鄕曲腐儒 拙手分애 射不穿札 어이할고
七十前程 얼마런고 河水맑기 보갯소냐
할일없이 憤鬱할제 大言壯談 하여보새
吾夫子의 春秋筆로 沐浴請討 하올적에
宗室大臣 內閣大臣 兇逆黨에 大書하고
開門納賊 몇몇놈은 奸黨偏에 쓸어넣고
皇天后土 昭告하고 忠逆黨을 剖判한後

西小門外 處斬當턴 洪在鶴께 再拜하고
海牙談判 피흘리든 李俊이를 痛哭하고
種樓거리 칼질하던 李在明을 賀禮하고
哈爾濱을 바라보고 安重根을 獻文한後
閔永煥집 대구경과 崔益鉉의 返魂길에
上下千載 둘러보니 今古人物 다할손가
楚漢三國 英傑하나 東國史紀 더욱壯타
江湖廟堂 進退憂는 聖明世도 그렇거든
主辱臣死 하올젹에 烈士忠臣 몇몇인고
句麗치고 倭물리는 金庾信은 上座앉고
草橇黃巢 崔致遠은 中國人도 敬仰하고
百萬隋兵 抄滅하던 乙支文德 壯할시고
李世民의 눈까주턴 安市城主 楊萬春과
猪首峰에 北狄치든 庚黔弼도 招魂하고
大版城의 惡刑當턴 朴堤上은 웃고들고
潘竹橋上 遇害하신 圃隱先生 血痕이라
松岳山中 깊은곳이 杜門洞이 져긔런가
契丹치고 獻酌하던 姜邯鄲도 가자서라
鵝兒乞奴 殲馘하던 金就礪께 獻酌하고
묘청조광 降服받든 도형포상 金富軾과
女眞치고 拓地하던 吳延龍은 爵諡하고
七日不食 十二卒로 蒙古치든 金慶孫과
兩國大將 金慶方은 元世祖도 勳錄하네

七人으로 격마하던 元冲甲의 壯膽이오
紅巾칠때 首劍하던 노포이문 郭世雲과
壬辰癸巳 中興名將 本朝人物 더욱 壯타
天下上將 李舜臣은 龜船이 出沒하고
好男兒의 金應河는 兄도장코 弟도장타
幸州大捷 權慄이는 奇壯하고 勇敢하다
散財募兵 奮義하던 紅衣大將 郭再祐오
自請從軍 鄭起龍은 以小擊衆 能事로다
賜號忠勇 金德齡은 庚死獄中 무산일고
去鏃放矢 林慶業은 大明에도 忠臣이오
遇賊輒殺 鄭봉수는 有是兄과 有是弟라
莫非王臣 같은 義理 僧俗인들 달을손가
○惚攝과 休靜禪師 李提督도 欽慕하고
四溟大師 靈圭和尙 忠義壯烈 凜凜하다
矗石樓中 三壯士난 忠魂義伯 嗚咽水오
瀋陽死節 三學士난 烈日秋霜 凜然하다
罵賊不屈 李夫人은 一門雙節 烈女傳에
抱賊溺死 論介事는 娼妓라고 뒤할손가
그남아 忠臣義士 十更僕에 다몯할쇠
부로장전 세수지포 所見所聞 있것만은
三百州郡 二千萬家 一人抗敵 없단말가
太廟門前 厭冠痛哭 痛哭하고 두단말가
再遇小無 三遇如常 薄物細故 보덧하니

살아서도 죽은지라 그렇다고 참죽으랴
否往泰來 理數있고 人衆勝天 옛말이라
大冬風雪 枯死木에 그가지에 꽃이피고
火炎崑岡 다타서도 玉도나고 돌도나네
太平基礎 困難이오 울음끝에 웃음이라
達八十에 姜太公은 創業周室 이이하고
七十奇計 范亞夫는 楚覇王의 骨鯁之臣
極壯其猷 元老方叔 矍鑠斯翁 廉將軍과
도上方略 금성길에 趙充國도 老將이오
勿謂儒臣 鬢髮蒼은 復讐之願 陣同甫라
老當益○ 窮益堅에 늙다말고 하여보세
靑年子弟 압서우고 復讐旗를 높이들고
關雲將의 偃月刀의 趙子龍의 八枝槍에
陸軍大將 水軍大將 左右로 衝突하야
魁首잡아 獻馘하고 俘擄잡아 ○○할제
靑天이 뛰노난듯 白地가 끌는닷이
盤石같은 우리帝國 네게屬貢 하단말가
錦繡같은 내地方이 너의차지 되단말가
縫掖章甫 三代衣冠 斷髮文身 當탄말가
笙簧鍾鼓 다버리고 曲糱鉢이 무산일고
社稷宗廟 背叛하고 네게臣服 하단말가
各國其國 區域밖에 釁隙없어 뺏단말가
巧謠하고 兇毒하다 背義渝盟 몇번재고

雲飜雨覆 이世界예 너의겐달 오랠손야
廓淸區宇 하온後에 自由鍾을 울려치니
二千萬人 歡呼소래 地中人도 起舞하네
宇宙에 빛이나고 日月이 ○朗한듯
英美法德 上等國에 上賓으로 올나앉아
六大洲와 五大洋에 號令하고 威壓하니
筐篚玉帛 四時節에 海航山梯 朝貢받아
天地鬼神 祭享하고 ○業壯士 酌酒하고
成功者退 녯말이라 少年學校 勸勉하고
深衣大帶 舊文物로 某水某邱 찾아가니
父老宗族 慶賀할제 風雨戰場 녯말이라
海晏河平 하온後에 堯舜世界 다시보아
憲法政治 共和政治 時措之義 딸아가며
福을받아 子孫주고 德을딲아 百姓주고
壽考無彊 安樂太平 참말삼아 두고보세
長歌甚於 痛哭이오 大笑發於 無奈何라
憤痛하고 快活하다 靑年學徒 들어보소
靑春이 덧이없고 白髮이 於焉이라
日征月邁 時習하야 人一能之 已百之라
아무려도 成就하야 大韓帝國 보고지고

03 활자본

『백하 김대락 선생-추모학술강연회』(안동향교·안동청년유도
회, 2008, 59~66면)에 실려 있는 활자본이다. 안동 지역 김대락 문
중에서 전해오는 필사본을 알기 쉽게 현대어로 고쳐 활자화한 것
이다. 가장본과 같은 책에 실렸지만 그 字句는 오히려 김용직본에
가깝다. 국한문 혼용체로, 4음보 단위로 행을 구분하여 기재했다.
여기서는 활자본 텍스트의 띄어쓰기와 행 구분을 그대로 옮겨 적
었다.

〈분통가(憤痛歌)〉

우숩고도 憤痛하다 無國之民 되단말가
우숩고도 憤痛하다 離親去國 하단말가
憤痛한일 許多하나 내일더욱 痛憤하다
二氣五行 聚精하야 父母任께 禀受할제
萬物中에 秀出하니 그아니 貴重한가
四民中에 선비되니 그아니 多幸한가
孝悌忠信 根柢삼고 仁義禮智 坏樸이라
禮義東方 옛집에서 靑氈世業 굽어보니
四書六經 기둥삼아 詩賦表策 工夫로다
時來運到 좋은바람 事君之路 열리거든
史魚童孤 붓을빌려 史局諫院 들어서서

北寺黃門 두드리고 小人놈을 베어내어
太祖大王 帶礪之盟 萬億年을 期約하고
太平聖主 만나거든 日月山龍 繡를놓고
世上이 板蕩커든 死於王事 하자더니
庚戌年 七月變故 꿈일런가 참일런가
칼도槍도 못써보고 이地境이 되단말가
二十八世 宗廟陵寢 香火祭享 뉘할런고
三千里內 祖宗疆土 犬羊차지 되단말가
二千萬人 痛哭소리 젖줄놓은 아이로다
天地가 무너진듯 日月이 晦彩한듯
五百年을 休養하신 우리先王 餘蔭으로
家庭에서 익힌見聞 朋友까지 講論하던
忠孝義烈 네걸자를 간입새에 새겨놓고
敎育하고 發達하야 禮樂文物 보자더니
事業은 蹉跎하고 歲月은 如流로다
하루라도 故國生活 갈수록 憤痛하다
轉海回山 하자해도 赤手空拳 無奈何오
赴湯蹈火 하자해도 運歇命盡 無奈何오
七十年 布衣寒土 죽는것도 分外事라
賍金주고 그술사서 祖上祭享 하단말가
屋賍주고 基賍주고 그터전에 살단말가
실같아도 國服이라 그國服을 입단말가
毒蛇같은 그모양을 아침저녁 대한말가

鬼蜮같은 그人物를 이웃같이 살단말가
길닭아라 길짐저라 雷霆같은 號令소리
金玉같은 우리民族 적의奴隸 되단말가
龍鳳같은 堂堂士夫 적의壓制 받단말가
哀殘하고 憤痛하다 그거동을 어찌보리
속절없이 생각하니 檀公上策 一走字라
南走越에 北走胡에 四面八方 살펴보니
그리해도 닿는곳이 長白山下 西間島라
檀祖當年 開國處요 句麗太祖 創業地라
決定하고 斷定하여 勇往直前 하자할제
八世邱隴 香火所랄 弟姪에게 付託하고
冬溫夏凉 好家舍를 헌신같이 버려놓고
南田北畓 祖先世業 紙貨몇장 받아넣고
九十當年 猶父兄을 절하고 하직하고
白首之年 하나同生 生離死別 떼쳐놓고
梁山令公 處義할제 산鬼神을 치하하고
李司諫의 봄을바다 웃음으로 조상하고
李侍郎과 李上舍는 열걸句로 薤歌하고
至情切戚 다지지고 越獄逃亡 하듯하니
淚水가 앞을막아 白日이 無光이라
洞口밖을 떠나올때 머리돌려 다시보니
山川이 어두운듯 草木이 슬퍼한듯
아무리 생각하니 가는것이 良策이라

漢漠江天 汾浦거리 再從叔姪 離別하고
칼끝같이 마음먹고 화살같이 앞을서서
氣色없이 가는곳이 栗城查頓 門前이라
孫女는 손을잡고 孫婿는 앞을막아
痛哭하며 怨望하며 白首尊顔 언제볼고
木石肝腸 아니거든 子孫之情 없을손가
草木禽獸 아니거든 慈愛之心 없을손가
已發之勢 無奈何라 다시오마 뿌리치고
七十之年 查兄弟를 城밖에서 하직하고
어서가자 바삐가자 汽車위에 올라서니
千里길이 지척이오 萬事萬念 그만이라
漢陽城門 들어서서 古宮室을 쳐다보니
光化門과 大漢門은 寂寂無人 門닫기고
萬朝百官 朝會길으 黍稷蓬蒿 一望이라
壁돌담과 電汽燈은 統監府와 外國領事
銃槍들고 橫行하는 補助員과 日巡査가
白地行人 調查하고 無罪窮民 徵役치니
저승인가 이승인가 이地方이 어데인고
郊廟神靈 없으신가 이光景이 웬일인고
宣祖大王 中興하신 鐵券勳錄 있건마는
그子孫과 그百姓이 背國叛卒 되단말가
不幸이 눈귀있어 보고듣기 憤痛하다
南亨宇집 作別하고 金箕壽집 다녀나와

力車내려 汽車타고 가는곳이 新義州라

울울蒼蒼 龍灣浦는 宣祖大王 駐蹕處요

우리先祖 勤王하신 御史行臺 愴感하다

鳳凰城과 吉林省에 從某至某 다다르니

雨萍風絮 根着없이 앉는곳이 내집이라

柳河縣과 通化縣에 上下四方 둘러보니

豆滿江과 鴨綠江은 左右로 흘러있고

太白山과 小頭山은 虎踞龍蟠 摩天한데

高麗村과 盖牟城은 英雄壯蹟 曠感하다

遼陽城郭 있건마는 古都人物 어디가고

伯夷叔齊 찾자해도 山이높아 못오시네

魯仲連을 딸차해도 바다멀어 못가겠다

鄕曲腐儒 拙手分이 射不穿九 어이할고

七十前程 얼마런고 河水밝기 보기손가

할일없어 憤鬱할때 大言張膽 하여보세

吾夫子의 春秋筆로 沐浴請討 하올적에

宗室大臣 內部大臣 兇逆黨에 大害하고

開門納賊 몇몇놈은 奸黨篇에 실어넣고

皇天后土 昭告하여 忠道堂을 剖判한후

西小門外 處斬當튼 洪在鶴께 再拜하고

海牙談判 피흘리던 李儁氏를 痛哭하고

種路거리 칼질하던 李在明을 賀禮하고

哈爾濱을 바라보고 安重根께 酌酒하고

閔永煥집터 구경과 崔益鉉의 返魂길에
上下千載 둘러보니 古今人物 다할손가
楚漢三國 英傑하나 東國史紀 더욱 壯타
江湖廟堂 進退憂난 聖明世도 그렇거든
主辱臣死 하올적에 烈士忠臣 몇몇인고
句麗치고 倭물리던 金庾信은 上座하고
草檄黃巢 崔致遠은 中國人도 景仰하고
百萬精兵 鈔滅하던 乙支文德 壯하시다
唐太宗의 눈까주던 安市城主 楊萬春과
猪首峰에 北賊치든 庚黔弼도 招魂하니
大版城에 剖脛當턴 朴堤上의 忠烈이요
善竹橋上 遇害하든 圃隱先生 血痕이라
松岳山中 깊은곳에 杜門洞이 저기든가
契丹치고 獻俘하던 姜邯鄭도 가자서라
鵝兒는 奴殲馘하든 金就礪의 元勳이요
妙淸趙匡 降服받든 圖形褒賞 金富軾과
立碑定界 公儉鎭에 出將入相 尹瓘氏와
女眞치고 拓地하던 吳延龍과 同功爵諡
七日不食 金慶孫은 十二卒로 蒙古치네
兩國大將 金方慶은 元世祖도 錄勳하네
七人으로 敵萬하던 元冲甲의 膽略보소
紅巾칠때 首倡하던 露布以聞 郭世雲의
勳勳卓烈 壯커니와 羅麗以上 尙矣로다

壬辰癸巳 中興時代 本朝事蹟 들어보소
天下上將 李舜臣은 龜船이 出沒하고
好男兒의 金應河는 兄도壯코 弟도壯타
六軍元帥 權慄氏는 幸州大捷 第一이요
散財募兵 奮義하던 紅衣大將 郭再祐요
自請從軍 鄭起龍은 以小敵衆 能事로다
賜號忠勇 金德齡은 庚死獄中 무슨일고
去鏃放矢 林慶業은 大明에도 忠臣일세
三世忠節 吳邦彦은 죽는것도 榮光이요
遇賊輒殺 鄭鳳壽는 有是兄과 有是弟라
莫非王臣 같은義理 僧俗인들 다를건가
都摠攝에 休靜禪師 李提督도 壯타하네
四溟大師 靈圭和尙 忠義壯烈 짝이없네
蟲石樓中 三壯士는 忠魂毅伯 鳴咽水요
瀋陽死節 三學士는 烈日秋霜 凜然하다
罵賊不屈 李夫人은 一門雙節 烈女傳에
抱賊投水 論介事는 娼妓라고 뉘할손가
그나마 忠臣義士 十更僕에 다못할세
父老相傳 世守之論 所見所聞 있건마는
三百州郡 二千萬中 一人相敵 없단말가
初遇再遇 三遇如常 薄物細故 보듯하니
太廟門前 厭冠痛哭 痛哭하고 두단말가
살아서도 죽은지라 그렇다고 참죽으랴

否往泰來 理數있고　人衆勝天 옛글이라
大冬風雪 枯死木도　그가지에 꽃이피고
火炎崑岡 다타서도　玉도나고 돌도나네
太平基礎 困難이요　울음끝에 웃음이라
嘗膽으로 軍糧하고　臥薪자리 드러누워
一死報國 하자할제　老少之別 있을손가
達八十에 呂太公은　創業周室 巍巍하고
極壯其猷 元老方叔　出將入相 거룩하고
矍鑠斯翁 廉將軍은　上馬示其 可用이라
七十奇計 范亞父는　楚伯王의 骨鯁일세
圖上方略 金城길에　趙充國도 老將이요
勿謂儒臣 鬖髮蒼은　復讐志願 陣同甫라
智將福將 다모두어　唾手하고 扼腕하되
靑年子弟 앞세우고　復讐旗를 높이들고
關雲將의 偃月刀와　趙子龍의 八枝槍에
六軍大將 水軍大將　左右에서 衝突하니
靑天이 뛰노는듯　白地가 끓는듯이
魁首잡아 獻馘하고　都統잡아 數罪하니
盤石같은 우리帝國　네게贖貢 하단말가
錦繡江山 내地方이　너의차지 되단말가
縫掖章甫 三代衣冠　斷髮文身 當탄말가
笙簧鍾鼓 다던지고　曲鑼鉢을 부단말가
社稷宗廟 背叛하고　네게臣服 하단말가

各國其國 區域밖에 釁蹟없이 샛단말가
巧譎하고 兇毒하다 背義渝盟 몇번젠고
雲飜雨覆이 世界에 어디선들 옳을손가
廓淸區宇 하온후에 自由종을 울려치며
오던길로 돌아서서 凱歌하며 춤을추니
二千萬人 歡迎소리 地中人도 起舞한듯
宇宙에 빛이나고 日月이 開朗한듯
英美法德 上等國에 上賓으로 올라앉아
六大洲와 五大洋에 號令하고 呑壓하니
筐篚玉帛 四時節에 海航山梯 朝貢받아
天地鬼神 祭享하고 太平宴을 排設하사
大砲끝에 死節功臣 束草代人 酹酒하고
指揮方略 都元帥는 第一等에 勳號하고
忠臣烈士 다모여서 次第로 論功할때
麒麟閣에 圖形치고 太常旗에 이름쓰니
攻成身退 옛말이라 少年學徒 勸戒하고
深衣大帶 舊文物로 某水某邱 찾아가니
父老宗族 情話할제 風雨戰場 옛말이라
海晏河平 熙皞世에 堯舜世界 다시보니
憲法政治 共和政治 時措之義 따라가며
福을받아 子孫주고 德을닦아 百姓주고
壽考無彊 安樂太平 참말삼아 두고보세
長歌甚於 慟哭이요 大笑發於 無奈何라

憤痛코도 快活하다 靑年學徒 들어보소
靑春은 덧이없고 白髮이 於焉이라
日征月邁 時習하야 人一能之 已百之라
아무래도 雪辱하여 大韓帝國 보고싶다

만주망명과 가사문학 자료

제2장
위모사

01 역대·집성본

　『한국가사문학전집』제50권(임기중 편, 아세아문화사, 1998, 74~87
면)에 실려 있는 필사본이다. 순한글체이며 줄글체 방식으로 기재
되었다. 작품번호 2412번인 〈환션가〉라는 작품 안에는 〈환션가〉
(59~66면), 〈송교힝〉(67~74면), 〈위모스〉(74~87면) 등 서로 다른 세
가사가 들어 있다. 『한국가사자료집성』제9권(단국대율곡기념도서
관 편, 태학사, 1997, 526-539면)에도 이와 똑같은 필사본이 실려 있
다. 그리하여 이본 명칭을 역대·집성본이라 명명했다. 현재로서
는 이 필사본이 유일본이지만 다른 이본의 발견을 기대하며 이본
명을 붙였다. 여기서는 역대·집성본 텍스트를 그대로 싣되, 4음보
단위로 행을 구분하고 1음보 단위로 띄어쓰기를 하였으며 1음보
내에서는 띄어쓰기를 하지 않았다.

〈위모스〉

부모님요 드러보소 위모스 한곡조로
송교힝 화답하여 이별회포 말흐리다
북걱성이 놉하시니 우쥬가 삼겨잇고
지구성이 회젼흐니 동식물이 거섭흐고
싱존경징 흐온후의 유인이 취귀흐다
건칭부 곤칭모는 고셩인의 말삼이라
아람○미 강싱흔후 싱즈싱녀 오날싸지
십이형제 만팔여의 시더로 발달더이
녕웅호걸 만흘시고 셩쥬현신 만을시고
우리나라 조선국도 히동의 반도강산
단군셩조 기긔흐와 스쳔녀연 유젼한니
국가의 흥망흐문 운긔쇠왕 싸라가니
약육강식 공예더로 역스가 송년흐고
이쳔만 남녀노소 신셩민국 즈지흐니
셰계를 술펴보소 바다문 여러노코
젼긔승 번긔불이 육쥬오양 연락흐와
오빅연 예의풍속 일조의 업서지고
우리나라 종묘사직 외인이게 사양하고
강산은 의구흐더 풍경은 글너시니
불숭할스 우리동포 사라날길 젼혀업소
가비안예 고기갓고 푸됴싼예 회싱굿치

살시리고 비골파도 세금독촉 성화갓고
아니힉도 증녁가고 다ㅎㅈ니 굴머죽고
학정이 니러ㅎ니 살스람 뉘가잇소
집집이 우○계견 겨이라도 쥬졔마난
져눈이 우리스람 즘셩만 못ㅎ여셔
겨됴츠 아니쥬고 부리기만 엄을ㄴ이
수비디 한소릭예 샹혼실빅 놀나죽고
이젼부터 난시당힉 피란가는 사람들이
광풍이 낙엽갓치 디힉의 부평갓치
조흔터 츠ㅈ가셔 긔긔ㅎ고 사난사람
모도남이 ㅈ식으로 만디시됴 되여시이
역역거수 ㅎ여바도 안그르니 뉘가잇소
거록할스 우리비조 헌원황졔 ㅈ손이라
듕화본부 사시다가 긔ㅈ를 짜라나와
빅두산이 쥬봉디고 한강으로 즁심ㅎ여
금옥갓한 이강토이 지지업업 거실ㅎ니
근원을 소구ㅎ면 우리조샹 그안이요
동남동녀 오빅인도 봉니산이 치약ㅎ고
바다를 건너가셔 평원디틱 힉도즁에
터좁으셔 사라잇고 우리선조 판셔공도
예안온 츠ㅈ와셔 긔긔시됴 디여시이
셰숭사람 남여간이 쳔만디를 한곳의셔
요동업시 잇는사람 본디업소 본디업소

하물며 셔간도로 단군이 긔긔흐신
우리나라 옛터이라 강산은 화도갓고
긔후도 적당한디 중고이 쇠약히셔
빅두산 이셔지로 지라예 샤양흐고
인물이 미벽히셔 풍속이 야미흐니
쳐음으로 듯난사람 귀셜고 싱슈흐나
오빅연 티평셰월 고가셰족 문호들이
한곳이셔 홍왕타가 꿈갓치 이시월이
인심환숀 흐고보니 풍조를 모르는
견문이 놀랍졔만 시절을 살펴보면
쳔흐만국 다그러소 하물며 신평심이
남녀가 평등더니 심규이 부인네도
금을 버셔썰고 이목구비 남과갓고
지각경눈 마챵인디 지분디로 사업이야
남여가 다르긔소 극분할사 이젼풍속
부인늬 일평싱은 션악을 물논흐고
압지밧고 구속흐미 젼즁살이 그안니요
사룸으로 삼겨나셔 홍낙이 무어시요
셰계을 살펴보니 눈쑤역니 변젹흐고
별별이리 다잇구나 구라파 주열강국
예여도 만흘시고 법국이 나란부인
디쟝긔을 압셰우고 독입젼징 성공흐고
○○○○ ○○○의 집을쩌나

동서양 뉴룸ᄒ고 디학교이 졸립히서
쳔한월겁 봉식하니 여학교을 살펴보면
긔졀한 지화들이 남ᄌ보다 층포낫소
지못되고 민ᄌ식이야 말홀긋도 업지마는
발고발근 이셰샹이 부인예로 싱겨나셔
이젼풍속 직히다가 무슨죄로 고샹할고
금지옥엽 나이몸이 불힝이 ᄶᆞᆯ노나셔
친가이난 유익업시 부모이 이물이라
검문식이 츌등지화 신ᄉ회에 명에잇고
빅연희로 부부되야 부귀복낙 긔약ᄒ고
소년쳥츈 조흔시졀 봉황원앙 ᄶᅡᆨ얼지어
부모고국 원별ᄒ고 만쥬로 건너갈졔
만단회포 서린심곡 모도시러 덥퍼두고
위모ᄉ 한곡조로 이별가 지어닐졔
부모님요 줄계시요 녀남손 녀송빅은
만슈무강 축원이요 ᄶᅡᆯ리싱각 이져불고
틱평안낙 지늬시면 쳔틱ᄉ 불노초로
구로지언 갑푸리다 동긔친쳑 잘계시오
다각각 본심디로 지리실화 마르시고
ᄌ졔을 교양하여 조국정신 비양ᄒ면
독닙긔회 두른씨 졔셰국민 그안니요
동포들아 이젼관습 계혁ᄒ고
신공긔을 흡슈ᄒ여 영웅ᄌ여 산싱하며

학교졸립 시긔시요 타국풍도 살펴보면
일손문명 진보듸야 우승열미 저공예가
거울갓치 발가이소 잠시른도 노지말고
ᄎᄎ로 젼진하오 무ᄉ한 져쳔운이
인심을 싸르가이 우리나라 이광경이
모도다 ᄌ취로다 회과ᄒ고 계량ᄒ면
하날인들 엇지ᄒ리 산아산아 잘잇거라
만쳡쳥ᄉᆫ 푸르러서 너의본식 일치말고
우리도라 오난날에 즁즁촉촉 환영히라
물아물아 줄잇거라 말이장강 흘너가서
바다에 조롱할씩 너의근원 일치말고
우리환국 하난날에 흔흔심심 환영하라
초목금슈 잘잇거라 츈싱츄실 이수듸로
삼쳘이 니강토안에 너의본셩 일치말고
우리환국 ᄒ는날의 형형식식 환영히라
고국고향 이별ᄒ고 허위허위 가서보시
경부선 줍아타고 남듸문의 정기ᄒ여
한양도성 구경ᄒ니 오빅년 ᄉ직종묘
예의동방 우리나라 본면목은 어듸가고
호빈작쥬 어인일고 젼화쥴 젼긔등은
쳔지가 휘황ᄒ고 ᄌ힝거 ᄌ동ᄎ는
이목이 현요ᄒ고 삼층양옥 각국젼방
물희지ᄉᆫ 능는ᄒ다 굼난거ᄉᆫ 우리빅성

죽난거슨 우리동포 가난거신 우리동힝
니비록 녀ᄌ라도 이지경을 살펴보니
철셕갓한 간쟝이도 눈물이 절노난다
경의선 지츠타고 의쥬를 네리셔이
압녹강 만경창파 후탕후탕 홀너가고
십삼도 고국산천 도라보고 도라보니
부싱의 이별회포 이지경예 어렵쏘다
예안안동 우리집은 몃쳘이ᄂ 머럿는고
날갓치 어린간쟝 부모동기 원별하고
바람바든 낙입갓치 이곳이서 싱각하니
운슨은 회포갓고 쟝강은 눈물갓다
요동이 화표쥬난 일모향관 어디런고
황학은 불반하고 빅운만 뉴뉴ᄒ다
하날이 일천이라 소견이 싱소하니
뉴화현 통화현니 안동예안 여기런가
두어라 나의회포 즁빅산이 붓이디고
송화강 니별된들 심즁설화 다할손가
이다음 슌풍부러 환고국 하올젹이
그리든 부모동싱 악슈상환 할거시이
니밧게 다못할말 원근간 붕우님니
니입만 쳐다보소 독닙연회 게설ᄒ고
일쟝연셜 하오리라 쯪

만주망명과 가사문학 자료

원별가라

01 역대본

『역대가사문학전집』제43권(임기중 편, 아세아문화사, 1998, 373~
393면)에 실려 있는 필사본이다. 순한글체이며 줄글체 방식으로
기재되어 있다. 4음보의 가사 형식을 기반으로 하고 있는 것만은
분명하지만, 4음보 연속의 정격 가사에서 벗어나는 구절이 매우
많아 3음보에서 5음보를 넘나들고 있다. 여기에서는 역대본 텍스
트를 그대로 적되, 4음보 가사의 틀을 고려하여 행 구분을 하고, 1
음보 단위로 띄어쓰기를 하였으며 1음보 내의 띄어쓰기는 하지 않
았다.

〈원별가라〉

고국에 부모동기친척 바려두고
굽분심회 뎌강기록 ᄒᄌ○○
심신이 슈란 고국에 밋치고
박힌소회 어나○ ○○러
만분지 일이나 기록할고 슬푸다
나의 부모임아 어나쩌나 다시 만날고
다시보기 ○○업니
쳥쳔에 발근달은 우리부모 보련마는
나○어이 못보난고 남쳔에 져기럭아
고국소식 젼ᄒ여라 오ᄆ불망 고향싱각
아심비셕이요 아심비쳐라
엇지참아 견디리요 울울한 이니마음
쌀쌀부는 찬바람에 문박글 쒸여나가
고국강산을 바라보니 나의 부모동기
면목이 히미ᄒ고 희쳔이 망망하다
빅운은 무심히 이러나고
쳥유슈는 무졍하게 흘너간다
그립도다 우리부모 보고져라 우리동기친척
느린다시 바려두고 무엇하려 예을왓나
원창취이 ᄉ고무친척이요 묘창희지일속이라
ᄉ향하는 이니심회 비길곳 젼혀업다

슬푸다 부모임아 불효한 이즈식을
싱각마라 글역에 허비한다
남다른 즈익와 특별한 즈졍으로
일즈일여을 나으시고 만실기화 이르시고
스랑으로 기를적에 장중에 보옥이요
안젼에 구살이라 츈하츄동 스시졀에
명들셰라 상할셰라 익지즁지 키울적에
빅연이나 쳔연이나 부모실하 쩌나지
마잣더니 쳐량ᄒ다 여즈몸이
원부모 형졔는 뉘라셔 면할손가
무졍한 져광음이 스람을 짓촉ᄒ여
이닉나이 이팔이라 곳곳이 미파노아
명문거죡 구혼할시 스동촌 평히 황씨가에
쳔졍연분 미졋고나 그젼에 우리부모 ᄒ신말슴
자식남미 어셔키워 한날한시 스회보고
즈부보즈 ᄒ시더니 그말슴은 이루웟고
관즁한 나의졔남 스방으로 구혼하야
김씨가에 일등규졀 혼연히 허혼하야
셩례을 이룰적에 우리남미 길일을 퇵졍하니
미화스월 죠흔날 부모임의 경힝이라
죠흘시고 우리부모 남혼여가 필혼ᄒ고
셰상즈미 혼즈신듯 광음이 뜻지업셔
어나듯 츄졀이라 신힝날 바다놋코

우귀범구 추릴젹에 이니간쟝 다녹는다
부모의 양육은혜 버린드시 썻쳐두고
십여연 즈리노든 옛집을 일죠일셕 이별하고
문밧그로 나갈일 추마 못할너라
바든날이 당하오니 물이치리 뉘잇스리
연약한 분여마음 붓그렴이 압흘마가
병든모친 하직할쎠 말한마디 못엿쥬고
누슈만 흘엿스니 여즈마음 잔약하다
힝싁이 총급하와 가마에 올나안즈
홀홀이 쩌나가니 심스 갈발업다
빅잇길 스동촌 이안닌가 시가에 압승하니
구고의 놉흔즈이 틱산이 가벼얍다
신스랑 가득ᄒ와 길거워 하신말씀
며나리야 일등부인 니며나리 면목도 황월갓고
셩졍도 유슌ᄒ고 직임방젹 졔일이라
시부모 실하에도 스랑으로 지니다가
일연가고 잇희가셔 귀령부모 ᄒ리로다
반졍맛촤 친졍가고 몃날지나 시가오고
가고오고 논일젹에 무삼걱졍 잇션든고
실푸다 국운이 망극ᄒ니 민졍도 가련하다
이쳔만 우리민족 무삼죄로 하인의
노예되고 사쳔연 젼니하든 죵묘스직
압즁의 드렷난가 쳔운이 슌환ᄒ고

인심이 회기ᄒ야 국적을 회복할걸
엇지하야 우리민족 슈하노예 윈일인고
이국자의 츙성과 의리ᄌ의 열심으로
각도열읍 고을마다 학교을 셜입ᄒ야
인지을 보랸더니 지독한 원슈놈이
삼쳘이 금슈강산 소리업시 집어먹고
국닉에 모든거슬 졔임의로 폐지ᄒ고
학교죠츠 폐지하니 가련ᄒ다
이쳔만의 청연ᄌ졔 학교좃츠 업셔지미
무어스로 발달되리 관즁하신 우리ᄉ량양반
남먼여 삭발ᄒ고 평ᄒ디흥학교 싱도되야
불고가사 불고쳐ᄌᄒ고
일단정신을 반하야 다니드니
찬찬삼연이 다못되여 칙보을 둘너메고
집으로 드러오미 어두운 여ᄌ소견은
방약이 되엿는가 ᄒ엿드니 삼경쵸에
한심을 기리짓고 죵용이 하는말이
못살깃니 못살깃니 우리민족 삼쳘이
안에는 못살깃니 원슈놈의 정치상이
엇지 혹독한지 사람의 싱활계는
져가다 상관ᄒ고 청연들 학교과장
책도다 쎼아셧스니 장츠 잇스면
츌입도 임의로 못ᄒ고

그놈의 쇼라지을 볼슈 업스오니

죠흔구쳐 잇스니 엇졀난가

니말디로 힝할난가 은밀이 하는말이

쳥국에 만쥬란쌍은 세계유명한 쌍이요

인심이 순후하고 물화가 풍죡하고

사람살기 죳타ᄒ니 그리로 가자ᄒ니

규즁여ᄌ 동서을 모르거든

무어슬 관계하리 우스며 디답하야

여필죵부라니 어디가면 안짜르리

부모님 의향드려 가ᄌᄒ면 뉘아니가리

의논한 그잇훗날부터 가장지물 방미하고

졀니젼답 방미하야 힝장을 단속ᄒ고

슈십디 사든가장 일죠일셕 쩌나가니

눈물이 졀노나고 한심이 졀노난다

원근친쳑 동이사람 면면이 이별할졔

손목을 셔로잡고 졍신이 캄캄ᄒ야

고국에 싸인말을 다못하고

잘이시쇼 죽기젼 만납시다

계우하는 말이 그쑨이라

한심으로 썩나서서 셔쳔을 바라보니

지향이 망망ᄒ다 싱이ᄉ별 될터이니

우리부모 친졍가셔 몃칠유하여 가는거시

인ᄌ졍 이여ᄉ라 친졍집을 차자드니

우리 부모동기 터문을 을픗나셔
누슈로 흐는마리 너을보니 반가우나
이별할일 싱각하니 미리한심 졀노난다
원망으로 하신말슴 왼일이냐 너일이야
만쥬로 간단마이 졍말인가
스회 이리오게 즈네가 엇지 무졍한고
슈십디 견러고기 일죠에 써쳐두고
창희원로 엇지 가려는가
마음도 쳘셕갓고 인졍도 무졍하다
눈물노 겨오 삼스오일 유련ᄒ야
힝장을 츠리여셔 큰길을 쩌나셔니
잇쩌는 어나쩐고 신희삼월 호시졀이라
화초만발 할시로다 엄엄ᄒ신 어문님은
용아을 등에업고 오리만곰 짜라나와
가마치을 틀어잡고 ᄒ난말이
슬푸다 야희야 인졔가면 언졔볼고
너의니외 다시보기 어려울다
우리모녀 젼싱에 무삼죄로
이싱에 싱겨나셔 싱이스별 되단말가
셰월도 허무하고 시졀도 야속희라
졀통갓치 사든살임 일죠에 파산ᄒ고
아연한 부모졍과 동기졍을
벼힌다시 쩟쳐두고 그어디로 가잔말가

원슈로다 원슈로다 져원슈 엇지ᄒ야
힘외에 물이치고 이런일을 안당할고
이기무슨 못하린가 니가살면 얼마사나
야희야 말들어라 쳔산만슈 멀고먼길
엇지엇지 ᄎᄌ갈가 나의소원 한가지라
언제나 슌풍부러 죽기젼 셔로
모여살기 쳔신ᄭᅴ 축슈한다
오냐오냐 어마야 불효한 이ᄌ식을
너모 셩각ᄒ야 셔려마라 글역이 퓌ᄒᄂ니
불효로다 불효로다 이니몸이 불효로다
그젼에 먹은마암 부모실하 가직이잇셔
오고가고 인졍잇게 사잣더니
죠물이 시기ᄒ야 이지경이 되얏스니
이셰상 불효 나ᄲᅮᆫ이라
졔남아 말드러라 너난 실하에
지셩으로 효도하야 지극히 봉양ᄒ여라
나는 여ᄌ몸이 되엿스니
엇지할슈 업ᄉ오니 부듸부듸 잘잇거라
인편 잇거든 편지나 자로ᄒ여라
ᄉ셩이나 알고잇ᄌ
곳곳이 잇는동유 면면이 ᄶᅥ쳐두고
죵젹업시 ᄶᅥ나가니 나의인졍 미몰ᄒ다
방방한 누슈와 아연한 ᄉ졍

계우계우 이별ᄒ고 벽희을 지망하야
ᄒ로가고 잇흘가고 삼ᄉ일만에 영천쌍
당도ᄒ니 읍안이 찰난ᄒ다
마ᄎ을 ᄌ바타고 디국을 드러가니
인가도 만할시고 물식도 번화ᄒ다
습층 양옥은 좌우에 놉하잇고
만물 젼방은 셩니가 가득ᄒ다
규중에 ᄌ린 안목으로
구경ᄒ기 어지럽다 북문밧 졍거장
오고가고 ᄒ는 왜놈들 동졍을 살피노라
가작이 드러서서 치보고 네리보니
분여의 간장이나 분심이 졀노나고
쌀짐이 졀노쩔여 소리업난 총잇스면
멋놈우션 죽이겟다 열심으로 겨우참고
화ᄎ에 올나안ᄌ ᄎ칸을 살펴보니
각식기구 만든거시 죠화로다
살평상의 올나안ᄌ 유리영창으로 니다보니
하날이 휘두루고 산쳔이 나라간다
일쥬야를 ᄎ에안ᄌ 졍거장을 헤아르니
빅여 졍거장을 도라
쌕크소리 한곡죠에 이쳘이를 다왓구나
신의쥬 졍거장을 삼경의 나렷구나
긱쥬을 ᄎᄌ드려 ᄉ오일 유숙ᄒ야

동풍에 비을타고 압녹강을 건너오니
안동현 광장ᄒ다 이곳부터 만쥬로다
슬푸다 고국쌍은 오날부터 하직이라
이곳이 어디미냐 부모면목 보고져라
부모국을 하직ᄒ니 이싱에 죄인이라
한심이 노리되야 노리가 졀노난다
화려강산 한반도야 오날날 이별ᄒ면
언졔다시 맛니볼고 부디부디 잘잇거라
오날우리 쩌나갈썜 쳐량하게 이별ᄒ나
이후다시 상봉할썜 티평가로 맛나리라
어엽부다 우리부모 보고져라 우리부모
언졔다시 맛나볼고 부디부디 기쳬만슈
강영 ᄒ압시면 다시볼날 잇나니다
나라가는 져싸마구는 비록 미물이나
반포지심 착ᄒ고나 흘너가는 져강슈야
너엇지 흘너가면 다시오지 못ᄒ느냐
가고가는 져셰월은 너엇지 무졍ᄒ야
ᄉ람을 지촉ᄒ나 우리쳥연 늘지마소
독입국 시졀바리 츔을츄고 노라보시
그노리을 쓴치고 통변ᄉ 션가을
작졍하고 즁유에 비을노아
둥실둥실 쩌나가니 광경이 찰난ᄒ다
ᄒ로가고 잇흘가니 갈길이 망연하다

슬푸다 우리들이 지향이 어디미냐
남쳔을 바라보니 운산이 쳡쳡ᄒ고
셔산을 바라보니 강슈가 망망ᄒ다
졍쳐업시 가난힝장 힝식도 쳐량ᄒ다
서산에 히가지고 동역에 달이쓴다
삼경의 돗틀다라 범범즁유 쩌나갈쩌
광풍이 디작ᄒ야 파도가 이려나니
빗장이 움지기며 살갓치 다라나니
위티한 지경이라 명쳔은 감동ᄒᄉ
인명을 살피시고 광풍을 물여 쥬옵소셔
지셩으로 비난소리 명쳔이 감동ᄒᄉ
바람이 잠을즈고 빗장이 죵용ᄒ니
졍신을 겨우츠려 십여일만에
회인현 홍도촌 완북산동의
근근이 득달ᄒ여 좌우산쳔 둘너보니
가히살만 한곳이라 그곳셔 비에나려
인가을 츠자가니 반가울ᄉ 우리동포
활인지불은 쳐쳐유지로다
이쌍 건너온지 슈십연 되여
동포의 집맛나 일면여구 셜화한후
갈디을 인도ᄒ야 열잔 팡즈십일 경슈지
농장이 훌융ᄒ다 그히여름 농ᄉᄒ고
칠팔월 당ᄒ오니 고국 잇슬젹

동지셧달 치우가 어디가 이갓혼가
가을날이 이갓흐면 겨을 당흐면 엇지흐여
운동 흐겟는가 미리걱정 야단일다
그럭져럭 구십월을 당도흐니
한풍은 습습흐고 빅셜이 분분흐다
만쥬쌍 건너오신 우리동포 이니말슴 드러보소
산고곡심한 이곳을 엇지왓나
다정한 부모동기 이별흐고
분결갓흔 삼쳘이 강산을 하직흐고
찬바람 씰씰불고 찬눈은 쏼쏼소리 치는더
더국쌍 만쥬지방 무어시 즈미잇나
여보시요 동포님 젼졍을 싱각흐여
고싱을 낙을삼고 참고참기 미양흐야
월왕구쳔 이상신담 쏜을바다
인니역 힘을써셔 이국의 스승두어
어셔어셔 젼진하야 육쳘이 동삼셩에
무가긱을 면합시다
쥬츌만령 되는몸이 어디을 못가사리
동화현이 죠타흐니 그리로 가봅시다
마츠을 즈바타고 동화현을 츳즈오니
십이기 셩에 물화 번셩흐다
이곳셔 일쥬연을 지니고 쏘반흐야
유하현 쥬짓갈을 츳즈가니

졔일죠흔 낙지로다 우리민족 쾌히
살만한 곳지로다 불힝즁 다힝 이안인가
한희가고 잇희가야 삼ᄉ연이 얼진가니
고국이 암암ᄒ다 고당의 빅발부모
존안이 히미ᄒ다 보고져라 보고져라
부모동기 쑴갓치 이별한후
쳔이지각 삼쳘이라 엇지하야 보잔말가
펼펼나는 시가되야 나라가셔 보잔말가
펑펑부난 바람되야 부러가셔 보잔말가
오미불망 못잇깃니 비나니다 비나니다
하나님끠 비나니다 우리민족 ᄉ랑ᄒᄉ
권능만이 쥬압시고 모든일 힝할ᄲᅥ에
실슈업시 되게ᄒ고 ᄎᄎ 젼진ᄒ야
일심 단쳬되야 독입권을 엇게ᄒ소
못잇겟니 못잇겟니 우리고국 못이질ᄉ
못잇겟니 못잇겟니 우리부모 못이질ᄉ
너가비록 여ᄌ오나 이목구비 남과갓고
심졍도 남과갓히 힝ᄒ든 못ᄒ오나
싱각이야 업슬소냐 우리여ᄌ 만쥬에
거름ᄒ는 여러형졔 어리셕은 힝위
다바리고 지금 이시디 이십셰기
문명한 빗흘어더 남의뒤을 ᄶᆞ치말고
만쥬일디 부인 왕셩ᄒ여

독입권을 갓치밧고 독입기 갓히들고
압녹강을 건너갈계 승젼고을 울이면셔
죠흔노리 부을젹에 뎌한독입 만만셰요
뎌한 부인들도 만셰을 놉히 부르면셔
고국을 추즈가셔 풍진을 물이치고
몃몃히 그리든 부모동기와
연아쳑당 상봉ᄒ고 그리든경회 셜화ᄒ고
만셰영낙 바라볼가

　경축 츈이월 하슌에 등셔ᄒ엿시되 졈잔은 양반 오셔 낙
자와 글시 넉넉지 못ᄒ오나 졀문 스람 일너보되 관즁이 두
손으로 읍ᄒ고 공손한 티도로셔 보아야지 만일 웃다가 빗
두러지면 셔울 가도 약이 업고 결국 가쟘이 입과 눈이 될
터이니 미리 명심 불망ᄒ기 바리압느니다

02 가사문학관본

한국가사문학관 홈페이지에 올라 있는 필사본이다. 순한글체이며 귀글체 방식으로 기재되어 있다. 가사문학관 텍스트의 필사자는 언문쓰기에 미숙한 듯 받침을 **빼먹거나** 틀리게 적는 일이 빈번하게 일어났다. 그리고 외우고 있는 것을 적었던 듯 소리나는대로 표기하여 방언이 그대로 노출되기도 하였다. 그리하여 전체적으로 난해한 텍스트를 이루었다. 그러나 역대본과 대조하여 읽으면 거의 모든 구절이 해독 가능하다. 틀린 부분이 많지만 이것을 교정하지 않고 가사문학관본 텍스트를 그대로 적되, 4음보 가사의 틀을 고려하여 행 구분을 하고, 1음보 단위로 띄어쓰기를 하였으며 1음보 내의 띄어쓰기는 하지 않았다.

〈원별가라〉

고국에 부모 동기친척
○지고 굽분심회 더강 기록하ᄌ니
심회슈란 구곡에 밋치고 밭힌소회
어난모 울허러 반분계 일이난 기록할고
실푸다 나에 부모임아 어난쩌 다시만날고
다시보기 기약업니 청천에 밝을다은
우리부모 보련마난 는엇지 못보난고
남천에 저기력아 고국소식 전하여라

오미불망 고향생각 아심이 비적이요
한심이 비철이라 엇지차마 견듸리요
울울한 이마암이 쌀쌀부난 찬바람에
문박을 쮜여나가 고국강산을 바라보이
나에 부모동기 면목 어히하고
회쳔망망하다 비운은 무시히 이려나고
쳥유슈는 무졍ᄒ게 흘어간다
그립도다 우리부모 보고저라 우리동기
친쳑느른 다시두고 무엇하려 여완나
원○창취에 사고무친쳑이요 모창에 제일속이라
사양하난 이닉심회 비길곳 젼혀업다
실푸다 부모임아 불효한 이자식을
생강마라 글역이 허비하다
남다라신 자익와 특별한 자졍으로
일ᄌ일여를 나으시고 만실기화로 기르시고
사랑으로 키울적의 자즁이 보옥이요
안젼익 구살이라 츈하츄동 사시졀에
병들새라 상할새라 익지즁지 키울적에
백연이나 천여이나 부모실하 떠나지
마잣득이 쳐량하다 여자몸이
원부모 이형제난 뉘라셔 면할손가
무졍한 과엄이 사람을 죄촉하여
이닉나이 이팔이라

곳곳지 미파노와 명문거족 구혼할쩌

사동촌 평회황씨 천생연분 정해쑤나

그전이 우리부모 하신말삼

자식남민 어셔어셔 키워

한날 한시이 사회보고

자부보자 하시든니 그말삼을 이루웍고

관중ᄒ 난이졔남 사방으로 구혼하여

긤씨가 일등규졀 흐연이 흐혼하야

셩예를 이륜후에 우리남민 길일을 틱졍하니

밍하사월 조혼나리 부모임니 경졀이라

조흘시고 우리부모 남혼여혼 필혼이고

셰상자미 혼ᄌ신쯧

○○업셔 어나듯 츄졀이라

신힝날 바다노코 우귀분구 차리젹의

이니간장 다녹는다 부모의 양육ᄂᆞ허

버흔듯이 쯧쳐듀고 이심연여 약캐노든

예견집을 일조일셕이 이별하고

문박을 나갈일 차마 못홀네라

바든날이 당힉온이 물이치랴 뉘이시랴

연약한 부여마음 붓ᄉᆞᆺ름음이 압홀마가

병든못친 하직할쩌 말한마디 못여쥬고

누슈사만 흘엿시니 여자마음 차약하다

힝색이 총급하와 가마에 올나안자

홀홀이 쩌나가이 심사가 갈발업다
빙리길 사동촌이 니식각이 이안인가
시가에 입성하이 구고의 놉흔자이
태산 부얍한다 신사랑 가득하와
질그워 하신말삼 며나리야 일등부인 너며나리
면목도 황월갓고 성정도 유순하고
직임방적 제일이라 이심젼되 넘분여
빅사가 칭이로다 우리집이 왕기로다
시부모이 실하에도 사랑으로 지니다가
일연가고 잇태가야 괴령이부모 하리로다
반정맛촤 친정가고 면날지니 시가오고
가고오고 놀을적에 무산걱정 이섯든고
실푸다 고국이 망극한이
인정도 가연하다 이천만 우리민족
무삼죄로 타인이 노여되고
사천에연 젼니조국 흑임중에 드련난가
천겨이 회복하야 국권을 회복할걸
엇지하야 우리민족 나무의 슈하노여
원이 되단말가
익국자의 츙선과 이리자에 열심으로
심삼도 고을마담 하교을 설립하야
인제을 보럇든이 지독한 원슈놈이
삼철이 금슈강산 소리음시 집어먹고

국니여 모든것을 제임으로 펴지하고
학교좃차 펴지하기 가련하다
이천만인 청영자제 학교좃차 업서지면
무어으로 발달되리 관중하신 우리사랑 양반은
남먼저 삭발하고 평희웁니 학교생도
되어불고 가사불고 처자하고
일단정신을 반하여 단기든이
참삼연이 못되야 첵보을 둘어미고
집으로 들어오미 어두은 여자소견은
방학이 되얏난가 하얏든이
삼경춥하여 한심으로 기리짓고
조용히 하는말이 못살건니 우리민족
삼철이 안이는 못살근니
원쑤놈이 정치상이 엇지 혹독한지
사람이 생활적은 적가다 상관하고
청연들 학교장첵도 맘카 쌔아신이
장차 잇서며 추립도 임으로 못하고
그놈이 쏘라지을 이볼슈업사이
조흔 굿처 잇신니 엇질난가
니말더로 힝할난가 은밀히 하난말이
청국에 만쥬란땅 온세개 유명한 쌍이오
인심이 순후하고 물화가 풍족하고
사람사기 좃타하이 그리로 가자하니

규즁안진 여자 동서를 모르거든
무엇얼 과겨하리 우시면 디답하야
옙필조부란이 어딕가면 안딸르이
시부모임 의횡들여 강자하며 뉘안갈리
의논하고 그잇튼날볏틈
가장징물 방미하고 전의전답 방미하야
힝장을 단속하고 누숨히 사든가장
일조일석 쓰나기이 눈물이 절노나고
한심이 절노난다 원근친척 동니사람
면면이 이별할제 손목을 셔로잡고
정샹이 캄캄하야 고국싸린 말을 다못하고
잘이시쏘 죽이전 만나봅시다
게우게우 하난말리 그굿뿌이라
한심으로 썽나 섯천으로 바리보이
지향이 캄캄하다 생이사별 할트인이
우리부모동세 딕뭇박게 업푼나서
누슈로 하난말리 너려보이 방가오나
이별할일 생각하이 미리하심 절노난다
이게 윈일이양 너이리 만쥬로 간다마리
정말이가 사회 이리오게
자닉엇지 그리 무정하가
슈심지 전니고긔 일조이 쯧처두고
창희훤노을 엇지 가련난고

마암도 철석가고 인정도 미정하다
눈물노 게우게우 사오일 유렴하야
힝장을 차련셔곤 길를 떠나선이
잇딕난 어난쪅고 신힝사월 호지절리
확초만발 할시로다 엄하신 어무임
요아를 업고 오리밧글 쌀아나와
가매체을 들어잠고 하는말이
실푸다 야희야 인제가면 여제볼고
너희닉외 다시보기 어려울다
우리모여 전생이 무산죄로 인생이
상겨나서 생니별 디단말가
새월도 허무하고 시절도 야속히라
절통갓치 사든살님 일조에 파산하고
아연한 부모정과 동긔정을
어히다시 쩔처두고 기어디로 가잔말가
원슈로다 원슈로다 저원쑤 엇지하야
희이에 물치고 이런을 안당할고
이겨무신 못하린가 닉가살면 어미사나
야희야 말들어라 천산만슈 멸고먼길
엇지 차자갈가 닉이소원 한가지라
언제나 슌풍불어 죽기전 모여서로
만나보기 천신 축슈한다
오야오야 어마야 이불효한 식을

너무 생각하야 서러마라 글역허빅 디나니
불효로다 불효로다 이니몸이 불효로다
그저에 머은마암 부모실하 가직키이서
오고가고 인정이게 사자던이
조무리 시기하와 이자경 디엿슨니
새상불효 낫뿐이라 제남아 말들어라
너난 실하이 지성으로 효도하야
지극히 보양하여라 나난
여자몸이 되얏신니 엇질슈업시 도얏구나
부디부디 잘잇그라 인편잇거든
편지나 자로 하여라 사생아나 알고잇자
곡곡지 인는동유 면면이 썰처두고
종정업시 써나가니 나에인정 매물하다
방방한 누슈와 아연한 사정○○
겨우겨우 이별하고 벽희을 지마하야
하로잇틀 가고 삼사일만이
영천읍을 당도하니 읍양이 찰나하다
마차를 잡아타고 디구를 드러가니
인간도 만을시고 물색도 변화하다
삼층양옥을 좌우이 놉하잇고
만물젼쌩을 셩늬에 가득하다
규중이 자란안목 구경하기 억질한다
북문밧 거장 오고가고 하난 왜놉보니

부여이 간쟝이나 분심이 결노나고
살졈이 결노쩔여 소리업난 총이나
이서시면 목눈우선 쥴겻갓다
열심이 겨우참고 화창에 올아안자
차칸을 살펴보니 아리생여 만든것이
귀신이 조화로다 살평상이 올아안저
유리여창 무으로 니다보니
하날이 휘두류고 산천이 달아간다
일쥬야을 차이안자 정기정을 헤아른니
빅여 정기장이로다
쎅소리 한곡조에 이철리을 다왓구나
신에쥬 저거장을 삼경에 날여구나
객쥬을 차자들어 사오일 유슉하야
동풍에 비을타고 압녹가을 건너오니
압롱형색 찰나하다 이곳부터 만쥬로다
실푸다 고국쌸을 오날부터 하직이라
이곳지 어디맨야 부모면목 보고저라
부모곳을 하직하이 닌생의 죄인이라
한심이 노리되야 노리가 절노난다
화려강산 한반도야 우리고국 한반도야
오날날 이별하면 언제다시 만나볼고
니가부디 잘잇거라 오날우리 써나갈더
처령하겨 이멸나 이후다시 상봉하더

힝령가로 만나이라 어엿부다 우리부모
보고저라 우리부모 언제다시 만나볼고
○부디 만슈강영 하압시면 다시볼적 인나이라
날아가는 가마귀 너는비록 미물이나
반표지심 착하구나 홀에가는 저강슈야
너엇지 홀어가면 다시 못하난양
가고가는 새월은 너엇지 무정한양
사람을 제촉하나 우리청연 늘지마오
동립국이 발아 츔을쥬고 노라보니
그노리을 긋치고 통변사서 간도을
작성하고 즁유에 비를노아
둥실둥실 떠나가니 광경이 찰난하다
하리가고 잇틀가이 갈길이 마연하다
실푸다 우리두리 지향이 어디맨야
남철을 발아보나 강슈가 망망하다
정처업시 가난힝장 힝색 처량하다
셔산에 힝가지고 동영에 달이썻다
삼경에 초을달아 번번쥬유 떠나간이
광풍이 디란하야 파두가 일어난니
빗장이 우지기며 살갓치 달아난이
위티한 디경이라 명천을 감동하사
광풍을 물여쥬옵소서
지성으로 비난소리 명천이 감동하사

바람이 잠을자고 빗장이 조용하이
정신을 겨우차러 심여만이 회인영
홍도초 와북산동에 근근이 득달하야
좌우산천을 둘어보이 가이 살만한
곳지로다 그곳서 비여달여
이가을 차자가이 반갈올사 우리동포
화여지부는 처처유지로다
잇땅을 근너온지 슈십연 디는동포
엇지만나 일면그절한후
갈디을 인도하야 열칸 팡차집을
경슈지 농장이 훌능하다
거희여름 농사하고 치팔월 당하이
고국 이실적 동지섯달갓치 추운이
어디가 이갓흔가 가을날이
이갓치 추운면 겨으얼 당하면
엇지하여 우동하여 건너가 미리걱정 야단일다
그역저력 구시월 당하니
한풍은 삼삼하고 빅설은 분분하다
만쥬당 건너오신 우리 동포님
이니말삼 들여보소 산고곡셤한디
엇지 완난지 다정한 부모동긔 니별하고
분결갓한 삼철리 강산을 하직하고
찬바람 실실불고 찬눈은 쏼쏼소리는

딕국당 만쥬지방 무엇이 자미인나
여보시요 동포님 전정을 생각하야
고상을 낙을삼고 착기비양하야
월왕구천 우시상담 쏜을바다
인니을 잘젼디서 이국이 힘을도서
어시어시 전진하야 육쳘리 동삼성이
무관긕을 면합시다
쥬츌망염 되난모이 으디로 못가사리
통화연이 좃하이 그리로 봅시다
마차을 차저타고 통화연을 차자온이
심리캐성에 물화가 변성하다
이곳이 일주연을 지니 쏘반하야
유하연 쥬지가을 차자가이
제일조흔 낙지로다
우리미족 과이 살만한 곳지로다
불힝중 다힌아 이아인가
한힉가고 잇힉가야 삼사연이 얼진간이
고당에 빅발부모 존안이 히미하다
보고저마 부모동생 꿈갓치 이별한후
천에지가 삼쳘이라 엇지하야 보잔말고
펄나는 새가되야 날가서 보잔말가
핑핑부는 바람되야 불어가서 보잔말가
오매불망 모잇근너 비나이다 하날남쎄

우리민족 사랑하사 궐능을 만이 쥬압시고
차지저신하야 일심단체되야
동입궐을 엇게하소 믄잇건니 우리고국
몬잇질새 몬잇건니 몬잇건니 우부모
못잇질새 니가비록 여자라도
이목구비 남과갓고 심정도 남과갓히
힝하든 못하오나 셍각이야 섭실손가
우리여자 만쥬에 거유하난 여러형제
영이진 어리다 끓숙필
괴괴며 남시럽사오니다

슷침이다 보시난 분 비소마시요

만주망명과 가사문학 자료

제4장

간운사

---

01 권영철본

『규방가사-신변탄식류』(권영철 편저, 효성여대 출판부, 1985, 568-573면)에 실려 있는 활자본이다. 현재로선 이 활자본이 유일본이지만 다른 이본의 발견을 기대하며 이본명을 붙였다. 권영철은 제목과 원문 사이에 다음과 같이 설명했다.

作者 : 未詳　筆寫者 : 張旅軒宅 宗婦
出處 : 慶北 漆谷郡 仁同面 南山洞

나라를 잃고 중국에 가 살면서, 고국에 있는 형제자매들에게 동기의 정을 그리워하며 지은 가사이다. 경술년 國亂으로 거국 의사단에 참가한 남편을 따라, 아름다운 조국을 버리고 낯설고 물설은 이국땅

에 와서 어렵게 사니 天倫之情이 더욱 그립다. 아이 적 놀던 일과 부모
님 은덕을 생각하고, 생사조차 모르는 친정眷屬을 그리워하며, 어찌
타 자신이 타국에 와 있는지 한탄하는 노래를 부르니, 남편조차 시끄
럽다고 면박을 준다. 비록 만날 수 없는 곳에 떨어져 살지만, 희망을
잃지 말자고 아우들을 격려하고 서신으로라도 자주 만날 것을 소원
하는 내용이다.

여기서는 권영철본 텍스트의 띄어쓰기와 행 바꾸기를 그대로 옮
겨 적었다.

〈간운ᄉ〉

슬푸다 아예들아 형의소회 드려셔라
우리남미 일곱스람 젼셩의 션아로셔
인간의 젹강ᄒ여 쳔디갓ᄒ 부모ᄌ의
장즁쥬로 ᄌ라날졔 엄훈작교 놉ᄒ실사
교옥갓치 싱장ᄒ야 발호기츼 거거들은
명문슉여 틱부ᄒ고 옥부방신 우리셰덕
군ᄌ호구 맛당ᄒᄉ 삼강오륜 놉흔법과
여필종부 즁ᄒ미라
원부모 이형제ᄂ 고법의 상시어니
옥슈을 셔로논하 눈물노 훗터진지
삼십여연 되엿고나
일연의 일이슌식 셔신으로 부쳐보나

그립고 박흰마암 어느시예 이즈런고
심내예 싱각ᄒ대 금연이나 명연이나
긔쳔의 다시모혀 열친졍화 ᄒ온후에
삼심여연 그린회포 쳡쳡소회 ᄒ려ᄒ고
몃희을 즁의ᄒ나 가소롭다 여자ᄒᆡᆼ긔
어이ᄒ여 싀울런고 공허싱각 쑨이로다
갑오년후 십여연을 비손비야 은거ᄒ니
연비가 업ᄂ곳의 셔신조ᄎ 희소터니
경술연 츄칠월의 세ᄉ가 망충ᄒ긔
즁국의 고심혈셩 건국의ᄉ단 졍ᄒ니
무식ᄒᆫ 여ᄌ소견 츙의열심 잇기스랴
마음의ᄉ 불합ᄒᄂ 삼종지의 썻썻ᄒ니
아니가고 엇지ᄒ리 살림젼틱 다바리고
금슈갓ᄒᆫ 우리조국 동은하량 호가ᄉ를
헌신갓치 던져주고 속졀업시 쩌날시예
셔신이나 붓쳐볼걸 초목심장 아니어든
쳘윤지졍 업슬손야 마음의ᄉ 잇것마는
사셰부득 엇지ᄒ노
구십당연 뉴부형긔 다시망비 못ᄒ고셔
빅슈지연 삼거지ᄂ 속졀업슨 싱이사별
오미불망 이ᄒᆡᆼ형뎨 긔회업슨 영졀이나
흔이로다 흔이로다 빅니안쏙 머다ᄒ고
다시못본 흔이로다

칠남미 ᄌ라날젹 부모님 놉흔은덕
긔화갓치 넘놀젹의 형뎨는 일긔로셔
우이도 돈후ᄒ여 빅연으로 아랏더니
일조로 버린다시 쳔이의 어린몸이
이친거국 ᄯᄾᄒ엿나 이쌍이와 ᄉ오연의
음신이 돈졀ᄒ니 사셩존망 엇지알며
안면을 이져스니 지하긔약 미들손야
슬푸다 뎨아들아 임ᄉ지덕 너히형뎨
지화도 츌유ᄒ고 용모도 긔화더니
쳥츈이 뜻지업고 빅슈는 어언이라
오십연계 되어시니 얼마ᄂ 쇠ᄒ엿ᄂ
칠남미 한당이셔 북당슬하 즐길젹의
훤초갓치 넘노던일 어뎨런듯 그계런듯
아시의 노던일이 빅슈이 경경ᄒ다
셕ᄉ을 싱각ᄒ니 쇽졀업손 션현이요
금ᄉ을 싱각ᄒ니 일일마다 가통이야
비쳑한 심회로셔 운ᄉ을 조망ᄒ니
도로ᄂ 삼쳔리요 검슈도ᄉ 멋겹이냐
지형이 어대런고 볼만ᄒ 슈격인들
어ᄂ인편 붓쳐보랴
츈ᄒ츄동 사시졀의 젼셰마다 층가ᄒ고
쳐쳐마다 회포로다 젼후ᄉ 두견조는
내심회 도아셔라 오남미 ᄉ라이셔

이역이 왼이ᄒ고 우리남미 내긔와셔
셔로비쳐 우익이고 션학풍도 우리가형
산두갓ᄒ 학ᅙ명망 씨를엇지 못ᄒ여셔
속졀업손 허슌이니 봉황이 나리업고
뜻글즁의 옥이로다
객이경과 ᄀ이업고 노약심회 과도ᄒᄉ
넘넘ᄒ신 긔력이요 의태ᄒ 신관이라
가이업고 통곡이야 장ᄒ실ᄉ 항손션싱
위츙고졀 늠늠ᄒᄉ 문문산과 ᄉ쳡산
일모비행 뜻뜻ᄒᄉ 무식ᄒ 나의마음
고금ᄉ을 싱각ᄒ니 그이업고 통곡이야
내나홀 싱각ᄒ니 여연이 모다ᄒ니
오남미 일셕샹좌 황하긔슈 말기로다
우리는 삼종남미 중국의 명손대쳔
횟두른 구경ᄒᄉ 경치도 웅장ᄒ고
물손도 풍부ᄒᄉ
어와 우습도다 이몸이 엇지ᄒ여
타국인와 구는거시 고이ᄒ고 이상ᄒ니
비희상반 ᄒ계구나 빅여리식 보힝ᄒ나
ᄌ역이 강강ᄒ니 이들쏘한 쳔운인가
이왕으로 보계되면 슈쳔다족 두목으로
칠십여칸 쥬인되여 여긔가도 호가ᄉ요
져긔가도 호가ᄉ라 반셕긔계 아니련가

사롬마다 앙시ᄒ여 심리츄립 ᄒ자ᄒ면
벌째갓ᄒ ᄒ인들이 일영거힝 츌츌ᄒᄉ
거마쥰총 슈솔이라 뉘가아니 흠앙ᄒ리
어와 우습도다 육십경역 우습도다
슈양손 치미가을 우리먼져 간심ᄒ여
비사지심 먹지말고 활대ᄒ 심ᄉ로셔
희망붓쳐 지내리라
일등명손 ᄌ진들은 동동촉촉 효순ᄒ고
명문슉여 나의효부 입문지초 그긔로다
산슈두고 자을짓고 졀졔두고 글을지어
심심홀젹 을퍼내여 잠젼으로 위로ᄒ니
존즁ᄒ신 노군ᄌ는 시쓰럽다 증을내고
긔화보벽 손아들은 노리한다 조롱ᄒ니
단인ᄒ던 내마음이 취광거인 되엇구나
어와 우습도다 세상번복 우습도다
샹뢰홀찌 무어시냐 빅셰히로 ᄒ다가셔
쳔명일월 보오리라
만복뉴식 의인집은 ᄌ미붓쳐 지닉쓴가
불상ᄒ고 박혀여라 유한졍인 구미집은
알낙으로 지닉난가 ᄉ시츈풍 셕포집은
축한아힉 ᄉ랑ᄒ여 만ᄉ티평 지닉난가
각쳐의 지졍졀쳑 면면이도 그리워라
슬푸다 내일이야 진몽인가

이짜이 어대련고 아마도 꿈이로다
중쳔의 져기력이 너난엇지 나라가노
이몸이 남ㅈ런들 세게각국 두루노라
쳔ㅎㅅ업 다홀거슬 무용여ㅈ 이들도다
임ㅅ지덕 너의형뎨 여종여호 슈하의계
영효로ㅅ 가득밧고 빅슈희로 빅ㅈ쳔손
동은하향 호가ㅅ의 금의육식 즐겨이셔
원이한 우리남미 셩ㅅ간의 잇지마라
일셩일ㅅ 은일인의 샹시어든 닌들엇지
면ㅎ깃나 쳔당의 도라가셔 부모슬하
다시모혀 손잡고 눈물뿌려 쳡쳡소회
다한후의 요지연 견여즁의 우리도
함긔모혀 희소담락 ㅎ오리다
비사고어 고만두고 히망부쳐 말ㅎ리라
쳔긔이슈 알깃드냐 나도나도 귀국ㅎ여
고거을 다시ㅊㅈ 잇째쳔상 회셜ㅎ고
열친졍화 ㅎ리로다
지금와셔 이셰월의 와신샹담 뉘ㅎ던고
일졍월미 시급ㅎㅅ 심즁의 쓰인회포
여ㅅ여희 ㅎ다마는 다그릴슈 잇깃는야
십일도록 초를줍아 폐아들계 붓치오니
안면을 더한다시 눈물로 반긴후의
답셔ㅎ여 보닉여라

89

죽기젼인 반기거러 소회도 만컨이와
타국의 조흔경긔 이이기도 만타마난
엇지ㅎ여 다ㅎ리오
유한졍졍 너의형뎨 통달한 명견으로
형의소회 알듯ㅎ다.

아ㅎ들아 인편이 급하여 촉하의 안혼긴기 안부도 못한다
사라잇ㄴ 쥴이ㄴ 아리니 여기 와셔 한 한심슈란 ㅎ여서 가
ㅅ 여럿을 지려 희도 교계ㅅㄴ 내 평싱 경역으로 기록ㅎ여
너희들 보이고져우ㄴ 너모만하 가지고 가기 어렵다 하니
못 보인다 내압 호야가 벗겻다 ㅎ던이 가지고 간동 모른다
마ㄴ 모도 그릇 셧ㄴ니라 보고 부대부대 영쳔 너 형의계 보
ㄴ여라 불각체촉하니 간단이 급급히 두어쥴 민드러 소회도
십일도 모ㅎ고 그만끗

제5장
조손별서

01 집성본

『한국가사자료집성』제2권(단국대학교 율곡기념도서관 편, 태학사, 1997, 131~141면)에 실려 있는 필사본이다. 제목 바로 밑에 "○ 有春 慶北安東河回柳時○"이라는 기록이 덧붙여 있다. 국한문 혼용체이며 상하 이단으로 기재되어 있다. 상단부터 2음보씩 좌측으로 써내려가 다 채운 다음, 하단을 동일한 방식으로 채워 나갔다. 여기서는 집성본 텍스트를 그대로 싣되, 4음보 단위로 행 구분을 하고, 1음보 단위로 띄어쓰기를 하였으며 1음보 내에서는 띄어쓰기를 하지 않았다.

〈죠손별셔가〉

어엿분 이아히야 할미소회 드러셔라
네어미 은덕으로 금옥갓흔 너이몸을
갑오년에 탄생ᄒ니 작인이 기이할분
자손중에 쳐음이라 남여경중 잇다해도
우리난 너에슉질 차등업시 길너너니
기딘도 남다르고 장중에 보옥으로
가니에 기화로다 자랄사록 출유ᄒ고
기기하고 묘묘할사 말마다 향기나고
일마다 아람답다 고사에 하엿스되
남가여혼 한다ᄒ나 우리난 너에슉질
기화갓치 기를젹에 기이함도 기이ᄒ고
혜일민쳡 구비ᄒ미 은형으로 단듯ᄒ다
광음이 여류ᄒ여 이팔이 되듯마듯
삼강오륜 놉흔업을 우리혼자 피홀손야
화려하다 너에자티 고가옛족 가려니야
규수셔랑 마진후에 꼿다운 너에나이
十六이 되단말가 佳郎을 광구ᄒ니
교목셰가 어디련고 ○○上에 柳氏門中
경향갑족 안이련가 어엿분 二八兩年
郎闈가 상젹ᄒ니 吉日良辰 퇵졍ᄒ여
桃花작작 ᄒ올젹에 婿東婦西 ᄒ난소리

禮節도 빈빈ᄒ고 万福之源 썻썻ᄒ다
양짝집 開婚자미 능난ᄒ고 히황ᄒ다
滿堂한 賀客드런 뇌안이 흠양ᄒ리
日月갓한 두쌍黃燭 三春三夏 압히노아
万花方暢 융융ᄒ고 婿郎에 再行三行
싯듯ᄒ고 앙증할사 人間에 자황자미
우리가 혼자믄듯 離兄弟 遠父母난
古法에 상사오니 新行날 定日ᄒ여
힝장을 슈습ᄒ니 金玉갓흔 긔한몸을
녹이홍상 고은모양 교자에 다마닐졔
헛분심사 잇지만은 福녹을 만이실려
道路에 쎠쳐잇고 너의祖父 갓치가니
광경도 죳컨이와 위우도 더욱장타
入門한 三五朔에 홍은혜틱 밧잡다가
三月何時 好時節에 귀령父母 반가와라
존중ᄒ신 사돈힝차 황홀ᄒ고 황송한중
龍鳳갓흔 너에한쌍 그리다가 다시보니
긔코도 아람답고 갈격에 파힌몸이
올디에더 윤틱ᄒ여 풍치랄 도아셔라
万花난 빗쳘돕고 白日이 더발도다
사돈늬 놉흔은덕 如天如海 하깃구나
사돈늬 인심보소 주효도 굉장할사
너희슉질 쌍을지어 우리슬하 다시오니

93

만실리 화기런니 사돈니 셩덕으로
사랑을 못이기어 오란명영 나려시니
庚戌년 冬十月에 너히叔姪 보낼젹에
연약한 이니심장 셥셥하여 하난모양
손잡고 어룹쓰러 오냐오냐 잘가그라
明春에 다려오마 철셕갓치 언약한기
사오삭 지난일이 그어디 변홀넌고
고상한 너에祖父 甲午年후 十餘年을
혼탁세게 보기슬어 은벽쳐사 되엿셔라
세사가 창망ᄒ나 너에죠부 구든마암
더욱이나 장렬ᄒ니 나는본디 무식ᄒ여
츙이열심 알깃스나 너에슉질 이별이라
기믹히고 망연하다 三從之이 쩟쩟ᄒ니
불합한들 엇지ᄒ노 문묘을 하즉ᄒ고
죠션세업 다바리고 七十餘間 傳來祭宅
동누하량 죠은각쳐 헌신갓치 바려두고
통곡으로 쩌날시에 고기너머 만은유솔
一時에 登達ᄒ니 골난이 이슬긴다
左右로 말이거날 北便에 정한길노
월옥도망 ᄒ듯ᄒ니 너을다시 못본거시
철천지한 될듯ᄒ다 九潭酒店 다다르니
난봉갓흔 우리손서 몽즁갓치 만나보고
漏水로 쩌날젹에 土木禽슈 안이어든

慈愛之情 업긴난야 엿○○날 이할마야
일평싱 잇난마암 天運이 돌이시면
혈마혈마 슈이보지 알히고 막힌마암
오장육부 다녹으니 白日이 밤중갓고
진옥갓흔 너에叔姪 토목갓흔 父母싱각
홀젹홀젹 하난모양 짐목에 버려스니
三千里 만슈청산 고상고상 차자오니
너에叔姪 바려두고 진몽인가 가몽인가
이일이 윈일인고 万山深處 차자와셔
一年이 되듯마듯 千万意外 너아자비
놀납고 반가온즁 너이을 싱각ᄒ여
비희상반 하깃구나 쳥할마암 간졀ᄒ나
홍망이 달인일을 권극키 어려우니
너아비 회귀할젹 이사을 쩌보와서
갓치오라 당부ᄒ고 은연즁 미든거시
낱막심사 갈밧업고 이곳에와 잇든사람
마암을 졍치못히 歸國하니 無數ᄒ나
아모리 싱각히도 속졀업난 離別이라
슬푸다 이아히야 무도한 네할미난
일분자졍 걸이여셔 실상우에 길으든일
역역히 싱각ᄒ니 너희들 靑春時代
오며가며 자이바다 셰간고락 모랄거살
죠상父母 잘못만나 남에경도 부려ᄒ고

95

비화난감 하난얼굴 골졀이 녹아질듯
가삼에 박힌쳘못 오미일염 네게잇셔
몽즁에 너을만나 손잡고 얼릅스나
쳡쳡소회 다못ᄒ야 남가일몽 허사로다
심화을 억지ᄒ나 그상이 삼삼이라
地形을 엇지알며 釼水楚山 몃겹인야
春夏秋冬 四時節에 졀후마다 영가ᄒ고
시시마다 회포로다 네어미 자익지졍
눈물노 셰월이요 夜夜마다 너을만나
반기고 늣기든말 초목금슈 안이어든
자익지졍 업긴난야 침즁한 네아비난
의면에 범연ᄒ나 깁흔사졍 업긴난야
사사에 걸여ᄒ니 엇지안이 그려할노
쳘업신 어린것들 보고졉다 노릭하야
심회을 도아닉고 졀윤한 네아자비
왕닉마다 회포로다 그립다 이아희야
션연한 옥모화용 兩眼에 삼삼ᄒ고
옥음 낭셩은 耳邊에 징징ᄒ여
실셩으로 그립구나 우리마암 이러ᄒ니
너맘엇지 알건는야 닉나을 싱각ᄒ니
일일이 쇠ᄒ지니 다시보기 미들손야
어엽불사 이아희야 비사지심 먹지마라
존당에 홍운혜틱 사사이 황송ᄒ고

○○○에 중디바다 금이옥식 잠겨잇고
장즁에 일긔금동 금상첨화 되엿스니
무어시 못잇즈라 사돈니 놉흔은덕
빅골에 깁히삭여 결초ᄒ야 갑흐리라
어엽분 이아히야 효봉구고 승슌군자
가니에 화목ᄒ고 비복에게 덕을어더
금지옥엽 너에몸을 일일이 조심ᄒ여
악담이 잇게말며 직임에 참작ᄒ여
나디치 말지어다 너에집 선비가풍
넌들엇지 못하긴노 말이젼정 너을두고
비사고어 부지렵다 쳔우상조 하오리라
龍鳳갓흔 柳셔랑도 교휵바다 발달ᄒ여
문즁사업 게입ᄒ여 길인각 능우디에
난세랄 평졍ᄒ고 第一切臣 될거시요
초목과 곤충드리 그덕을 흠앙ᄒ여
양가영화 쾌할시고 산두복녹 이려ᄒ나
더구할기 무어신야 남쳔보옥 우리졍하
일최월장 자라나셔 장니셩최 볼짝시면
이퇴게에 쳘학과 최고운에 문자와
이충무에 장약과 정다산에 상치가와
한석봉에 명필을 일신상에 구비ᄒ야
셩덕겸젼 하엿셔라 우리나라 니인만물
셰게만국 슝비ᄒ야 밍모에 삼쳔교휵

어느누가 효측ᄒ라 네아비 歸國하여
멋달을 게우잇셔 볼일이 분쥬ᄒ니
고문에 명사분늬 질기시며 권유ᄒ고
거룩ᄒ신 屛山書院 玉淵亭에 시쥬풍류
질기다가 써나오니 니엇지 다시보라
권권ᄒ신 여러분늬 비잡고 건너와셔
연연한 마암으로 손잡고 셧슬써에
장부에 간장에도 참아작별 어려워라
그날에 미진하미 지금까지 밀아드니
감사하기 그지업다 이역에 뭇친몸이
신편얻기 어려워라 중심에만 싸여두고
보낼도리 업셔스니 무심한 이바람을
여러분게 엿쥬리라 어엽불사 이아히야
무도한 너할미난 일분자졍 걸여잇셔
억울한 이소회을 여산여히 하다만은
네자비 졸졍ᄒ여 홀홀리 써나오니
황황한 이마암이 불셩인사 되엿구나
두어줄 초을잡아 너에게 붓치나니
귀귀이 남스렵다 혼자보고 업시ᄒ라
틔평틔평 잘잇다가 아모려나 다시보자
슬푸다 나에손아 오믹불망 ᄒ는할미
부부만슈 회답ᄒ노라

02 역대본

『역대가사문학전집』제45권(임기중편, 아세아문화사, 1989, 300~313면)에 실려 있는 필사본이다. 순한글체이며 상하 2단으로 기재되어 있다. 상단에 2음보, 그리고 하단에 2음보가 짝을 이루는 상하 귀글체 방식으로 계속 면을 채워나갔다. 그런데 역대본 텍스트는 영인 과정에서 같은 면수가 두 번 영인되는 실수가 있었다. 304면은 307면과 같은 필사 영인이다. 따라서 원래 304면에 실려야 할 부분이 실리지 못했다. 영인에서 빠뜨린 부분은 표시를 해두었다. 원래 이 부분은 귀령부모한 손녀와 다시 만난 즐거움과 그 후의 이별을 읊은 내용이다. 여기에서는 역대본 텍스트의 행 구분을 그대로 옮겨 싣되, 1음보 단위로 띄어쓰기를 하였으며 1음보 내에서는 띄어쓰기를 하지 않았다.

〈조손별서라〉

어엿부다 이아희야 할미소회 드러셔라
네어미 은덕으로 금옥갓튼 너의몸을
갑오연이 탄성하니 죽인니 기묘할수
자손중 처음이라 남여경등 잇다한들
우리난 너의슉질 차등업시 길너닐지
기딕도 남다르고 장중이 보옥갓치
금지옥엽 길너닉니 가닉이 화기로다

자락사록 츌유하고 기기ᄒ고 묘묘할ᄉ
말말이 향기롭고 일마다 아람답다
고ᄉ이 하여스디 남존여비 하다하나
우리난 너희슉질 남여간 처음이라
천싱예질 기이하고 희일민첩 구비하니
어너힝동 여공소학 은형으로 단듯ᄒ고
광음이 여류ᄒ여 이팔이 딘듯만듯
삼강울유 조흔법을 우리혼ᄌ 피할소냐
화려하다 너아ᄌ비 고가시족 가려너여
기일신 욱조여의 쥰슈서랑 마진후의
꼿다온 너의나이 이팔이 디단말가
가랑을 광구ᄒ니 고목시신 ᄒ희촌의
유씨문중 경향갑족 랑규가 상적ᄒ다
도화자 시을읍허 서지부 하난소리
예절도 빈빈하고 만복지원 쩟쩟홀ᄉ
양가의 개혼ᄌ미 능난ᄒ고 휘황하다
만당한 하객들이 뉘안이 흠앙하리
일월갓흔 두쌍화촉 숨츈숨하 압희오고
만단츈식 화기즁이 인간난ᄉ 이안이냐
서랑의 지힝삼힝 시득ᄒ고 앙증할ᄉ
인간의 ᄌ황자미 우리가 혼ᄌ은듯
여ᄌ유힝 원부모난 고법이 상시로다
삼종지의 쩟쩟ᄒ니 신에날 정일ᄒ여

힝장을 전송할지 금옥갓치 귀한몸을
노기홍상 고흔모양 교자안이 다마닐적
헛분심ᄉ 잇지마년 복녹 만이시러
도로이 엇처잇고 너희조부 가치가신니
광경도 조커니와 위에도 더욱장타
입문한 숨ᄉ숙이 홍은희택 밧줍다가
삼월화시 호시절이 귀령부모 반가워라
존중ᄒ신 사돈힝ᄎ 황홀하고 황송할ᄉ
봉황갓흔 너익니외 그리다가 다시본이
군자슉여 일ᄉ유술 귀코도 아람답다
갈적이 파려아히 올적이 윤택하니
만화츈 빗흘돕고 빅일이 더발도다
사돈니 놉흔은덕 여천여히 ᄒ겟고나
사돈니 인ᄉ보소 쥬효도 굉중ᄒ다
번족이 포식ᄒ고 상하로 치하로다
틱화한 옥반기이 소원을 연합ᄒ여

— 한 면 없음 —

기막히고 망연ᄒ다 삼종지의 썻썻ᄒ니
츌가외인 속절업서 불합한들 엇지ᄒ노
부모을 하직ᄒ고 조선시업 다바리고
칠십여간 저니지택 동은향양 조흔거처

헌신갓치 버려두고 통곡으로 쩌난시이
교자니힝 만은소솔 일시이 등로ᄒᆞ면
골난이 이슬게라 좌우로 말이거날
북편이 험노로쫏ᄎ 월옥도망 ᄒᆞᄌᆞ하니
너를다시 못본것이 창처지한 딜듯ᄒᆞ다
구담쥬점 다다르니 남봉갓흔 우리서랑
몽중갓치 맛나보고 누슈로 쎳칠적이
초목금슈 안이어던 자이지졍 업슬손야
어차피 당할비라 일편이 잇난마음
천운이 회환ᄒᆞ면 자유권이 디오리라
이러킨 싱각ᄒᆞ면 혈마슈이 보지마는
알히고 막힌마암 오중육보 다녹난다
빅일이 밤중갓고 구곡이 ᄯᅳ쳐진다
진옥갓흔 너이슉질 성옥갓흔 부모싱각
울적울적 ᄒᆞ난모양 심목이 버려스니
삼철이 만슈쳥순 고셩은 ᄎᆞ지시요
너힉슉질 바려두고 진몽인가 가몽인가
이거람이 윈일인고 만산심처 ᄎᆞᄌᆞ와서
일연을 지난뒤이 처만이이 너이아어
전이북국 ᄎᆞ자온이 놀납고 반가와라
너힉를 생각ᄒᆞ이 비회가 상반일다
쳥할마암 간절ᄒᆞ나 흥망이 달인일을
권극이 어려운이 닉아비 회긔할적

이스을 보아가며 갓치오라 당부ᄒ고
은현중 밋든거시 막막심스 갈발업다
이곳이와 잇던사람 마음을 정도못히
귀국ᄒᄋ이 무슈ᄒ니 아모리 싱각히도
속절업난 이별이라 슬푸 이아히야
무도한 니할미난 일분즈졍 갈여이서
슬상이 기르든일 역역히 싱각히고
너희들 청츈시디 오며가며 즈이바다
시상고락 모를거슬 조승부모 잘못맛나
남이경도 부려ᄒ고 용회을 감하난닐
골절이 녹아질듯 가슴이 박힌철못
오미일염 니게잇서 남과일몽 허시로다
심회을 막졍하나 노졍이 삼철이라
지형을 엇지알며 금슈도 몃졉이야
츈하츄동 사시졀이 졀후마다 층가ᄒ고
츈풍츄우 명월야이 시시마다 회포로다
너이어미 자이지졍 눈물노 시월이요
침즁한 너아비난 외면은 버연ᄒ나
깁푼자졍 업슬소야 사사이 걸여하니
부모이 철눈자이 야야마다 너를맛나
반기고 늣기난일 가슴이 못이디고
철업난 어린거들 보고졉다 노리ᄒ니
천진만고 저이들이 심회을 즈아닌다

천연한 너아어난 왕니마다 회포로다
그립다 이아히야 선연한 옥모화용
양안이 슘슘ᄒ고 옥음 낭성은
이면이 징징ᄒ여 실셩지인 디게고나
우리마음 이러하니 너난이이 더하리라
분벽사창 비겨안ᄌ 천니을 망운ᄒ니
쌍안이 옥누나려 홍협 나릴지라
우리마음 이러한쥴 너희엇지 짐죽ᄒ랴
너나을 싱각ᄒ니 여연이 무다ᄒ다
○○이 낙조갓치 다시보기 미들손야
어엿분 이아히야 비사지심 억지하라
너존당이 홍은희택 산두가 갑이얍고
형국자이 즁디바다 금화당 호가사이
금의옥식 잠겨잇고 장즁이 일지금동
시시싱싱 갑흐리라 효봉구고 승슌군ᄌ
가니이 화목ᄒ여 비복으게 역을두어
금지옥엽 너희몸을 일동일절 조심ᄒ며
악병이 밋게말며 직임방적 직심하여
나다치 말지어다 너이집 선시가풍
닌들엇지 모르지나 말이전정 너을두고
비사고업 부질업서 전두기디 말하리라
용봉갓흔 우리서랑 신국교육 발달ᄒ여
문즁ᄉ업 게승ᄒ여 기인각 능운디이

난시랄 평정ᄒ고 지일공신 될거시요
초목과 곤까지 덕을외와 흠앙하니
양가형요 쾨할시고 전후복녹 이러하면
더구할게 무어시랴 남청봉옥 우리정하
일최월장 ᄌ라나서 자녀성취 볼족시면
이퇴 철약가와 최고운이 문중가와
이츙문이 즁약가와 한석봉이 명필가을
일신상이 구여ᄒ야 성덕자이 하올진이
우리나라 지일문물 시게만물 슝비ᄒ여
밍모이 삼천지교 너도ᄯᅩ한 효측ᄒ라
내아비 귀국ᄒ여 몃날을 지나고서
어미도 불안하고 고국이 명사분니
즐기시며 귀후하고 거룩하신 여러분니
병슌서원 옥연정이 시쥬풍유 즐기시다가
쎳쎳이 발분하여 삼철이이 형제지졍
저버릴슈 잇겟나야 권권하신 좌우분니
비잡고 건너와셔 연연이 두망남니
손잡고 섯슬쩌이 장부이 간장이도
참아작별 어렵더라 그날이 미진함을
지금까지 잇가은이 부모이 듯난마음
감사하기 무량ᄒ다 이역이 붓친몸이
신편엇기 어려워서 즁심이만 사겨두고
보날도리 업서슨이 무심한 이말삼을

여러분게 엿쥬워라 슬푸다 이아히야
무도한 니할미난 일분자졍 걸여잇셔
억울한 이소회을 여산여히 ᄒ다마은
심신이 숙달ᄒ고 누슈가 압흘막아
이만ᄒ고 긋치노라

03 가사문학관본1

한국가사문학관 홈페이지에 올라와 있는 필사본이다. 이곳의 설명에 의하면 한국국학진흥원에 소장되어 있다고 한다. 이 〈조손별서〉에 이어 〈답사친가〉가 필사되어 있다. 순한글체이며 줄글체 방식으로 기재되어 있다. 여기에서는 가사문학관본1 텍스트를 그대로 싣되, 4음보 단위로 행 구분을 하고, 1음보 단위로 띄어쓰기를 하였으며 1음보 내의 띄어쓰기는 하지 않았다.

〈조손별서〉

어엿분 이아히야 할미소회 들어보소
네어미 인덕으로 금옥같은 너의몸을
갑오년에 탄생하니 작인이 기묘할사
자손중 처음이라 남여경중 잇다한들
우리는 너의숙질 차등없이 길러낼제
기대도 남다르고 장중에 보옥같이
금지옥엽 길러내니 가내의 기화로다
자랄사록 출등하고 긔긔이 묘묘할사
말말이 향기롭고 일마다 아름답다
고자에 하였으되 남존여비 하다하나
우리는 너의숙질 남여간격 없엇어라
쳔싱여질 기이하고 혜일민쳡 구비함이

107

언어행동 여공소학 은형으로 단듯하다
광음이 여류하야 이팔이 되듯마듯
삼강오륜 좋은법을 우리혼자 폐할소냐
화려하다 네아자미 고가세족 가려내여
길일양신 육조년에 준수서랑 맞은후에
꽃다운 너의나이 이팔이 되단말가
가랑을 광고하니 교목세신 하회촌에
유씨문중 경향갑족 랑규가 상적하다
도화작작 시를읊어 서지부가 하난노래
예절도 빈빈하고 만복지원 떳떳할사
량가의 개혼자미 능란하고 휘황하다
만당한 하객들이 뉘아니 흠앙하리
일월같은 두쌍화초 삼춘삼하 앞에놓고
만당춘색 화기중에 인간낙사 이아니냐
서랑의 재행삼행 샛득하고 앙증할사
인간의 자황자미 우리가 혼자은듯
여자유행 원부모는 고법의 상사로다
삼종지의 떳떳하니 신예를 정일하니
행장을 전송할제 주옥같이 귀한몸에
녹의홍상 고운모양 교자에 담아낼제
헛분심사 잊지마는 복록을 많이실어
도로에 벌혀잇고 너의조부 같이가니
광경도 좋거니와 위의도 더욱장하다

입문한 사오삭에 홍응혜택 밧잡다가
삼월화시 호시절에 귀령부모 반가워라
존중하신 사돈행차 황홀하고 황송할사
봉황같은 너의내외 그리다가 다시보니
군자숙녀 일쌍구살 귀코도 아름답다
갈적에 파련아해 올적에 윤택하니
만화중 빛을돕고 백일 더밝도다
사돈네 높은은덕 여천여해 하겟고나
사돈네 인사보소 주효도 굉장하다
번족의 포식하고 상하로 치하로다
태과한 옹망기대 소원을 여합하여
너의숙질 쌍을지어 우리슬하 다시노코
만실이 화기러니
사돈내 별윤자애 오라명령 나리시니
경술년 동십월에 너의숙질 보날적에
연연약장 어린심회 섭섭하여 하난고나
손잡고 어릅쓰러 오냐오냐 잘가거라
명춘에 다려오마 정령이 언약한게
사오삭 지난일이 그덧이 변할손야
고상한 너의조부 갑오년후 십오년을
혼탁세계 보기실어 은벽처사 되어서라
세사가 망창하여 너의조부 굳은마음
거국의사 결정하니 나는본대 무식하여

109

츙의열심 알겠으랴 너의숙질 떳칠일이
기막히고 망영하다 삼종지의 떳떳하니
출가외인 속절없이 불합한들 엇지하노
분묘를 하직하고 조선세업 다바리고
칠십여간 전래제택 동은한양 좋은거처
헌신같이 버려두고 통곡으로 떠날시에
교자내에 많은소솔 일시에 등도하면
곤란이 잇을세라 좌우로 말리거날
북편에 협노로가 월옥도망 하자하니
너를다시 못본것이 천지한 될듯하다
구담주점 다달으니 난봉갓흔 우리서랑
몽중같이 만나보고 누수로 떠날적에
초목금수 아니어든 자애지정 없을소냐
엇지차마 당할배랴 일편에 믿는마음
천운이 회환하면 자유권리 되오리라
이렇게 생각하면 혈마수이 보제만은
알히고 박힌마음 오장육부 다녹는다
백일이 밤중같고 구곡이 끗처진다
진옥같은 너의숙질 석목같은 부모생각
울적울적 하난모양 심곡에 버럿으니
삼천리 만수청산 고생은 차제어요
너의숙질 바려두고 진몽인가 가몽인가
이거름이 웬일인고 만산심처 차자와서

일년을 지난뒤에 천만이외 네아자미
천에북국 찾아오니 놀납고 반가워라
너의숙질 생각하니 비회가 상반일다
청할마음 간절하다 흥망이 달린일을
권금이 어려우니 네아비 회귀할제
의사를 보아가며 같이오라 당부하고
은영중 믿은것이 낙망심사 갈바없다
이곳에와 잇든사람 마음을 정돈못해
귀국하니 무수하니 아모리 생각해도
속절업는 이별이라
슬푸다 이아해야 무도한 네할미는
일분자정 걸려잇어 슬상에 기르든일
역역히 생각히고 너이들 청춘시대
오며가며 자애받아 세상고락 모를것을
조상부모 잘못만나 남의경도 부려하고
용회를 감하난일 골절이 녹아질듯
골수에 박힌철못 오매일념 네게잇어
남가일몽 허사로다 노정이 삼천리라
지형을 엇지알며 금수도산 몇겹이냐
춘하추동 사시절에 절후마다 층가하고
춘풍추우 명월이에 시시마다 회포로다
네어미 자애지정 눈물로 세월이요
침중한 네아비난 외면은 범연하나

111

깁흔자정 업겠느냐 사사에 걸려하니
부모의 천륜자애 야야마다 너를만나
반기고 늣기난듯 가슴에 못이되고
철없난 어린것들 보고접다 노래하니
천진난만 저히들이 심회를 자아낸다
천연한 네아자미 왕래마다 회포로다
그립다 이아해야 선연한 옥모화용
양안의 삼삼하고 옥음 낭성은
이변에 쟁쟁하여 실성지인 되겠고나
우리마음 이러하니 너는이이 더하리라
분벽사창 비겨안자 천애를 망운하여
쌍안의 옥누나려 홍협의 나릴지라
우리마음 이러한줄 너의엇지 짐작하랴
내나을 생각하니 여년이 부다하다
서산에 낙조같이 다시보기 믿을소냐
어엿분 이아해야 비사지겸 억제하라
존당의 홍은혯택 산두가 가비압고
현군자의 중대받아 금옥화당 호가사의
금의옥식 잠겨잇고 장중에 일개금동
금상첨화 되엇으니 무엇이 못잊히랴
사돈내 높은은덕 백골에 싸엿다가
세세생생 갚으리라 효봉구고 승순군자
가내의 화목하여 비복에게 덕을두어

금지옥엽 너의몸을 일동일정 조심하여
악명이 밋게말며 직임방적 착심하여
나라치 말지어다 너의집 선세가풍
넨들엇지 모라겟나 만리전정 너를두고
비사고어 부질업서 전두기대 말하리라
용봉갓흔 우리서랑 신구교육 발달하여
문중사업 계승하여 기린각 능운대에
난세를 평정하고 제일공신 될것이요
초목과 곤충까지 덕을외와 흠앙하리
양가영효 쾌할시고 전두복록 이러하면
더구할게 무엇이냐 남천보옥 우리정하
일취월장 자라나서 장래성취 볼작시여
이퇴계의 철학가며 최고은의 문장가와
이충무이 굴약가와 정다산의 정치가와
한석봉의 명필가를 일신상외 구비하여
세계만물 숭배하 맹모의 삼천지교
너도또한 효도하라
네아비 귀국하여 몇달을 게가잇어
이레도 불안하고 고문의 명사분네
즐기시면 권후하고 거룩하신 어른분네
병산정원 옥연정의 시주풍류 즐기다가
떠날의사 만무하다 삼천리 의려지점
저바릴수 잇겟느냐 권권하신 제우분네

113

배잡고 건너와서 연연한 두마음이
손잡고 섯을때의 장부에 간장에도
차마작별 어렵드라 그날의 미진함을
지금까지 일커르니 여산여해 하다마는
심신이 삭막하고 누수가 앞을막아
이만하고 굿치노라 황황 수란하여
불생설로 되고마고 조로 초를하여
그대로 부치니 혼자보고 없이해라
슲으다 나의 손아야 오매불망
할미난 억만 누수로서 하노라

병오 이월초 일일 등서

04 가사문학관본2

한국가사문학관 홈페이지에 올라와 있는 필사본이다. 이곳의 설명에 의하면 한국국학진흥원에 소장되어 있다고 한다. 이 〈조손별셔〉에 이어 〈답숫친가〉가 필사되어 있다. 순한글체이며 상하 2단 구성의 귀글체로 기재되어 있다. 상단에 4음보를 귀글체로 적고, 이어 하단에 4음보를 귀글체로 적은 다음 다시 좌측으로 옮겨 앞의 방식으로 써내려 갔다. 가사문학관본2 필사자는 가사의 말미를 "이만하고 긋치노라"로 보고 다음 22음보는 덧붙인 구절로 보아 줄글체로 기재하였다. 여기서는 가사문학관본2 필사본의 행 구분을 그대로 싣되, 1음보 단위로 띄어쓰기를 하였으며 1음보 내의 띄어쓰기는 하지 않았다.

〈조손별셔〉

어엿분 이아히야 한미소리 둘어서라
네어미 인덕으로 금옥갓한 너희몸은
갑오연의 한셩ㅎ니 작인이 긔묘ㅎㅅ
자손즁 처음이라 남여경즁 잇다한들
우리난 너의슉질 츠등업시 길너별졔
긔딕도 남다르고 장즁의 보복갓치
금지옥겸 길너닉니 가녀의 기화로다
ㅈ할ㅅ록 츄하고 긔긔하고 못못홀ㅅ

말말다 향기롭고 일마다 아람답다
고자의 하엿시디 남ᄌ여비 ᄒ다ᄒᄂ
우리난 너희슉질 남여간젹 업서셔라
천싱여질 기이ᄒ고 혜일민첩 구비ᄒ다
언어ᄒᆼ동 여공소학 은형으로 단듯ᄒ다
광음이 여류ᄒ여 이팔이 디듯마듯
삼강오륜 조혼법을 우리혼ᄌ 페할손야
화려ᄒ다 네아ᄌ미 고갸세족 가려닉여
길일양신 욱조연이 준슈서량 마진후의
쏫다운 네의나히 잇팔이 디단말가
가량을 관구ᄒ니 교목셰 신하횟촌의
룻씨문즁 경향감죽 낭규가 상젹ᄒ다
도화작작 시를읍혀 서치부가 하난소리
예쳘도 빈빈하고 만복지원 쩟쩟할스
양가의 기혼자미 능난하고 휘홉ᄒ다
만답한 하긱드리 뉘안이 흐망하리
일월갓한 두쌍홧초 삼춘삼화 압히녹고
망당츰식 화지즁의 인간난스 이안닙다
서랑의 지ᄒᆼ슴ᄒᆼ 싯둑ᄒ고 앙종하사
인간의 ᄌ황자미 우리아 혼ᄌ온듯
여ᄌ유ᄒᆼ 원부모난 고법의 숭사로다
삼종지의 쩟쩟ᄒ니 신톄랄 정일하여
ᄒᆼ즁을 전송할제 금옥갓치 디한몸의

녹의홍숭 고흔모양 교즈의 담아닐적
헛분임스 잇제마난 북녹을 만이시러
도로의 쎗쳐잇고 너의조부 갓치가니
광경도 좃커니와 위의도 더옥장타
입문한 스오삭의 홍은혜틱 밧잡다가
삼월화시 호시절의 귀령부모 반가워라
잔중한 스돈힝츠 황홀하고 황송할스
봉황갓한 너의니외 그리다가 다시보니
군자숙여 일장구살 귀모도 아람답다
고상한 너의조부 갑오연후 십오여연을
혼탁셰게 보기슬허 은벽쳐스 디여시라
셰스가 망창ᄒ여 너의조부 구든마음
긔국의사 결정하니 나난본디 무식ᄒ여
츙의열심 알깃스랴 너의슉질 쩟친일이
기막히고 망연ᄒ다 삼종지의 쩟쩟ᄒ니
츌가위인 속졀업시 불합한들 엇지ᄒ노
분묘를 ᄒ직하고 조선셰업 다바리고
칠십여간 졀니졧틱 동운향망 조혼거쳐
헌신갓치 바려두고 통곡으로 쩌날시의
교자네히 만흔소슬 일시의 등자하면
골난니 이슬셰라 좌우로 말니거날
북편의 형노좃차 월옥도망 ᄒ자ᄒ니
너를다시 못본거시 츙쳔지ᄒ 될듯ᄒ다

구담수쳔 다다르니 난봉갓흔 우리서랑
몽중갓치 만나보고 뉴슈로 쎳칠적의
초목금슈 안니어든 자의지정 업슬소야
엇지ㅎ마 당할비라 일젼 밋난마음
쳔운이 희환ㅎ면 자뉴궐니 되오리다
빅일이 밤중갓고 구곡이 슻쳐진다
진옥갓흔 너의슉질 석목갓흔 부모싱각
울젹울젹 하난모양 시목의 볏쳐스니
삼쳘니 만수쳥산 고싱은 차제세오
너의슉질 바려두고 진몽인가 가몽인가
이거하이 윈일인고 만산심쳐 차자와서
일연을 지난뒤의 쳔만의 네아즈미
천의복국 차즈오니 놀납고 반가와라
너희를 싱각ㅎ니 비희가 상반일다
진옥갓흔 너의슉질 석목갓흔 부모싱각
울젹울젹 하난모양 시목의 볏쳐스니
삼쳘니 만수쳥산 고싱은 차제세오
너의슉질 바려두고 진몽인가 가몽인가
이거하이 윈일인고 만산심쳐 차자와서
일연을 지난뒤의 쳔만의 네아즈미
천의복국 차즈오니 놀납고 반가와라
너희를 싱각ㅎ니 비희가 상반일다
쳥할마음 간절이나 흐망이 달닌일을

권금이 어려우니 네아비 회귀할젹
의ᄉ를 보아가며 갓치오라 당부하고
은영중 밋은거이 낙막심ᄉ 갈발업다
이곳의와 잇든ᄉ람 마음을 졍든못히
귀국하니 무수하리 아모리 싱각히도
속졀업난 이별이라 슬퓨다 이아히야
무도한 너헤미난 일분자졍 걸니여셔
슬상의 기르든일 역역히 싱각히고
너히들 쳥춘시더 오며가며 자의바다
남의경도 부려ᄒ고 용희를 감ᄒ난일
세승고락 못랄거든 조상부모 잘못만나
골졀이 녹아진듯 가삼의 박힌쳘못
오미일염 네게잇셔 남가일몸 허시로다
삼희를 막졍하나 노졍이 삼쳘니라
지형을 엇지알며 금슈도산 멱겨비냐
슬상의 기르든일 역역히 싱각히고
너히들 쳥츈시더 오며가며 자의바다
남의경도 부려ᄒ고 용희를 감ᄒ난일
세승고락 못랄거든 조상부모 잘못만나
골졀이 녹아진듯 가삼의 박힌쳘못
오미일염 네게잇셔 남가일몸 허시로다
상희를 막졍하나 노졍이 삼쳘니라
지형을 엇지알며 금슈도산 멱겨비냐

춘하츄동 사시졀의 졀후마다 층가ᄒ고
츈풍츄우 명월야의 시시마다 희포로다
네어미 자의지졍 눈물노 셰셜이못
침츔한 네아비난 의면은 범면ᄒ나
깁흔ᄌ졍 업겟나야 ᄉᄉ의 걸여ᄒ니
부모의 쳘눈자의 야야마다 너를만나
반기고 늣기난말 가삼의 못이되고
쳘업난 어린것들 보고졉다 노리ᄒ니
쳔진난만 너희들이 심희를 ᄌ아닌다
쳔연ᄒ 네아자미 왕니마다 희포로다
그립다 이아히야 션연ᄒ 옥모화용
낭안의 삼삼ᄒ고 옥유 낭셩은
이변의 징징ᄒ여 실셩지인 더깃구나
우리마음 이러ᄒ니 너난일데 더ᄒ리라
분벽ᄉ창 비겨난ᄌ 쳔의를 망운ᄒ여
쌍안의 옥뉴나려 홍협의 나릴지라
우리마음 이러한쥴 너희엇지 짐작ᄒ랴
니나흘 싱각ᄒ니 여여이 무다ᄒ다
셔산의 낙조갓치 다시보 미들손야
어엿분 이아히야 비ᄉ지심 엇지ᄒ리
존당의 호흔헷포 산두가 가비업고
현군ᄌ의 즁디바다 금옥ᄒ다 호가사의
금의옥식 잠겨잇고 장즁의 일기금동

금샹첨화 되엿시니 무어이 못잇치랴
사돈늬 놉흔은덕 빅골의 싹엿다가
세세싱싱 갑흐리라 효봉구고 승승군ㅈ
가지의 화목하여 비복의게 덕을두어
금지옥경 너에몸을 일동일졍 조심ᄒ여
악명이 밋계말며 직임방젹 착심ᄒ여
낫타시 말지에라 너의집 선세가풍
녠들엇지 모라겟나 말니젼졍 너를쥬고
비ㅅ고어 부졀업서 천두기디 말ᄒ리라
룡봉갓흔 유서랑 선구교휵 발달ᄒ여
문즁사업 게승ᄒ여 긔린각 능운더에
난셰랄 평졍ᄒ고 제일공신 딜것이요
초목과 곤츙까지 덕을의와 ᄒ강하니
양가영효 쾌할시고 젼듀복녹 이려ᄒ면
더구할기 무어시야 남젼보옥 우디졍하
일회월쟝 자라나서 쟝늬셩치 볼작시며
이퇴게 쳘학가와 최고문의 문쟝가와
이츙무의 글약가와 졍다산의 졍치가와
한석봉의 명필가를 일신상의 구비ᄒ야
셩덕다지 ᄒ올지니 우리나라 졔일문물
세게만물 슝비ᄒ여 밍모의 삼쳔지교
너도ᄯ한 효측하라 네아비 귀국ᄒ여
멋달을 게가이서 잇쎄도 불안하고

121

고문의 명수분니 즐기시며 전후ㅎ고
거룩하신 여디분니 병손셔원 옥연정의
시주류뉴 즐기다가 쩌날의스 만무ㅎ나
삼쳘리 의려지졍 저버릴슈 잇겟나야
권권하신 제운분니 비잡고 건너와셔
연연한 두마음이 손잡고 섯슬쩌의
장무의 간장의도 차마작별 어렵드라
그날의 미진함은 지금까지 일가르니
부소의 듯난마음 감수하기 무량ㅎ다
니여기 뭇진몸이 신편엇기 어려우셔
중심의만 삼여두고 보날도리 업셧시니
무셩한 이말삼은 어런분니 엿쥬어라
슬푸다 이아희야 무도한 네하미난
일분자졍 걸이여셔 억굴한 이소희를
여산여희 하다마는 심신이 상막하고
뉴슈가 압흘막아 이만하고 굿치노라

황황수란하여 불졍설노 되고말고 두어쥴 십일조료 초를
하여 그더로 붓치나니 괴괴 남스럽다 혼자보고 업시여라
티평티평 잘잇다가 아모려나 다시보자 슬푸다 나의손아야
오미불망 하난 하미난 억만누슈로 ㅎ노라 흡일빅뉵십두귀

05 권영철본

『규방가사각론』(권영철, 형설출판사, 1986, 569-571면)에 실려 있는 활자본이다. '조모가 손녀에게'에게 보내는 '歌辭 형식의 內簡' 자료로 이 가사를 인용했는데, 상당수 구가 생략되어 있다. 〈뉴실 보아라〉라는 제목에 "출처 : 경북 안동군 풍산면 소산 1동 김석교" 라는 주가 달려 있다. 여기서는 권영철본 텍스트의 행 구분과 띄어 쓰기를 그대로 실었다.

〈뉴실 보아라〉

어엿분 이아히야 할미소히 드려셔라
너히어미 인덕으로 금옥갓한 너의몸을
탄싱ᄒ니 작인이 그니할뿐 자손중의
청음이라 남녀경중 있다하나
우리넌 너희슉질 초등업시 길너닐젹
거대로 남다를스 온명을 말ᄒ면서
쟝중의 보옥이요 가내에 긔화로다
ᄌ달상족 쥴유ᄒ니 긔긔하고 모모할소
말마다 행니춥고 일마다 아람다와
고조의 ᄒ엿시디 남존여비 ᄒ다ᄒ나
우리넌 너의슉질 긔화갓치 길러내매
이제라도 기이ᄒ고 혜일민첩 구비ᄒ니

는형을 단둇ᄒ다 광음이 여류ᄒ여
이팔이 되엿스라 삼강오륜 놉은법은
우리혼자 비할소냐 화려ᄒ 네할미
고가세족 가려내야 쥰슈셔량 마진후의
꼿다온 너의나이 십육이 되단말가
가문은 광슈하니 고옥시가 어디런고
하회쌍의 뉴시문중 경향갑족 아니던가
어엿분 이팔약벽 남쥬가 샹젹ᄒ니
길일양신 택정ᄒ여 ----- -----
----- ----- ----- -----

여ᄌ의 원부모는 고법의 샹세ᄒ고
삼종지예 쩟쩟ᄒ니 신힝날을 정일ᄒ여
힝쟝을 성비ᄒ여 금옥갓흔 귀ᄒ몸을
녹의홍상 고은모양 교ᄌ의 담아내니
헛분생각 잇지만은 복녹은 만만이라
광경도 조커니와 귀구가 더욱쟝타
----- ----- ----- -----
----- ----- ----- -----

어엿분 아희야 효봉구고 승슌군ᄌ
가니예 하목ᄒ며 비복의계 덕을쥬어
금지옥엽 너의몸을 일동일졍 조심ᄒ며
악명이 밋게말며 직임에 착실ᄒ며
너의싀가 세가풍도 욕되게 마라스라

용봉갓흔 너의셔방 학식잇고 발달ᄒ여
문즁디업 계승ᄒ려 오미불망 영가ᄒ니
일취월쟝 성쟝ᄒ야 부귀공명 누르리라
너의셔방 볼작시면 이퇴계의 철학가와
최고운의 문쟝가와 졍다산의 정치가와
학셕봉의 명필가를 일신상에 구비ᄒ야
성덕달재 ᄒ엿스라
우리나라 졔일인물 온세승이 숭배ᄒ니
밍모의 삼천지교 너도쏘ᄒ 효측ᄒ라
네아비 귀국ᄒ야 명망이 대단ᄒ니
고국의 명ᄉ분니 축슈ᄒ여 즐기시며
병산셔원 옥연정의 시즁동유 즐기다가
쩌날의ᄉ 만무ᄒ나 삼졀이 머럿시면
졍마될슈 잇건마는 문득이 쩌나셔셔
쳔익의 원별이라 권권ᄒ신 여러분이
비타고 건너가서 연연ᄒ 이별ᄆᆞ음
손잡고 셧ᄂᆞ디예 쟝부의 간쟝이나
ᄎᆞ마작별 어렵더라
아희야 할미소회 줄줄이 새겨두고
나날이 힝해가매 차질이 업게ᄒ며
빗나는 우리가문 욕되게 마라스라
부듸부듸 명심ᄒ여 오미불망 ᄒ여ᄉ라

만주망명과 가사문학 자료

제6장

신세타령

01 외당선생삼세록본

『畏堂先生三世錄』(박한설 편, 강원일보사, 1983, 273-278면)에 실려 있는 필사본이다. 순한글체이며 세로쓰기 방식으로 기재하였지만 1음보 단위로 띄어쓰기를 하고 4음보를 한 행으로 맞추어 기록했다. 그러나 후반으로 갈수록 내용과 행 구분이 맞지 않는 면이 있다. 여기서는 외당선생삼세록본 텍스트의 행 구분과 띄어쓰기를 그대로 실었다.

〈신시타령〉

슬푸고도 슬푸도듯 이내신시 슬푸도듯
이국말리 이내신시 슬푸고도 슬푸도듯

보이는눈 쇠경이요 들리는귀 믹켜꾸느
말하는입 벙어리요 슬푸고도 슬플도드
이니신시 슬푸도드 보이나니 ꟁ마기ᄅ
우리조선 어디ᄀ고 외놈드리 득시ᄒ느
우리인군 어디ᄀ고 외놈디장 활기치느
우리으병 어디ᄀ고 외놈군디 득시ᄒ니
이니몸이 어이ᄒᆯ고 어딜ᄀ들 븐겨줄가
어딜ᄀ들 오ᄅᄒᆯ가 ᄀ는고시 니집이요
ᄀ는고시 니ᄯᅥ이ᄅ 슬푸고도 슬푸도드
이니몸도 슬푸련모 우리으병 불숭ᄒ드
ᄀ는고시 니ᄯᅥ이요 ᄀ는고시 니집이ᄅ
비곱푼들 머거볼ᄀ 춥드ᄒ들 춥드ᄒᆯᄀ
니ᄯᅥ음는 서럼이론 이럿티시 서러울ꟁ
인군엄는 서럼이론 어느느ᄅ 븐겨줄ᄀ
가는고시 서름이요 불작모드 ᄀ시로드
충신드른 고숭ᄒ고 역적드른 죽껀모는
충신드를 고숭식겨 어이이리 하즌몰ᄀ
익돌도드 익돌도드 우리으병 불숭ᄒ드
이역말리 찬ᄇᄅᆷ이 발작모드 어름이요
발끗모드 빅서리ᄅ 눈숩모드 어름이ᄅ
수염모드 고두ᄅ미 눈동즈는 불빗치ᄅ
부모처즈 ᄯᅥ쳐녹꼬 나ᄅ찻즈 ᄒ는으병
불숭ᄒ고 불숭ᄒ드 물올이른 기러기ᄀ

물을보고 차저ㄹ니 말근물이 흑똥이요
까마기ㄹ 안즈꾸ㄴ 슬푸고도 슬푸도ㄷ
이ㄴ신시 슬푸도ㄷ 이ㄴ몸도 곱든얼굴
주름ㅅ리 되엿서ㄹ 어이할고 인둘도ㄷ
후년이ㄴ 고향성묘 절히볼ㅋ ㅎ는거시
주름ㅅ리 되여ㄹ니 불숭할ㅅ 이ㄴ신시
나라이른 서름이론 이럿타시 서러울ㄲ
어느떠ㄴ 고향갈ㅋ 주군고혼 고향갈ㅋ
ㅋ막ㅋ치 밥이될ㅋ 어너짐승 밥이될ㅋ
어느ㅅ롬 몬저줄ㅋ 나라이른 서름이론
ㅎ루술면 ㅅ럭커늘 어이이리 서러운야
둘도음는 목숨한ㄴ 나라샛짜 ㅎ는으병
장ㅎ기도 장ㅎ도ㄷ 이역말리 트국뜽 이
남겨둔건 눈물리ㄹ 슬푸고도 슬푸도ㄷ
우리으병 슬푸도ㄷ 이ㄴ몸도 슬푸도ㄷ
이럿트시 슬풀손야 우러본들 소용읍고
ㄱ슴속모 읍퍼지네 엄동설안 춘ㅂ롬이
잠을존들 잘수인나 동쪽ㅎ늘 발거진니
조석꺼리 걱정이ㄹ 이리ㅎ여 ㅎ루ㅅ리
술ㅈ하니 밋친거시 외놈이ㄹ 어리서근
빅성드른 외놈압퍼 종이되여 저주굴줄
모루고서 외놈종이 되역꾸ㄴ 슬푸고도
슬푸도ㄷ 밋친한을 어이홀고 자식두고

주굴손야 원수두고 주굴손야 니한목숨
죽는거슨 쇠울수도 잇컨믄는 물리퇴국
원한혼이 될수업써 서럽꾼느 이니신시
설푸고도 서럽꾼느 어느떠느 고향ㄱ서
엔몰하고 스ㄹ볼고 잇둘푸고 잇둘도ㄷ
슬푸고도 슬푸도ㄷ 이니신시 슬푸도ㄷ
방울방울 눈물리ㄹ 밋치는니 혼이로ㄷ

게희 정월 열돗신날야경 신시뜬령 글

02 독립군시가집본

『독립군시가집-배달의 맥박』(독립군시가집 편찬위원회 편, 송산출판사, 1986, 312~313면)에 실린 활자본이다. 총 9절로 구성되어 있고, 한 절은 24음보로 이루어졌다. 독립군 군가의 가사로 실려 있기 때문에 전반부 3절은 악보와 함께 실려 있고 나머지는 가사만 실려 있다. 가사를 적고난 다음 "尹熙順女史는 畏堂柳弘錫先生의 子婦이며 毅庵柳麟錫先生은 畏堂先生의 再從弟이다"라는 기록이 적혀 있다.

독립군시가집본은 『항일가요 및 기타』(연변대학교 조선문학연구소, 김동훈·허경진·허휘훈 주편, 보고사, 2007, 293~296면)에 다시 실렸다. 여기서는 독립군시가집본 텍스트를 그대로 싣되, 4음보를 1행으로 하여 적었다.

〈신세타령〉

슬프고도 슬프도다 이내신세 슬프도다
이국만리 이내신세 슬프고도 슬프도다
보이는눈 소경이요 들리는귀 막혔구나
말하는입 벙어리요 슬프고도 슬프도다
이내신세 슬프도다 보이나니 가마귀라
이내몸도 슬프건만 우리의병 불쌍하다

우리조선 어디가고 왜놈들이 득세하나
우리임금 어디가고 왜놈대장 활기치나
우리의병 어디가고 왜놈군대 득세하니
이내몸이 어이할꼬 어디간들 반겨줄까
어디간들 오라할까 가는곳이 내집이요
가는곳이 내땅이라 슬프고도 슬프도다

배고픈들 먹어볼까 춥다한들 춥다할까
내땅없는 설음이란 이렇다시 서러울까
임금없는 설음이란 어느나라 반겨줄까
가는곳이 설음이요 발작마다 가시로다
충신들은 고생하고 역적들은 죽건마는
충성들을 고생시켜 어이이리 하잔말가

애닲도다 애닲도다 우리의병 불쌍하다
이역만리 찬바람에 발작마다 어름이요
발끝마다 백설이라 눈썹마다 어름이요
수염마다 고드름에 눈동자는 불빛이라
부모처자 떨처놓고 나라찾자 하는의병
불쌍하고 불쌍하다 어이할고 애닲도다

물을잃은 기러기가 물을보고 찾아가니
맑은물이 흙탕이요 가마귀가 앉았고나

슬프고도 슬프도다 이내신세 슬프도다
이내몸도 곱든얼굴 주름살이 되였으라
후년에나 고향성묘 절해볼가 하는것이
주름살이 되어가니 불쌍할사 이내신세

나라잃은 서름이란 이렇다시 서러울까
어느때나 고향갈가 죽은고혼 고향갈가
가막까치 밥이될가 어느짐승 밥이될가
어느사람 만저줄가 나라잃은 서름이란
하루살면 살았거늘 어이이리 서러우랴
우리의병 슬프도다 이내몸도 슬프도다

둘도없는 목숨하나 나라찾자 하는의병
장하기도 장하도다 이역만리 타국땅에
남겨둔건 눈물이라 슬프고도 슬프도다
이렇다시 슬플소냐 우러본들 소용없고
가슴속만 아퍼지네 슬프고도 서럽구나
이내몸도 슬프련만 우리의병 불쌍하다

엄동설한 찬바람에 잠을잔들 잘수있나
동쪽하늘 밝어지니 조석거리 걱정이라
이리하여 하루살이 맺힌것이 왜놈이라
어리석은 백성들은 왜놈앞에 종이되여

저죽을줄 모르고서 왜놈종이 되였고나
슬프고도 슬프도다 맺힌한을 어이할고

자식두고 죽을소냐 원수두고 죽을소냐
내한목숨 죽는것은 쉬울수도 있건만은
만리타국 원한혼이 될수없어 서럽구나
이내신세 슬프도다 어느때나 고향가서
옛말하고 살아볼고 애닯도다 애닯도다
방울방울 눈물이라 맺히나니 한이로다

제7장
눈물 뿌린 이별가

01 낭송가사집본

『낭송가사집』(이대준 편저, 세종출판사, 1986, 179~183면)에 실려 있는 활자본이다. 제목과 텍스트 사이에 다음과 같은 설명이 덧붙여 있다.

> 이 가사는 안동군 풍천면 가곡동 權景龍의 祖母 義城金氏께서 지금으로부터 66年前 庚辰年에 滿洲로 移民을 떠나는 처절한 심회를 금치 못하여 지었다. 金氏夫人은 검제金초산영감님의 손녀이다.

이 가사가 창작된 것은 1940년이고 이 책이 출판된 것이 1986년이므로, 위에서 '지금으로부터 66年前 庚辰年'의 '66년전'은 오자로 '46년'으로 고쳐야 한다.

낭송가사집본 텍스트는 원래의 순한글체 필사본을 현대어와 현대 띄어쓰기로 고치고, 한자어를 괄호 안에 표기해 놓았다. 여기서는 낭송가사집본 텍스트를 그대로 싣되, 괄호 안의 한자어는 없애고 1음보 단위로만 띄어쓰기를 하여 실었다.

〈눈물 뿌린 이별가〉

어와 벗님내야 내말쌈 들어보소
장장춘일 긴긴날에 십오야 달밝을때
윷놀고 손뼉치고 여러분이 즐기실때
나도함께 생각하오 이가사 지은뜻은
잊지말자 지었으니 날본듯이 보압소서
환우하는 꾀꼬리가 봄동산에 울거들랑
고향계신 동무들아 나도생각 할줄아소
귀향하는 기러기가 추천에 울거들랑
만리이역 머나먼데 소식이나 전해주소
한양조선 삼길적에 삼각산하 서울에다
터를닦아 궁궐짓고 만호장안 되였세라
억만세를 누리려고 좋은정치 하려하나
나라에는 골육상쟁 조정에는 소인많아
치세는 드물었고 난세는 허다하다
당파싸움 시작해서 한당파 득세하니
타당인재 제쳐놓고 상놈인재 빼어놓고

그중인물 많다한들 얼마나 많은손가
탐관오리 들석대니 백성이 피폐하다
물건너 왜놈들이 그틈타서 건너오네
오역과 칠적들과 합세하여 나라뺏어
정치를 한다는게 백성이 도탄이라
서럽도다 서럽도다 망국백성 서럽도다
아무리 살려해도 살수가 바이없네
충군애국 다팔아도 먹을길 바이없고
효우를 다팔아도 살아날길 바이없고
서간도나 북간도로 가는사람 한량없네
가자가자 나도가자 애국하는 사람따라
가자가자 너도가자 돈골병든 사람아
고국을 떠나가니 그심사 어떠하리
백발노인 두노인도 그중에 끼었구나
저른막대 드던지고 두손을 서로잡고
간다간다 나는간다 그어데로 가난길고
기산영수 별건곤에 소부허유 찾아가나
수양산 깊은곳에 채미하로 가난길가
자손창성 기대하여 명당찾아 가난길가
부모분묘 다버리고 속절없이 가는구나
동기숙질 다버리고 눈물겨워 어이갈꼬
여보소 붕우들아 우리여자 각성바지
각처에서 모여들어 형이되고 제가되어

재미나게 살자더니 오늘이 왠일이냐
생사를 같이하자 철석같이 믿었더니
조물이 시기하고 호사가 다마로다
생리사별 되단말가 심사도 갈바없네
양안에 눈물나려 의상이 다젖는다
이제가면 언제올꼬 올기약 바이없네
이팔청춘 만난것이 오십년 춘몽이라
이별별자 누가낸고 못할것이 이별일세
손잡고 통곡하니 떠난사람 붙들손가
안갈도리 있으면야 오직이나 좋을련만
그럴도리 없을진댄 어서빨리 가다보세
자여손이 선행하야 다려가려 함이로다
만주길 몇천리를 속절없이 가난고나
가일아 잘있거라 다시볼수 있겠느냐
청산이 둘러있고 낙낙장송 우거진데
동구에 못이있어 팔대지의 하나로다
조상님이 혁혁하고 오백년 살았도다
이좋은 명기에서 나는어찌 떠나가며
못물에뜬 부평초야 내신세도 너같고나
여기살다 저기살다 저기살고 어데갈꼬
가일동네 저못뚝에 행상위에 높이누어
너화넘차 소리듣고 선영계하 가렸더니
이어디로 간단말가 북국나라 간다하네

간다간다 하였으나 참갈줄은 내몰랐다
꿈이런가 생시인가 분별할수 바이없네
가기야 가지마는 오기도 할것인가
썩은고목 저등치야 너와나와 일반이나
너는썩어 자빠지면 고향사람 치우련만
이내몸 엎어지면 고향사람 누가볼고
가련하다 이내설음 통곡하니 가이없다
어른아해 전송소래 철석간장 다썩는다
가자가자 어서가자 자여손이 기다린다
서러워도 구처없고 그리워도 어찌하리
정산아 잘있거라 다시보기 기약하자
기차에 몸을실어 선듯선듯 가는구나
백발노인 가잠행차 이도또한 호강일세
수삼일 지나가면 고진감래 되리로다
기차에서 내려가면 자여손들 만날게라
면면이 손잡으면 반겨할일 미리좋다
그동안 억만회포 낱낱이 더하리라
조상음덕 계셨으니 부귀공명 하리로다
여보소 벗님내야 내놀음도 부려하소
억만시름 있지만은 단문졸필 이만하네

139

02 박요순본

「근대문학기의 여류가사」(박요순,『한국시가의 신조명』, 탐구당, 1994, 291~322면)에서 다룬 이본이다. 〈눈물 뿌려 이별사〉에 대한 논의는 302~306면에서 집중적으로 이루어졌다. 이 이본을 구해볼 수 없었지만, 논문에서 인용한 부분이 제법 되어 여기에 그대로 옮겨 적었다. 박요순은 원래의 텍스트는 순한글체이지만, 독자의 편의를 위해 한자로 고쳐 쓴 부분이 있음을 밝혀 놓았다.

〈눈물 뿌려 이별사〉

千萬年을 祝壽하여 無量될줄 아랏더니
運數가 다하민가 국운이 盡하민가
國運바다 삼겨나셔 舅婦之間 척이도여
切齒腐心 亡兆로다 恩義變情 굿대붓터
國破國亡 시작하여 國家부름 病이드니
百姓들이 無事할가

王侯將相 쓸대업고 가는거시 제일이라
七十老人 둘노인니 져른막대 둣던지고
기어대로 가는길고 箕山穎水 밝은물에
巢父許由 차자가나 泊羅水 깊은물에

屈原을차자 가는길가
西山에 餓死하든 伯夷叔齊 차자가나
기어대로 가는길고

潁水가 淸淸하니 물결싸라 가는길가

首陽山 깁은곳에 採薇하로 가는길가
子孫昌盛 期待하여 名山차자 가는길가
父母國을 離別하고 父母墳墓 져바리고
쇽졀업시 가는구나

入門後 五十年의 百가지가 다慮事로다
末終내는 離別되니 어느네가 막을손고
一門中 入門날은 生死苦도 갓치하자
鐵石갓치 미덧드니 生離死別 왼이런고
心事도 갈발업고 兩眼의 눈물나내

入門時 먹은마음 不遷位 祠堂압희
八寸之義 매즈두고 歲歲年年 즐기다가
萬歲後 離別하고 紅銘旌 압세우고
祖上님게 뒤를싸라 子孫츙슈 하즈더니
千萬里 離別이야

141

만주망명과 가사문학 자료

제2부

만주망명인을 둔
고국인의 가사

만주망명과 가사문학 자료

01 역대·집성본

『역대가사문학전집』제25권(임기중편, 아세아문화사, 1998, 66~
74면)과 『한국가사자료집성』제9권(단국대학교 율곡기념도서관
편, 태학사, 1997, 519-526면)에 동시에 실려 있는 필사본이다. 순한
글체이며 줄글체로 기재되어 있다. 〈환션가〉와 〈위모ᄉ〉 사에에 〈송
교힝〉이라는 제목으로 실려 있다.

여기서는 역대·집성본 텍스트를 그대로 싣되, 4음보를 한 행으
로 하고 1음보 단위로 띄어쓰기를 했으며 1음보 내의 띄어쓰기는
하지 않았다.

'송교힝'이라는 제목으로 가사를 기재하기 이전에 한 면 분량
정도의 제목 없는 가사가 기재되어 있다. 그런데 필사하는 과정에
서 문제가 발생했던 듯 이 부분 중 일부가 〈송교힝〉의 구절이지만

〈송교힝〉 본문에는 **빠져** 기록되지 못했다. 여기서는 이 부분을 그대로 옮겨 적고 내방가사본을 참조하여 〈송교힝〉 부분을 괄호로 표시했다. 그리고 이 부분이 있을 자리에 괄호를 하고 본문에 다시 기록했다.

(예의동방 이조션이 서간도가 어딘잇노
일조이 광풍부러 삼쳘니 원일일셰
야히야 드러바라 너뇌회포 말흐리라
삽십이 너를나하 강보이 양육할쎄
문밧씨 바람불면 감한들가 념여흐고
일일삼시 음식보면 과식할가 조심흐고
봄좀을 늣기씨도 손만지고 살더보
우슘을 안우서도 머리집고 비만저셔
구즁세월 십육년을 이러키 긔른○○이)
긔화용조 슘아두고 우리부모 미신후이
셔향슈야 심샹우이 인쟝록호 탕을짓고
벽오증조 밥을지어 양친전이 봉양흐고
우리남미 뮬너와서 샹체팔쟝 노리흐며
무궁힝낙 흐여보시

〈송교힝〉

여보시요 셰샹사람 사람듕의 부인동유
송교힝 더러보소 쳔지가 무한하고
음양의 환샹한후 샹샹지리 금슈쎄시
어미업는 자식업고 자식업는 자모잇소
즈모된 사람들은 모도남○ ○○로다
이스람 임하희도 우리부모 이녀로셔
옛셩인 유법으로 여필종부 ㅎ온후이
이즈일녀 샹휵ㅎ여 샹샹자미 보올젹이
무남독여 니일신도 종부지힝 못면크든
만금이녀 우리쌀을 군즈호귀 지을쎄의
녜쳔금씨 디셩차즈 비○노 츌가하고
녹거장송 ㅎ올젹의 츌문ㅎ여 경기한말
션스구고 부위부즈 부인이 디법아라
빅힝이 구비ㅎ니 츌등소문 이슬지라
자졍이 덥힌마음 츅원ㅎ고 바리기를
잘잇다가 쉬오너라 히길고 조흔쎄예
쏫피고 달----------------
(예의동방 이조션이 서간도가 어디잇노
일조이 광풍부러 삼쳘니 원일일셰
야희야 드러바라 너늬회포 말ㅎ리라
삽십이 너를나하 강보이 양육할쎄

문밧긔 바람불면 감한들가 넘여ᄒ고
일일삼시 음식보면 과식할가 조심ᄒ고
봄줌을 늣기씌도 손만지고 살더보
우슘을 안우서도 머리집고 비만저셔
구즁세월 십육년을 이러키 긔른○○잇)¹
——————————————————적의
공녁인들 엇드하며 소망인들 엇드리요
바다이 깁다한들 어무자정 비할손야
쳔지가 광활히도 측양업난 자모은졍
일월 장구히도 지경업슨 자모은졍
화지쳥쳥 셤솟기듯 하우긔봉 구럼핀듯
츈산화초 난만한들 우리ᄯᅡᆯ과 갓홀손가
옥반의 진듀갓고 치병의 기화갓치
요조슉녀 구하그든 우리ᄯᅡᆯ 여긔잇다
무병안낙 축원ᄒ고 부귀다남 긔디히셔
부가를 보널적의 어무심곡 엇더하노
ᄯᅡᆯ나하 남듀긔ᄂᆞᆫ 쳔만ᄉ 디류이라
셩문화벌 녀압검씨 영남의 디셩이요
우리사회 김문식은 장부녕웅 골격이라
인물풍치 거록할스 하식도 조명하고
복긔가 만면ᄒ니 졔계공명 지계목이라

삼싱년분 응긔히는 우리쌀 비필일시
협동학교 졸업ᄒ여 명이가 자울ᄒ니
야희야 비곤집아 잘가서 줄잇거라
칠십이 일일지졍 그리머지 아니ᄒ고
쥬진다갈 삭삭ᄒ니 인편도 자즐기게오
너이외틱 불원ᄒ니 어무회포 위로된다
남녀가 다른지라 자졍의는 간격일시
남편 우러러며 ○○○○ 생각할때
아츰검의 둘을치면 너의소문 들니느듯
남쪽싼○ 우○면 너의셔봉 다치난듯
사립간의 ○ᄒ고 즈로보기 바리드니
계명이 졀못되고 시졀이 원슈로다
철석난망 너니위 셔간도가 무슨일고
삼쳘이 멀고먼길 몃쳘이느 가즈말고
오랑키 스는곳의 인것은 조슈갓고
풍셜이 혹독ᄒ니 츕긔는 오죽ᄒ며
셔국밥 강낭쥭은 연명은 어이ᄒ노
산쳔은 적막ᄒ고 풍속은 싱소한디
너ᄆᆞᆷ 철셕인들 어미싱각 오죽할가
슬푸도다 슬푸도다 모녀이별 슬푸도다
슬푸도다 금지옥엽 니의혈육
이역고동 디단말가 월틱화용 고언얼골
어느시월 보즌말고 낭낭옥음 연한슈족
어느시월 듯즌말고 구순듀령 몃겹닌고

유슈중강 멋구빈고 헛쑥도다 헛쑥도다
달밝쇼 바람불쩌 그럭디고 빗쳐볼가
동지야 권권밤이 꿈의느 만느볼가
쳥쳔이 홍안되야 나리로나 만나볼가
전기승 듈이되야 번긔로나 차즈갈가
쳘노에 윤츠도야 연긔로나 차저갈가
아모리 싱각히도 속졀업시 이별이라
한탄히도 구쳐업고 원망한들 유익잇나
야히야 잘거라 여힝이 이러하니
부모싱각 너모말고 시터잡아 복밧어면
그게역시 사읍이요 금동옥남 산싱하면
남이시조 될그시요 그곳소문 드러보고
싱이가 좃타하면 우리역시 갈것시이
낙토가 아니되고 고국이 무스흐면
너이닉외 볼것이니 아녀자이 간중으로
샹회랄 너무말고 열역풍샹 흐고보면
장닉이 조흔지라 너도너도 아녀즈로
심규이 싱쟝흐여 봉황원앙 짝을지어
말니를 유람하면 구경인들 오죽할가
남즈로 싱겨나도 졔마다 못할구경
여보시요 세샹동유 츈광이 화창그든
서간도 우리김실 환고향 홀거시이
송교힝 한곡조로 티평연회 흐읍시다 끗

02 내방가사자료본

「내방가사자료-영주·봉화 지역을 중심으로 한」(이화여자대학교 한국어문학연구회, 『한국문화연구원논총』 제15집, 이화여자대학교 한국문화연구원, 1970, 379~380면)에 실려 있는 활자본이다. 여기서는 내방가사자료본 텍스트의 띄어쓰기와 행 구분을 그대로 옮겨 적었다.

〈송교행〉

요보세요 세상사람 중에
부인동류 송교행을 들어보소
천지가 북완후에 음양이 화생할세
생생지미 금수까지 어미없난 자식이라
자식없난 자모없어 자모된 사람들은
모도 남의 딸이로다
이사람 임하여 우리부모 여에처소
여성인 규범을 여필종부 하온후에
이자일녀 여생 생육하여 쌍쌍자미 보올적에
무남독녀 내일신도 종부지행 못면커든
만금의 여외 우리군자 혹에 새롤때에
천진김씨 대성찾아 비교로 자고로 출가하고
노혀홍송 하올적에 출문하여 경계한말

구비하니 출등겸웅 있을지라
자정이 어핀마음 출현한 바레기난
잘있다 세월아
해길고 좋흔때에 꽃피고 닭밝거든
우리여럿 살았을때 자조자조 보잤더니
세월도 괴상하고 세월도 고이하다
예예동방 있었으니 서간도가 어데있노
일조의 강풍불어 삼천리 이별일세
아혜야 들어봐라 너무회포 말하리라
삼십에 너를낳아 강보에 양육할제
문밖에 바람불면 감기들까 염려하고
일일잠시 음식보면 탐식할까 조심하고
잠을늦게 깨도 손만지고 살펴보고
웃음을 안웃어도 머리짚고 배만져서
규중세월 십육년을 이러귀 기를직에
교역인들 어떠하며 소망인들 어떠리요
바다가 깊다한들 어느자정 비할소냐
천지가 광활해도 춘향없난 자모인정
황괴청청 샘솟닷이 하운기봉 후관피듯
춘산화초 만환한들 우리딸과 같을손가
옥반에 중주같고 채병의 기와같다
요조숙녀 구하거든 우리딸 여게있소
여중군자 말하거든 우리딸 여게있소

무병안낙 축원하고 부귀다남 기대하여
부과로 보낼적에 어무심곡 어떠할꼬
딸낳아 남주기난 천만고 대륜이라
성문화벌 내압김씨 영남에 대성이요
우리사회 김문식은 장부여운 골격이라
인물풍채 그럭할사 학식도 초정하고
부저가 만년하다 재석공명 재몰기라
삼생연분 넘겼으라 우리딸 배필일세
협동학교 졸업하여 연애가 자자하니
야회야 비꼴잡아 잘가서 잘있다가
칠십리 지정그리 어지 아니하고
득진과걸 삼삼하니 인편도 잦을게라
너의외택 불언하니 어누회포 외로낸다
남녀가 다를제야 자정은 간격없어
남천을 이망하여 친한지곡 생각할제
아참 거무줄을 치면 너의소문 들을란든
남작같이 우직지면 너의서방 봉다치난듯
사생을 아지못해 자로볼기 바랐더니
계명이 철못되고 세월이 원수로다
침침망망 너의내외 서간도 무산일고
삼천리 멀고먼길 몇천리나 가잔말고
오랑캐 사난곳에 인심은 금수같고
풍설이 혹독하니 춥긴들 오작하며

서속밥 강낭죽을 연명을 어이하노
산천은 험악하고 풍속은 생소한데
네마음 철석인들 어무생각 없을손가
슬프고도 슬프도다 모녀이별 슬프도다
금지녀겨 너혈맥이 국고정 되단말고
월래화영 고은얼골 어나세월 듣잔말고
고산준령 몇겹이며 우수장가 딸자식 흐푸도다
달밝고 바람불때 구름으로 비치볼까
동지섣달 긴긴밤에 꿈으로 만나볼까
청천에 봉한되야 나라서나 만나볼까
전기선 줄이되야 번개로 찾아갈까
철로운차 되야 연기로나 솟아갈까
아모리 생각해도 속절없안 이별이라
한탄해도 구처없고 원망한들 유익있나
야회야 잘가거라 부대부대 잘가거라
여행이니 니혀하니 부모생각 너모말고
서터잡아 복이들면 그기역시 사업이요
금동옥남 탄생하면 남의세조 될것이라
고곳소문 들어보고 살기 조타하면
우리도 갈것이라 낙우가 아니되고
고국이 무산하면 너의내외 올것이라
아녀자의 간장으로 널려 풍상하고 보면
장래에 좋흐리라 너도또한 아녀자로

심규에 생장하여 봉황원앙 짝을지어
만리를 유람하여 구경인들 말할소냐
남자로 삼겨나도 제마다 못할구경
여보소 세상동류 춘광이 화창하면
서간도 우리김씰 환고향 하올적에
송교행 한곡조로 태평연회 하사이다

만주망명과 가사문학 자료

제2장
답사친가

01 집성본

『한국가사자료집성』제2권(단국대 율곡기념도서관편, 태학사, 1997, 142~154면)에 실려 있는 필사본이다. 제목 밑에 다음과 같은 기록이 덧붙여 있다.

著作者 安東河回 柳志佑 所有者 安東河回 柳時郁

위에서 〈답사친가〉의 작가를 "柳志佑"라 했으나 잘못된 것으로 작가는 독립운동가 李相龍의 손녀인 固城李氏이다.

국한문혼용체이며 상하 2단 구성으로 필사되어 있다. 먼저 상단부터 대부분 2음보씩 세로쓰기로 채우고 나서, 동일한 방식으로 하단을 채우며 필사했다. 각 단의 2음보가 귀글체를 이루지는 않으며, 각 2음보는 띄어쓰기가 없는 줄글체이다. 여기서는 집성본 텍스트를 그대로 싣되, 4음보를 한 행으로 하고 1음보 단위로 띄어쓰기를 하여 기록했다.

〈답사친가〉

○○ 반가울사 셔간음신 반가울사
신기하고 황홀하다 우리왕모 하찰리야
天降인야 地出인야 진몽인야 희몽인야
장즁홍협 황홀ᄒ니 이쑴이 정쑴인고
정상싱민 쑴이련가 남희상에 쳥죠련가
북희상에 하찰인들 이에셔 더할손고
쌍슈에 놉피드러 이읍유의 하얏셔라
所身이 生出시초 父母존당 자이이로
장즁에 보옥으로 이지즁지 양휵지은
遠別한지 얼마련고 얼푸시 六年光陰
보늬여서 万里이역에 쳔외랄 창망ᄒ여
총장을 바라옵고 오장에 소슨눈물
江水에 보타이니 비회 고집ᄒ고
일만가지 실흠을 자아늬니
약ᄒ고 어린간장 부지ᄒ기 어렵도다
오홉다 此歲月은 天運이 盡하민지
國運이 다하민야 흥망이 무슈ᄒ니

인연으로 어이하라 국파군망 이왼일고
신민에 쳔붕지통 日月도 無光하다
추로東方 君子國에 호즁天地 되단말가
五千万年 우리나라 億万世上 長春으로
堯舜갓흔 임군으로 게게승승 나실젹에
여일지승 여월지향 여죽일월 하시기을
틔산갓치 밋어쩌니 무관문물 잇는지둥
水上부평 딕여잇고 三千里 져江山은
타국압제 되여구나 차소 경향갑족
우리명문 고졀쳥힝 우리왕부 학힝도덕
겸젼하사 위국편심 업살손야
己酉年 冬十月에 낙미지익 당ㅎ시고
누옥고초 되여구나 딕장부에 충분으로
감긔지심 참씬난가 듯기실코 보기실타
월국결심 돈졍ㅎ여 이친척 이분묘에
감구지회 슬푸도다 졍금미옥 구든마암
파이하기 싁울손가 수百年 傳來之宅
입자업시 썰쳐두고 고국산쳔 하즉ㅎ니
속졀업난 離別이야 이길이 무삼길고
여취여광 이니심화 눈물이 하직이라
靑天白日 말근날에 닉셩벽역 나리는듯
만슈산 원함졍은 이별시가 안이런가
화산남산 홋혼안긔 숑별한을 먹음은듯

청쵸에 민친이슬 니눈물 쑤리난듯
틱산갓한 父母은이 하히갓흔 父母은이
썰치고 도라오니 이별리 이윈일고
져힝차 무삼일고 동남동여 안이시니
마고션여 짜라가오 동졍호 발근달에
악양누 차즈시오 소상강 구진비에
상군죠상 가시난가 안이로다 이힝차난
기산영슈 괴씨슴과 슈양산 치미가알
우리父母 효측ᄒᆞ여 三角山아 다시보자
堂闕三拜 통곡ᄒᆞ니 日月도 無光ᄒᆞ고
山川도 장읍ᄒᆞ니 슬푸다 차신이야
속졀업시 물너안자 고윈을 쳠망ᄒᆞ며
석사을 추렴ᄒᆞ니 기약업산 遠別일다
우리왕부 고졀쳥힝 디졀을 젼수ᄒᆞ니
회포가 만당일다 이지즁지 부모자이
은사근사 하오시고 보아복아 길으오니
三五二八 되듯마듯 명문지가 틱지ᄒᆞ여
군자호괴 짝을지어 만복지원 보닉스니
여필죵부 삼죵디졀 셩현유훈 옛법이라
니엇지 면할넌고 친구긔티 왕닉ᄒᆞ여
헌초향지 밧잡기을 百年갓치 아랏더니
신힝연 春正月에 난디업는 이별이야
싱이사별 딘듯ᄒᆞ다 여류 광음이여

셰월이 신속ᄒ여 춘진츄리 도라오니
가을달 말이밧게 이향이회 층가하니
보고져라 보고져라 우리父母 보고져라
가고져라 가고져라 父母님젼 가고져라
나리돗친 학이되야 나라가서 보고지고
万里長天 明月되야 빗치여서 보고지고
落落長松 바람되야 부러가셔 보고지고
한강슈 압녹강에 망망즁유 창파되여
흘너가셔 보고지고 츄월춘풍 멋멋졀에
슬푸다 부모자최 언졔한번 다시보랴
만슈쳥산 멀고먼듸 소식좃차 돈졀ᄒ니
쳥산은 멋겹이며 녹슈난 멋겹인야
쳘셕간장 안이어든 그린몸을 견듸손야
풍운은 홋터져도 모일쩌 잇난이라
쳔장만장 억제하사 이친지회 나는마암
아심엇지 곤치깃나 눈물노 쩌난헌당
우습도다 반기고져 죵일죵야 슈회ᄒ니
이○이 슈고한다 모지고도 단단ᄒ기
이쳔지 우주간에 나밧게 쏘이스라
심심산즁 밧혜돌도 단단ᄒ기 날갓트라
마암을 다시잡아 여힝을 착염고져
우리부모 문명ᄒ사 츄로지향 복덕가에
외자손을 널이고져 혼미잔약 불초녀랄

161

위람하게 탁신씨겨 영화길창 복을비려
사문쳥긔 욕급업기 지원혈축 하옵시니
깁흔경게 괴에잇고 놉흔칙영 완연ᄒ니
사친지회 멀이ᄒ고 효봉구고 힘을써셔
안심하며 지낫더니 잇써가 어나썬고
삼동이 다진ᄒ고 신춘이 도라와셔
녹음방초 승화시에 목단 화왕은
춘풍을 못이기여 가지가지 춤을추고
송이마다 나부길젹 우리슉질 부모젼에
응셕ᄒ며 질기더니 추셩이 은은ᄒ고
낙엽이 분찬할제 안심잔연 둘터업다
쳔외을 창망ᄒ니 어안이 돈절ᄒ다
그리워라 부모조상 보고져라 우리슉모
용봉명쥬 몃남민가 음용이 이히ᄒ다
하일 하시에 기려기 줄을이어
소식이나 아라볼고 쳔슈만한 이니회포
몽혼이나 가고져라 부모슬하 가고져라
자손지명 다가면서 나난엇지 못가난고
지졍친쳑 다가면서 나난엇지 못가난고
연아쳑당 다가면서 나난엇지 못가난고
니모양 니우름을 오식단쳥 진케그려
일족화폭 만드려셔 부모임젼 보나고져
인싱天地 万物中에 친하고 가즉ᄒ니

母女밧게 쏘잇난가 유한졍졍 우리자당
봉친지도 골몰ᄒ여 多事無暇 ᄒ온中에
불초여랄 싱각ᄒ사 멋번이나 늣기신고
여즁요슌 우리왕모 삼초사덕 겸견ᄒ여
쳔품자이 슈명ᄒ사 쳘류에 자별지회
의강슉모 귀령마다 소손을 싱각ᄒ사
비회 병쳘ᄒ사 멋번이나 늣기신고
그려그려 광음이 여류ᄒ여
다셧가을 되얏도다 즐겁고도 반가울사
지작동 우리엄친 괴국향산 하엿구나
황홀ᄒ고 신기ᄒ다 하날인가 쌍이온가
그사이 이친지졍 한말삼도 엿잡지못
틱산갓흔 자이밧고 하히디은 인졍바다
사오삭 기한즁에 날가는줄 모라더니
시로운 이별이야 아심이 최졀일시
夏六月 念六日은 父女相別 되얏셔라
위국졍친 우리야야 기산디졀 놉흐시샤
시졀형편 무식ᄒ고 향산고국 살펴보아
시로이 슈참ᄒ고 막디한 父子之情
참아잇기 어려워라 쳑연감상 존안이야
슬푸고도 슬푸도다 속졀업시 물너안자
희음업시 통곡이야 젼후불고 쳬면ᄒ고
졍신을 일어썬이 우리존구 자이시로

허물을 용서ㅎ사 놉고넙히 훈게ㅎ디
우지말고 밥먹어라 온야온야 나도간다
니아모리 연류ㅎ되 부지자최 하련만은
선디은헤 싱각ㅎ니 일월졍충 우리선죠
문츙공에 후손으로 셰셰샹젼 국녹지신
되엿다가 가통지원 이세상에
영웅지기 업○스○ 보국안민 간장업고
보고듯난 촉쳐마다 졀치부심 하여셔라
죠죠에 삼십육게 쥬의샹칙 쏜을바다
삼연효도 탈샹후○ 가난이라 가난이라
피난길노 가난이라 학교명명 귀에잇고
우리존고 양춘혜틱 슬하에 어릅쓰려
기한을 염여하사 포복ㅎ게 먹이시고
홍싱ㅎ게 입히시니 유문에 유신지풍
존젼치졸 염여ㅎ사 틈틈이 권뉴ㅎ사
안항 금장이 지극 셩우ㅎ여
지극우익 겸ㅎ엿고 슉젼당니 디소틱에
심은셩틱 되리오셔 부모원별 가진졍회
각별이휼 하압시니 일신이 반셕이오
친구가 젹덕여음 미신에 과분하여
찬종인아 하압시니 셰간만사 이회되고
쥬류 화당에 금이옥식 미진ㅎ여
일무험졀 피건만은 죠죠모모 일편단심

북당이회 늣기오니 금연갑인 춘이월은
우리왕모 갑일일시 즐겨온중 익달ᄒ다
죵쥬달야 젼젼불미 엇지하야 불참인고
소산디랄 농사ᄒ여 셔슉갈고 감자심어
남산갓치 썩을ᄒ○ 한강슈로 술을빗○
삼각산을 지어○○ 우리야야 남미분○
두쌍으로 헌작할젹 노리자에 아롱오시
춘풍에 나붓기여 남산에 슈을빌고
셔강에 복을빌어 만당열좌 졔아드런
초기발월 춤추난가 여룡여호 나에남졔
손꼽아 나을헤니 방연이 구셰로다
쥰쥰한 풍치와 긔특한 작인이
그립고 보고져라 산두갓한 기상잇셔
경윤디지 품어스니 보국졔민 셜분ᄒ고
사직동양 부듸되여 출장입신 창염ᄒ여
화형 인각ᄒ고 명슈 쥭빅ᄒ고
죠션을 현양ᄒ고 열친쳑 지쳥회ᄒ야
오미에 나에소원 범연이 듯지말고
경심게지 ᄒ여셔라 회포가 만단이나
다할슈 잇긴난야 복원복망 하나임젼
쳔호만축 하옵나니 상쳔이 늣기소셔
자고역디 영웅인사 죠곤하미 상시로다
쥬문왕에 유리지익 팔빅연 향국지신

유명만셰 ᄒ압시고 공부자에 양화지익

철환쳔하 ᄒ셧스니 셩상이 슈고ᄒ사

요천일월 되압소셔 우리고국 보국ᄒ사

시화셰풍 되압소셔

02 역대본

『역대가사문학전집』제23권(임기중 편, 여강출판사, 1992, 74~87면)에 실려 있는 필사본이다. 순한글체로 귀글체 방식으로 기재되어 있다. 상하 2단 구성인데, 상단에 2음보를 적고 이어 하단에 2음보를 적어 상하가 짝을 이루는 귀글체이다. 다른 이본과 비교해볼 때 이 이본은 영인 과정에서 착오가 있었던 듯하다. 『역대가사문학전집』제23권의 76면 다음에 79면과 80면이 와야 한다. 이것을 올바르게 정리하면 74~76면 → 79~80면 → 77~78면 → 81~87면이다. 여기서는 올바르게 정리한 역대본 텍스트를 그대로 싣되, 4음보를 한 행으로 하고, 1음보 단위로 띄어쓰기를 하였다.

〈답사쳔가〉

어와 반가울사 서간음신 반가울사
신기하고 황홀하다 우리왕모 하찰이야
장중호접 완연하다 어나꿈이 정꿈인고
허당침상 빈꿈인가 남양초려 명꿈인가
남희상이 청조성이냐 북희상이 안찰인듯
이이셔 더할손냐 쌍슈이 놉히들어
익읍유체 ᄒ여셔라 차신이 싱츌시로
부모존당 사랑자이 장중이 보옥으로
익지중지 양육지은 원별한지 얼마련고

얼푸시 육연츈광 말이역이 쳔이을 창망○○

오손이 넉슬살고 초슈이 눈물보태

긱회가 교집하고 만각이 시름ᄌ아

약ᄒ고 어린간장 부지ᄒ기 어렵도다

오홉다 츠시월은 천운이 진함이냐

군운이 다함이냐 홍망이 무슈ᄒ니

인역으로 엇지하랴 국파군망 이읜일고

신민이 발시지통 일월이 무광하다

츄로동방 군ᄌ국이 호즁천지 대단말가

오천만연 우리나라 억만시지 장츙으로

요슌갓흔 어진임군 게게승승 나실적이

여일지슝 여월지향 여쥭포위 하시기을

틱악갓치 미더던이 의관문물 예일지풍

슈상부평 대여잇고 삼철이 져강손이

타국압지 대여고나 차회라 경향갑족

우리명문 고절청심 우리왕부 학힝도덕

위국셩심 업슬손가 기유연 동지월이

낙미지익 당하시고 누옥고초 지나신이

대장부이 츙분으로 감닉지심 참을것가

듣기실코 보기실타 월국결심 돈졍하○

이친쳑 그부모이 감구지회 슬푸도다

정금미옥 구든마음 파의ᄒ기 시울손야

초초힝하 차려○○ 구빅연 선리지틱

임자업시 다던지고 고국산천 하직ᄒ니
속절업는 이별이라 이길이 무산길인고
엿취여광 이니심회 눈물이 하직이라
청천빅일 발근날이 니셩벽역 나리난듯
만쥬산 원함정은 이별시가 안이련가
화산남산 어린안게 송별함을 먹금은듯
철입희 미츤이슬 니눈물 쑤리난듯
티손여악 조상은희 하희어디 부모은의
날을쩌쳐 어이가요 이이별이 윈별인고
져힝차가 무슨길고 동남동여 안이신이
방시여 짜라가오 동정호 발은달이
악양누 차즈시고 소상강 구즌비이
상군조상 가시난가 아니로다 이힝차난
기산엽 귀시슴과 슈양산 치미가을
우리조부 효측ᄒ여 삼각산아 다시보○
반절사비 통곡하이 일월도 무광ᄒ고
산쳔도 감읍하여 슬푸다 차신이야
속절업시 물너안자 고원을 칙망하여
석사을 츄렴ᄒ니 기약업는 원별이라
우리왕부 고졀청힝 디졀을 션슈ᄒ니
사정을 유려하랴 이정이 참상하니
회포가 단이라 익지즁지 부모즈의
은사금사 하오시고 고아복아 기르오서

갑오이팔 겨오딕여 명문귀가 택취ᄒᆞ여
군자호귀 짝을지여 만복지원 보닉시니
여필종부 삼종지의 셩현의 유훈이라
닉엇지 면하리요 친구가 왕닉ᄒᆞ여
훤초향기 밧잡기을 빅연갓치 아라든이
신히연 츈정월의 난딕업는 작별이식
싱이사별 될듯ᄒᆞ다 여류광음 이식식은
슈진하여 츄회츈기 경물이 교환하니
말이의 이향회포 층가빅츌 ᄒᆞ난고나
보고져라 보고져라 조상부모 보고져라
가고져라 가고져라 부모좌측 가고져라
날의돗친 학이도야 나라가셔 보고지고
말이장천 명월도야 비치여셔 보고지고
낙낙장송 바람도여 부러가셔 보고지고
빅사창졍 시우도여 쑤려가셔 보고지고
한강슈 압녹강의 망망즁유 창파도여
흘어가셔 보고지고 츄월츄풍 몃몃졀의
슈요부리 부모좌측 언지한번 쏘즐기랴
만슈청산 멀고먼딕 소식쫏ᄎᆞ 돈졀ᄒᆞ니
청산은 몃겹이며 녹슈난 몃구비냐
철석간장 안이어든 그리움을 견될소냐
풍운이 홋터저도 모힐씩가 잇난이라
천사만상 억지하나 오미불망 잇친지회

아심엇지 곳치겟나 눈물노 쩌난훤당
우슴으로 반기고져 종일종야 슈회ᄒ니
이형이 슈고하다 모질고 단단하기
망망한 우쥬간이 나밧기 또잇스랴
심심산즁 바들도 단단하기 날갓흔나
마음을 다시잡아 혼미자약 불초여를
외람하게 탁신하여 츄로지향 셩덕가이
위즈손시 널이고져 디형을 착협고져
우리부모 문명ᄒᄉ 영화길창 복을빌고
사문이 청믹으로 욕급조선 부디말나
지원혈츅 ᄒ옵신이 깁흔경게 귀이익고
놉흔칙망 와연흔이 삿친회포 멀이하고
효봉구고 승슌군자 삿친경장 힘쓰리라
안심하여 지나뜬이 잇쩌가 어나쩌랴
삼동이 다진하고 신츈이 도라와셔
녹음방초 승화시이 화지즁 목단화난
츈풍을 못이기여 가지가지 츔을츄고
송이마다 나붓길젹 우리슉질 부모안젼
응석ᄒ여 즐겨던이 츄셩이 은은ᄒ고
낙엽이 분분할지 아심자연 둘터업다
천이을 상망하니 어안이 돈졀ᄒ다
그리워라 부모조승 보고저라 우리고모
인봉명쥬 멋남민가 음용이 이히하다

하일하신 호시디에 기력이 쥴을이어
청영이 노름으로 쌍쌍이 모여안즈
횐초향기 밧즈울고 천슈만한 이니회포
몽혼이나 가고져라 자손지명 다가면셔
나난엇지 못가난고 지졍친척 다가면셔
나는엇지 못가난고 이아척당 다가면셔
나난엇지 못가난고 니모양 니우람을
오식단청 지게그려 일폭화도 만드러셔
부모좌젼 보니고져 인싱쳔지 만물중이
친하고 가작흔이 모여밧게 쏘잇나냐
유한정정 우리자당 봉친지도 골몰하여
다사무스 하온중이 불초여랄 기염흐스
몃번이나 늣기신고 여중요슌 우리왕모
삼종사덕 겸젼하여 젼경자이 유명흐스
철윤이 별츈시이 강슉모 귀영마다
조손을 싱각흐여 비회병츌 몃번인고
광음이 유슈갓티 다셧가을 디여쏘다
반갑고도 즐거워라 지작동 우리엄친
귀국향산 흐여고나 황홀하고 신긔하다
하날인가 쌍이온가 그사이 잇친지졍
한말삼도 못엿줍고 틔산여악 자이밧고
하히여디 은희바다 사오슥 히락중이
날가난줄 몰나든이 시로운 이별이야

아심이 최졀일시 하육월 염육일은
부여상별 디여서라 익국셩츙 우리야야
기슨디졀 놉흐시나 시졀형편 무척흐고
향신고국 살펴보아 시로이 슈참흐고
막디한 부즈지졍 참아잇기 어려워서
쳑연감상 드난이야 슬푸고 슬푸도다
속졀업시 물너안즈 힝음업시 통곡흐니
젼후을 불고하고 귀명을 이러던이
우리존구 티슨셩덕 허물을 용서하스
놉고널이 훈게하디 울지말고 밥먹어라
오야오야 나도간다 니아모리 연유흐나
부모사회 아련마난 디강흐여 싱각흐라
일월졍츅 우리선조 문츙공이 후손으로
시시상졍 국녹시지 통곡시승 이시월이
영무지시 업서스니 보국안민 가망업고
보고듯난 초경마다 졀치부심 하여셔라
조조이 슴십육게 쥬위승칙 아니련가
삼연종지 힝승후난 가난이라 가난이라
피란길노 가나니라 학교명명 귀이잇고
우리존고 양희딕 슬하이 어룹쓰러
기한을 명영흐사 포복흐게 먹이시고
훈싱하게 입히시며 츄낭이 유슌지풍
존신취졸 염여흐고 틈틈이 권유하스

안항금상 지극성우 지공우익 겸하엿고
죽전당니 대소퇴니 지은성덕 드리우스
부모원별 일가지정 각별편이 ᄒᆞ오신이
일신이 난식이요 친구가 셩덕여졍
미신이 과분ᄒᆞ여 천셩이나 하오신이
세간만사 위회되고 쥬류화당 금이옥○
일무흠시 디울지라 효상창월 빗칠디이
조조모모 시시마다 일편단심 북당훤조
금연갑일 츈일월은 우리왕모 갑일시
즐거운즁 이달하다

03 규방가사본

『규방가사Ⅰ─가사문학대계③』(한국정신문화연구원 고전자료 편찬실, 1979, 189~195면)에 실려 있는 활자본이다. 제목 아래에 다음과 같은 기록이 있다.

作者 : 未詳.
필사자 : 固城 李氏夫人.
出處 : 安東郡 豊川面 河回洞.

반갑고도 반가운 친정부모의 편지를 받고 그리운 부모의 정을 회상하고 그 思德을 찬송하는 詞를 답하는 내용의 가사로 내용면이나 표현면에서 매우 뛰어난 작품이다(만주로 망명한 독립투사의 손녀작이다)

〈답사친가〉는 독립투사 이상룡의 부인인 김우락여사의 편지에 그 손녀가 답한 가사이므로 위에서 "친정부모의 편지"는 '조모의 편지'로 수정해야 한다. 여기서는 규방가사본 텍스트의 띄어쓰기와 행을 그대로 실었다.

〈답사친가〉

어와 반가올사 서간음신 반가올사
신기하고 황홀하다 우리왕모 하찰이야

천강이냐 지출이냐 진몽이냐 취몽이냐
장중호접 완연하다 어나꿈이 정꿈인고
한당침상 정꿈이냐 남양초려 정꿈이냐
남해상의 청조성가 북해상의 안찰인들
이에서 더할손가 쌍수에 높이들어
애읍유체 하엿서라 차신이 생출지도
부모존당 사랑자애 장중의 보옥으로
애지중지 양육지은 원별한지 얼마던고
얼프시 육년춘광 말리 이역에
천애를 창망하매 오산에 넋을살고
초수에 눈물보태 백회가 교접하고
만감의 시름자아 약하고 어린간장
부지하기 어렵도다
오홉다 차세월은 천운이 진함이냐
국운이 단함인가 흥망이 무수하니
인력으로 어찌하랴 국파군망 이웨일고
신민의 알버지통 일월이 무광하다
추로동방 군자국이 호중천지 되단말가
천년만년 우리나라 억만세지 장춘으로
요순같은 어진인금 계계승지 나실적에
여일지승 여월지항 여즉포위 하시기를
태악같이 믿었더니 의관문물 예의지풍
수상부평 되어잇고 삼천리 저강산이

타국압제 되엇구나 차회라 경향갑족
우리명문 고절청심 우리왕부 학행도덕
위국성심 없을손가
기유년 동시월에 낙미지액 당하시고
누옥고초 지나시니 대장부의 충분으로
강개지심 참을것가 듣기싫고 보기슬다
월곡결심 돈정하니 이친척 기본묘에
감구지회 슬프도다 정금미옥 굳은마음
파이하기 쉬울소냐 초초히 행장차려
수백년 전래저택 임자업시 다든지고
고국산천 하직하니 속절없는 이별이라
이길이 무산길고 여취여광 이내심회
눈물이 하직이라 천천백일 밝은날에
뇌성벽력 내리난듯 만수산 원향정은
이별시가 아니런가 화산남산 허리안개
송별한을 먹음은듯 청임에 맺힌이슬
내눈물 뿌리는듯 태산여약 조상은혜
나를떠쳐 어이가오 이이별이 웨이별고
저행차 무슨길고 동남동녀 아니시니
방사선녀 따라가오 동정호 밝은달에
악양루 찾으시고 소상강 궂은비에
상군조상 가시는가 아니로다 이행차는
기산영수 귀씻음과 수양산 채미가를

우리조부 효측하여 삼각산아 다시보자
망궐사배 통곡하니 일월도 무광하고
산천도 감읍한다 슬프다 차신이야
속절없이 물러앉아 고원을 창망하여
석사를 추렴하니 기약없는 원별이라
우리왕부 고절청행 대전을 전수하니
사정을 유련하랴 이정이 참상하니
회표가 만단이라 애지증지 부모자매
은사근사 하오시고 고아복아 기르실제
삼오이팔 겨우되어 명문귀가 택취하여
군자호구 짝을지어 만복지원 보내시니
여필종부 삼종지의 성현의 유훈이라
내어찌 면하리오 친구가 왕래하여
훤초향기 받잡기를 백년갓치 알앗더니
신해년 춘정월에 난대없는 이작별이
생이사별 될듯하다 여류광음 이새색이
수진하여 춘거추래 경물이 교환하니
말리의 이향회포 층가백출 하는구나
보고져라 보고져라 조상부모 보고져라
가고져라 가고져라 부모좌측 가고져라
나래돋친 학이되어 날라가서 보고지고
만리장천 명월되어 비춰여서 보고지고
낙낙장송 바람되어 불러가서 보고지고

벽사창전 세우되어 뿌려가서 보고지고
한강수 압록강에 망만중류 창파되어
흘러가서 보고지고 추월춘풍 몇몇절에
수유불러 부모좌측 언제한번 또즐기랴
만수청산 멀고먼데 소식조차 돈절하니
청산은 몇겹이며 녹수는 몇구비냐
철석간장 아니어던 그리움을 견딜소냐
풍운이 홋허져도 모일때가 잇느니라
천사만상 억제하나 오매불상 이친지회
아심어찌 고치겟나 눈물로 떠난휜당
웃음으로 반기고져 종일종야 수회하니
의형이 수고하다 모질고도 단단하기
나박에 또잇으랴 심심산중 바위들도
단단하기 날같으리 마음을 다시잡아
여행을 착념코저 우리부모 문명하사
추로지향 성덕가에 위자손세 넓히고져
혼미잔약 불초녀를 외람하기 탁신하여
영화길창 복을빌어 사문의 정맥으로
욕급선조 부디말라 지원혈축 하옵시니
깊은경계 귀에익고 높은책명 완연하니
사친회포 멀리하고 효봉구고 승순군자
사친경장 힘쓰리라 안심하여 지냇더니
이때가 어느때냐 삼동이 다진하고

신춘이 돌아와서 녹음방초 성화시에
화개상의 목단화는 춘풍을 못이기어
가지가지 춤을추고 송이마다 나부낄적
우리숙질 부모안전 응석하여 길럿더니
추성이 은은하고 낙업이 분찬할제
아심자연 풀대업다 천애를 상망하니
어안이 돈절하다
그리워라 부모조상 보고겨라 우리고모
인봉명주 네남매가 음용이 의희하다
하일하시 호시절에 기러기 줄을지어
청영의 노름으로 쌍쌍이 모여앉아
훤초향기 받자올고 천수말한 이내회포
몽혼에나 가고겨라 자손지명 다가면서
나는어찌 못가는고 지정친첩 다가면서
인아척당 다가면서 나는어찌 못가는고
내모양 내우람을 오색단장 짙게그려
일폭화로 만들어서 부모좌천 보내고겨
인생천지 말물중에 친하고 가작한이
모녀밧게 또잇느냐 유한정정 우리자당
봉친지효 골물하여 다사무가 하온중에
불초녀를 거렴하사 몃번이나 느끼신고
여중요순 우리왕모 사종사덕 구비하고
천성자애 유명하사 천륜의 자별지애

강숙모 귀령마다 소손을 생각하여
비희병출 멋번이고 광음이 여수같애
다섯가을 되엇도다 즐겁고 반가워라
재작동 우리엄침 귀국향산 하셧구나
황홀하고 신기하다 하늘인가 땅이온가
그사이 이친지정 한말씀을 못여쭙고
태산여악 자애받고 하해여대 은해받아
사오삭 희학중에 날가는줄 몰랏더니
새로운 이별이야 아쉼이 최절일세
하유월 염육일은 부녀상별 되어서라
위국청중 우리야야 기산대절 높으시나
시절형편 무책하고 향사오국 살펴보아
새로이 수찰하고 막대한 부자지정
차마잇기 어려워서 척연감상 존안이야
슬푸고 슬푸도다 속절없이 물러앉아
해음없이 통곡하니 전후를 불구하고
체면을 잃엇더니 우리존구 퇴산성덕
허물을 용서하사 높고넓히 훈계하되
울지말고 밥먹어라 오냐오냐 나도간다
내아무리 연유하나 부모사체 알연마는
대강헤여 생각호라
일월청중 우리선조 문충공의 후손으로
세세상전 국록지신 통곡세상 이세월에

181

영무지재 없으시니 보국안민 가망없고
보고듣는 촉경마다 절치부심 하여서라
조조의 삼십육계 주위상책 아닐는가
삼년종제 해생후는 가느니라 가느니라
피난길로 가느니라 학소명명 귀에익고
우리존고 앙춘혜택 슬하에 어룹서서
기한을 염려하사 포복하게 먹이시고
훈생하게 입히시며 유랑의 유신지풍
존전취졸 염려하사 틈틈이 권유하여
안항금장 지국성우 숙전당내 대소택이
심은성덕 드리우사 부모원별 이가지정
각별편애 하오시니 일신이 반석이오
친구가 적덕여경 미신에 과분하여
천성인아 하오시니 세간만사 위회되고
주루화단 금의옥색 일무흠새 되올지나
효성잔월 비췰때와 조조모모 시시마다
일편단심 북당훤초 금년갑인 춘삼월은
우리왕모 갑일일세 즐거운중 애들하다
종주달야 전전볼매 나는어찌 불찰인고
소산대로 농사지어 서속갈고 감자심어
남산같이 떡을하고 한강채로 술을빚어
삼각산을 괴어놓고 우리야야 남매분이
두쌍으로 헌작할적 노래자의 반란의가

춘풍에 나부끼여 남산에 수를빌고
서강의 복을빌어 만당열석 제아들은
호기발월 춤추는가 여롱여호 나의남제
손꼽아 나를헤니 방년이 구세로다
준수비범 걸특작인 그립고 보고져라
산두기대 제게잇어 경윤대재 훈업이나
보국안민 설치하고 사직도모 부대하여
출장입상 착념하여 화영인가 하엿어라
조선을 현달하고 명유죽백 하오리라
매의소원 성취하여 열친척지 정화하라
회포가 만단이나 다그릴수 잇겠는가
천호만호 하옵나니 상천이 유감하사
자고역대 성제성황 초곤후길 상사로다
주문왕의 유리지액 팔백년 향국지심
유명만세 하오시니 공부자님 양효지액
철환천하 하셧으니 성상이 수고하사
요천일월 되옵소서 우리고국 복국하사
시화세풍 하옵시기 조물주께 비나이다

04 가사문학관본1

한국가사문학관 홈페이지에 올라 있는 필사본이다. 여기의 설명에 의하면 한국국학진흥원에 소장된 미해제 가사라고 한다. 순한글체로 줄글체 방식으로 기재되어 있다. 표기 형태로 보아 최근에 필사된 것으로 보인다. 여기서는 가사문학관본1 텍스트를 그대로 싣되, 4음보를 한 행으로 하고, 1음보 내의 띄어쓰기는 하지 않았다.

〈답사친가〉

어와 반가울사 서간음신 반가울사
신기하고 황홀하다 우리왕모 하찰이야
천강이냐 지출이냐 진몽이냐 취몽이냐
장중호접 완면하니 어나꿈이 정꿈인고
한당침상 빈꿈인가 남양초려 정꿈인가
남해상에 청조성아 북해상에 안찰인들
이에서 더할손가 쌍수에 높이들어
애읍유체 하여서라 차신이 생출시로
부모존당 사랑자애 장중에 보옥으로
애지중지 양휵지은 원별한지 얼마련고
얼푸시 육년춘광 만리 이역에
천에를 참망함에 오산에 넓을살고

초수에 눈물보태 백회가 교집하고
만각에 시름자아 약하고 어린간장
부지하기 어렵도다 오홉다 차세월은
천운이 진함이냐 국운이 단함이냐
홍망이 무수하니 인력으로 어찌하랴
극파군망 이원일고 신민의 알미지통
일월이 무광하다 추로동방 군자국이
호중천지 되단말가 오천만년 우리나라
억만세지 장춘으로 요순같이 어진임군
계계승승 나실적에 여일지승 여월지황
여즉포위 하시기를 태악같이 믿엇더니
의관문물 예의지풍 수상부평 되어잇고
삼천리 저강산이 타국압제 되엇고나
차희라 경향갑족 우리명문 고절청심
우리왕부 학행도덕 위국성심 없을손가
기유년 동십월에 낙미지액 당하시고
누옥고초 지나시니 대장부의 충분으로
강개지심 참을것가 듣기실코 보기실타
월국결심 돈정하니 이친척 기분묘에
감구지회 슬프도다 정금미옥 굳은마음
파의하기 쉬울손야 촌촌이 행장차려
수백년 전래제택 임자업시 다던지고
고국산천 하직하니 속절업는 이별이라

이길이 무산길고 여취여광 이내심회
눈물이 하직이라 청천백일 밝은날이
뇌성벽력 나리난듯 만수산 원함정은
이별시기 아니런가 화산남산 허리안개
송별한을 먹음은듯 청림의 맺힌이슬
내눈물 뿌리는듯 태산여약 조상은애
하해여대 부모은애 나를떷처 엇지가오
이이별이 왼이별고 저행차가 무산길고
동남동녀 아니시니 방사신여 따라가오
동정호 밝은달이 악양루 찾으시고
소상강 궂은비에 상군조상 가시난가
아니로다 이행차는 귀산영수 귀씻음과
수양산 채미가를 우리조부 효측하여
삼각산아 다시보자 망궐사배 통곡하니
일월도 무광하고 산천도 감읍하여
슬푸다 차신이야 속절없이 물러앉아
고원을 창망하여 석사를 추렴하니
기약없는 원별이라 우리왕부 고절청행
대절을 전수하니 사정을 유련하랴
이정이 참상하니 회포가 만단이라
애지중지 부모자애 은사근사 하오시고
고아복아 기르오셔 삼오이팔 겨우되여
명문귀가 택취하여 군자호구 짝을지어

만복지원 보내시니 여필종부 삼종지에
성현이 유훈이라 내엇지 면하리요
친구가 왕래하여 휀초향기 받잡기를
백년같이 알앗더니 신해년 춘정월에
난데업는 이작별이 생이사별 될듯하다
여류광음 이세색이 추진하여 춘거추래
경물이 교환하니 만리에 이향회포
층가백출 하난고나 보고저라 보고저라
조상부모 보고저라 가고저라 가고저라
부모좌측 가고저라 나래돛힌 학이되어
나라가서 보고지고 만리장천 명월되어
비취여서 보고지고 낙낙장송 바람되어
불어가서 보고지고 벽사창전 세우되여
뿌려가서 보고지고 한강수 압록강에
망망중류 창파되여 흘러가서 보고지고
추월춘풍 몇몇절에 수유불리 부모좌측
언제한번 또즐기랴 만수청산 멀고먼데
소식조차 돈절하니 청산은 몇겹이며
녹수는 몇구냐 철석간장 아니어든
그리움을 견딜손야 풍운이 흩어저도
모일때가 잇나니라 천사만상 억제하나
오매불망 이친지회 아심엇지 고치겟나
눈물로 떠난휜당 웃음으로 반기고져

종일종야 수회하니 의형이 수고하다
모질고 단단하기 망망한 우주간에
나밧게 또있으랴 심심산중 바위들도
단단하기 날갓흐랴 마음을 다시잡아
여행을 착염코져 우리부모 문명하사
추로지향 성덕가에 위자손세 널리고져
혼미잔약 불초여를 의람하게 탁신하여
영길창 복을빌고 사문의 청맥으로
욕급선조 부대말라 지원혈축 하압시니
깊은경계 귀에익고 높은책명 완연하다
사친회포 멀리하고 효봉구고 승순군자
사친경장 힘쓰리라 안심하여 지낫더니
이때가 어느때냐 삼동이 다지나고
신춘이 도라와서 녹음방초 농화시의
화계상의 목단화왕 춘풍을 못익이여
가지가지 춤을추며 송이마다 나붓길적
우리숙질 부모안전 응석하여 즐겼더니
추성이 은은하고 낙엽이 분분할때
아심자연 둘대업다 천애를 상망하니
어안이 돈절하다 그리워라 부모조상
보고져라 우리고모 인본명주 넷남매가
음용이 의회하다 하일하시 호시대에
기러기 줄을이어 청녕의 노름으로

쌍쌍이 모여앉아 훤초향기 밧자올고
천수만한 이내회포 몽혼에나 보고져라
자손지명 다가면서 나는엇지 못가는고
지정친척 다가면서 나는엇지 못가는고
인아척당 다가면서 나는엇지 못가는고
내모양 내우름을 오색단청 짓게그려
일폭화도 만들어서 부모좌전 보내고져
인싱쳔지 만물중에 친하고 가작하니
모녀밧게 또잇는가 유한정정 우리자당
봉쳔지도 골몰하여 다사무가 하온중에
불초여를 기렴하사 몇번이나 늦기신고
여중요순 우리왕모 삼종사덕 겸전하여
쳔성자애 유명하사 쳔륜에 자별지애
강숙모 귀령마다 소손을 싱각하여
비회병출 몇 번인고 광음이 유수같애
다섯가을 되엇도다 즐겁고 반가워라
재작동 우리엄친 귀국향산 하셨고나
황홀하고 신기하다 하날인가 따히온가
그사이 잊인지경 한말삼도 못엿줍고
태산여약 자애밧고 하히여딕 은애받아
사오삭 희학중에 날가는줄 모르더니
새로운 이별이야 아심이 최절일세
하늬월 염육일은 부녀상별 되엇어라

위국정충 우리야야 긔산더절 높으시나
시절형평 무책하고 향산고국 살펴보아
새로이 수참하고 막대한 부자지정
차마잊기 어려워서 쳑년감상 존안이야
슬프고 슬프도다 속절업시 물러안자
해음없이 통곡하니 젼후를 불고하고
체면을 일엇더니 우리존구 태산성덕
허물을 용서하고 높고넓이 훈계하더
울지말고 밥먹어라 오냐오냐 나도간다
네아모리 연유하나 부모시쳐 아련마는
대강혜여 싱각하라 일월정충 우리선조
문충공의 후손으로 세세상전 국록지신
통곡세상 이세월에 영무지새 없엇으니
보국안민 가망없고 보고듣난 촉경마다
절치부심 하여세라 조조에 삼십육계
주위상책 아니련가 삼년종제 힝상후난
가나라 가나라 피난길로 가나니라
학교명명 귀에익고 우리존고 양춘혯택
슬하에 어릅쓸어 기한을 염려하사
포복하게 먹이시고 훈싱하게 입히시며
유랑의 유선지풍 존젼취졸 염려하여
틈틈이 권유하사 안항금장 지극성우
지공우익 겸하엿고 숙젼당내 대소틱에

심은성덕 드리우사 부모원별 니가지정
각별편애 하오시니 일신이 반석이나
친구가 적덕여경 미신이 과분하여
천성인아 하오시니 세간만사 위해되고
주루화당 금의옥식 일무흠새 타올지냐
효성창월 비칠때라 조조모모 시시마다
일편단심 북당훤초 금년갑인 춘삼월은
우리왕모 갑일일세 즐거운중 익들하다
증쥬다랴 견전불매 나는엇지 불참인고
소산대로 농사하여 서속갈고 감자심어
남산같이 떡을하고 한강체로 술을빚어
삼각산을 괴와놓고 우리야야 남매분이
두쌍으로 헌작할적 노래자의 반란의가
춘풍에 나붓기어 남산에 수를빌고
서상의 복을빌어 만당열좌 제아들은
호기발월 춤추난가 여릉여호 나의남제
손꼽아 나홀혜니 방년에 구세로다
준수비범 걸특작인 그립고 보고져라
산두기러 제게잇어 경윤대제 품엇으니
보국안신 설치하고 사적도보 부대하여
출장입상 착념하여 화형인각 하여서라
조선을 현달하고 명수즉백 하오리다
대이소원 성취하여 열친척지 정화하다

회포가 만단이나 다그릴수 잇난야
북망쳔호 만호하나 상쳔이 유감하사
자고역대 성제명왕 초곤후길 상사로다
쥬문왕의 유리지액 팔백년 향국지신
유명만세 하오시고 공부자의 양호지액
쳘회쳔 잠겻시니 성상이 수고하사
오쳔일월 되옵소서 우리고국 복국하사
서화세풍 하옵시기 조물주계 비나이다
갑오 이월 십일 등서

05 가사문학관본2

　한국가사문학관 홈페이지에 올라와 있는 필사본이다. 순한글체
로 귀글체 방식으로 기재되어 있다. 줄친 지면에 상하 2단 구성으
로 깨끗이 정서되었다. 상단에 4음보를 귀글체로, 이어 하단에 4음
보를 귀글체로 쓰고 좌측으로 써갔다. 필사자가 필사본 읽기에 매
우 미숙했던 듯, 틀린 자구가 많아 의미 파악이 쉽지 않은 부분이
있다. 여기서는 가사문학관본2 텍스트의 행 구분을 그대로 싣되, 1
음보 단위로 띄어쓰기를 하였다.

〈답ᄉ친가〉

어와 반가울ᄉ 서간음식 반가울ᄉ
신기ᄒ고 황홀하다 우리당모 핫참이야
쳔강이야 짓츌이야 진몽이야 치몽이야
장즁호접 완연ᄒ니 어나쑴이 졍쑴인가
한단침ᄉ 빈쑴인가 남양초려 졍쑴인가
남희장에 쳥조셩야 북희상의 안ᄒ인들
이예서 더홀손가 쌍슈의 놉히드러
이음늣쳬 하여서라 춘신이 싱츌시로
부모존당 사랑ᄌ이 쟝즁의 보옥으로
이지즁지 양휵지는 원별한지 언마련고
얼푸시 눅연츈광 만니 이력에

193

쳔의를 창망하미 오산의 넉슬삼고
초슈의 눈물봇터 빅희가 교집하고
만각의 시름잡아 약하고 어린간장
무지하기 어렵도다 오홉다 차세월은
쳔운이 진홈이야 국운이 단함이야
흥망이 무슈하니 인역으로 엇지하랴
국파군망 이윈일고 신민의 알미짓튼
일월이 무강하다 츳초동방 군자궁이
호즁쳔지 디단말가 오쳔만연 우리나라
억만세지 장츈으로 요슌갓흔 어진임군
계계승승 나실젹의 여일지승 여월지항
여슉포위 하시기를 틱악갓치 밋엇드니
의관문물 예의지즁 슈상부령 디여잇고
삼쳘리 져강산니 타국압졔 디엿고나
츄회라 경향갑족 우리명문 고졀쳥심
우리왕부 학힝도덕 위슉셩심 업실손가
기뉴연 동십월의 낭미지익 당하시고
구옥고초 지나시니 디장부의 츙분으로
강닉지심 참을것가 듯기슬고 보기슬타
월국결심 돈졍호니 니친쳑 기분못내
각구지회 슬푸도다 졍굼미목 구든마음
파의하기 쉬울소냐 초초히 싱장차려
구빅연 졀례졔틱 임ᄌ업시 다던지고

고국산쳔 하직하니 속졀업난 이별이라
이길이 무산길고 엿치여광 이니심희
눈물이 하직이라 쳥쳔빅일 발ᄌ날이
니졍병역 나리난듯 만수산 원할졈은
이별시 안니던가 화산남산 히리안기
숑별한을 먹음은덕 쳥님이 밋친이슬
니눈물 ᄲᅲ리난듯 틱산언약 조상은이
하히역디 부모은이 날을쎳쳐 엇자오
이이별이 윈니별고 져향차가 무산길고
동남동여 안니시니 방ᄉ신여 ᄯᅡ라가오
동졍호 발근달이 악양뉴 차ᄌ시고
소상강 구든비의 샹군호상 가시난가
안니로다 이힝차난 긔산영슈 귀씨슴과
수양산 치미가를 우리조부 효측ᄒᆞ여
산각산아 다시보ᄌ 망궐ᄉ비 통곡ᄒᆞ니
일월도 무강하고 산쳔도 갑은하여
슬푸다 차신이야 속졀업시 물너안ᄌ
고원을 잡망하며 셕ᄉ를 추렴하니
디졀을 젼수하니 사졍을 유련ᄒᆞ랴
기약업난 원별이라 우리당부 곳졈쳥힝
니졍이 착승하니 회포가 만단이라
잉지즁지 부모자이 은ᄌ근사 ᄒᆞ오시고
고아복아 기르아셔 삼오이팔 겨오디여

명문귀가 퇴취ㅎ여 군자호구 짝을지어
만복지원 보넛시니 여필종부 삼종지의
석현의 윤훈이라 너엇지면 면ㅎ리오
친구가 왕늬ㅎ여 훤초힝기 밧잡기를
빅연갓치 아랏더니 신희연 춘졍월의
난디업난 이작별이 싱이사별 될듯ㅎ다
여류광음 이세식이 수진하여 춘거츠리
경불이 교환ㅎ니 말니의 이향회포
층가빅출 하난구나 보고져라 보고져라
조상부모 보고져라 가고져라 가고져라
부모자측 가고져라 나리도친 학이도야
날아가서 보고져라 말니창쳔 명월디여
빗치여서 보고지고 낙낙장송 바람디여
부러가서 보고지고 벽ㅅ창젼 싀우디여
쑤려가서 보고지고 한강수 압녹강의
망망즁뉴 쳥죄디여 흘너가서 보고지고
츄월츙풍 몃몃젼의 수유불이 부모좌측
언제한번 쏘즐기랴 만수쳥산 멀고먼디
소식좃차 돈졀ㅎ니 쳥산은 몃겨비며
녹수난 몃구비야 쳘석간장 안니어든
그리움을 견딜손야 퓽은이 훗허져도
보일디가 인나니라 쳔ㅅ만ㅅ 억죄ㅎ나
오미불망 이쳔지희 아심엇지 곳치겟나

눈물노 쩌난흰당 우슴으로 반기고져
조일종야 수회하니 의형이 구고하다
모질고 단단하기 망망한 우주간의
나밧게 쏘이스랴 심신산중 아회들도
단단하기 날갓흐랴 마음을 다시잡아
여힝을 착역코저 우리부모 물명ㅎㅅ
추호지향 셩덕가의 위ㅈ손쇠 널니고져
혼미잔악 불찬여를 의람하게 탐심ㅎ여
영화길첩 복을빌고 사운의 쳥믹으로
욕급조선 부딕말나 지원혀륙 ㅎ옵시니
깃푼경게 귀의입고 녹흔칙명 완연ㅎ니
삿친회포 멀니ㅎ고 효봉구고 승순군ㅈ
삿친경장 힘쓰리라 안심ㅎ여 지낫쩌니
잇디가 어낫쩌냐 삼동이 다진하고
신춘이 도라와서 녹음방초 승화시의
화계상의 목단화왕 츈풍을 못이기여
가지가지 춤을츄고 승이마다 나뭇길젹
우리숙질 부모안젼 응셕ㅎ여 즐겻더니
추정이 은은하고 낙염이 분찬할제
아심자연 둘디업다 쳔익를 상망ㅎ니
어안니 돈졀ㅎ다 그리워라 부모조상
보고져라 우리고모 인봉명국 옛낫믹가
음용이 의희ㅎ다 하일하시 호시디의

기력이 줄을이어 쳥영의 노름으로
쌍쌍이 모여안ᄌ 휜조향기 밧자올고
쳔수만흔 이닉회포 몽흔의나 가고져라
자손지명 다가면서 나난엇지 못가난고
지졍친쳑 다가면셔 나난엇지 못가난고
일폭화도 만들어서 부모좌젼 보닉고져
닉모양 닉우람을 오식단쳥 짓게그려
일폭화도 만들어서 부모좌젼 보닉고져
인싱쳔지 만물중의 친하고 가직ᄒ니
모여박기 ᄯᅩ잇나냐 유한졍졍 우리ᄌ당
봉칭지도 골몰ᄒ여 다사무가 ᄒ온중의
불초여랄 기력ᄒᄉ 몃번니나 늣기신고
여중요순 우리왕모 상종ᄉ덕 겸젼ᄒ여
쳔셩ᄌ의 유명ᄒᄉ 쳔륜의 ᄌ별지이
강슉모 귀령마다 조손을 싱각ᄒ여
비희병츌 몃번인고 광음이 유슈갓히
다셧가을 디엿도다 즐겁고 반가워라
지작동 우리엄친 귀국향산 ᄒ셧고나
황혼하고 신긔ᄒ다 하날인가 쌍이온가
그사이 닉친지졍 한말슴도 못엿줍고
괴산여약 ᄌ익밧고 ᄒ희여더 은익밧다
ᄉ오삭 회학중에 날가는쥴 모라더니
식로온 닉별이야 아심이 최졀일셰

하뉵원 염뉴안은 부여샹별 디여서라
위국졍츈 우리야야 긔산디졀 놉흐시나
시졀형편 무칙ᄒ고 향산고국 살펴보아
시로이 슈참하고 막디한 부즈지졍
츠마잇기 어려워서 쳑연감싱 초안이야
슬푸고 슬푸도다 속졀업시 물어안즈
히음업시 통곡ᄒ니 젼후를 불고하고
쳬면을 일허더니 우리죤구 틱산셩덕
허물을 용셔하사 놉고널히 훈이하더
울지말고 밥먹어라 오냐오냐 나도간다
네아모리 연유ᄒ나 부모사혀 아련마난
디강혜여 싱각ᄒ라 일위졍츙 우리션조
문츙공의 후손으로 셰셰상젼 국록지신
통곡셰승 이셰월에 영무지시 업셔가니
보국안민 가망업고 보고듯는 촉경마다
졀치부심 하엿셔라 졸의 삼십뉵계의
쥬위샹칙 아니런가 삼연종재 희샹휴난
가나니라 가나니라 피랑길노 가나니라
학교명명 귀여잇고 우리죤고 양츈혜틱
슬하에 어릅쓸어 귀한을 엄여하스
포복하게 먹이시고 훈싱하게 입히시며
류랑의 유신지풍 존견졸 염닉하여
틈틈이 권유하스 안항금쟝 지국션후

지공우익 겸ㅎ엿고 슉젼당니 디소틱이
심은셩덕 드리우스 부모원별 니가지졍
각별편이 ㅎ오시니 일신이 반셕이오
친구가 젹덕여경 이신의 과분ㅎ여
쳔셩인가 하오시니 셰간만스 위회디고
쥬루화당 금의목식 일무흠시 타온지나
효셩챵위 비췬쩌와 조조묘묘 시시마다
일젼단심 북당훤초 금연갑인 츈이월은
우리왕모 갑일인세 즐지은풍 이들ㅎ다
종주달야 젼젼불미 나난엇지 불참인고
손간디로 농스ㅎ여 셔속갈고 감즈시머
남슨갓치 쩍을하고 한강쳬로 술을비져
삼각산을 괴와노코 우리야야 남미분이
두쌍우로 현작할젹 노러자의 발나니가
춘풍의 나뭇기여 남산의 수를빌고
셔강의 복을빌러 만당열죄 데아들은
호기발월 춤추난가 여롱여호 나의남졔
손쏩아 나흘혜니 방연이 구셰로다
준수비법 걸측학인 그립고 보고져라
산두기디 졔게이셔 경눈디지 품엇시니
보국안민 셜치하고 사직도무 부디하니
츌졍입숭 쳥염하여 화여인각 하여셔라
조션을 현달하고 명수죽빅 하오리다

너이소원 셩치ᄒ여 열친쳑지 졍화하다
회포가 만단이라 다그릴수 잇겟난가
복망쳔호 만호ᄒ압 산쳔이 유갓하ᄉ
자고역디 셩졔명왕 초곤후길 승ᄉ로다
주문왕의 유리빅 팔빅연 향국지신
유명만세 ᄒ오시고 공부자인 양호지익
졀화쳔 ᄒ셧시니 셩승이 수고하ᄉ
요쳔일월 디압소셔 우리고국 복국ᄒᄉ
시화셰픙 하압시기 조물쥬뇌 비나이다
합일빅 날십ᄒ귀

졍축 연월 염ᄉ일 등셔ᄒ나 ᄶ자달붓 ᄌ형 안니되고 눈의
보이지 안어 ᄌ시 괴괴 본초의 오자

06 가사문학관본3

한국가사문학관 홈페이지에 올라와 있는 필사본이다. 순한글체로 줄글체 방식으로 기재되어 있다. 여기서는 가사문학관본3 텍스트를 그대로 옮겨 기록하되, 4음보를 한 행으로 하고 1음보 단위로 띄어쓰기를 하였다.

〈수답가수친가〉

어와 반가올수 셔간음심 반가올수
신긔ㅎ고 황홀ㅎ다 우리왕모 하츌인야
천강이냐 지츌이냐 진몽이냐 취몽이냐
쟝중호협 황홀하다 어나꿈이 졍꿈이냐
한당침수 빈굼인가 낙양초려 졍꿈인가
남희숭의 청조셔냐 북희샹이 안찰인들
이의셔 비할소야 쌍슈의 놉희들어
이읍뉴치 ㅎ여셔라 추신이 싱츌시로
부모주의 수랑주의 중즁이 보옥으로
이지즁지 양휵지는 원별한지 풋시
뇩년츈광 보니신이 말이역이 천의랄 망향ㅎㅎ여
오산이 넉술술고 쵸슈이 눈물을 보터이
빅히 교집ㅎ고 만만강의 시름을 주ㅇ닌이
약ㅎ고 어린심중 부지ㅎ긔 어렵도ᄃ

오홉두 추시월은 쳔운이 진후미야

운이 단하미야 흥망이 슈이 훈이

인형으로 엇지하랴 국퓌궁망 이윈일고

신민의 지통 이월도 무광후다

츄로동방 군주국의 호즁쳔지 되단말가

오쳔만년 우리나 억만시지 쟝츈으로

요슌긋흔 어진님군 기기승승 나실적의

여지승여 월지향여 소식포의 하시긔을

틱악갓치 미더쩌니 이관문물 메에지퓽

슈샹부평 되야잇고 삼쳘이 져강손이

틱국옵지 되단말가 츠회츠회 경향갑죡(이)

우리명문 고절쳥심 우리왕부 흑힝도덕

겸비후스 위국셩심 업술른가

긔슈연 동십월이 낭미지익 당후시고

누옥고초 지나시고 티쟝부의 축문으로

강긔지심 츠물썻가 듯긔슬코 보긔슬허

월국결심 돈졍후여 이친쳑 긔분묘랄

감구지회 슬푸도두 졍금미옥 구든마옴

파의흐긔 쇠울손가 수빅연 결니제틱

임주업시 던져두고 고국샨쳔 후직한이

숙졀업산 이별이냐 이길이 무슨길고

여취여실 이니심회 눈물이 하직이라

쳥쳔빅일 발근날의 니셩벽역 나리난더

만슈산 원함정은 별시가 안이런가
화산남손 허리안긔 슝별홈을 머금은듯
쳔의 미친이실 이니눈물 뿌리난닷
틔산비 은에니 날을쪄쳐 엇지가오
이니별이 이윈일고 져힝츠가 무손길고
동남동여 안이신이 방스시에 짜라가오
동정호 발근달애 아양누 츠즈시뇨
소상강 구즌비이 상군죠샹 가시난가
안이로듸 이힝츠난 긔손영슈 긔씨심가
슈양손 긔○치며가은 우리조부 효측하여
슴각손아 다시보즈 망궐스비 통곡훈이
일월도 무광ᄒ고 슌쳔도 가읍ᄒ니
슬푸듸 츠신이냐 속졀업시 이별이냐
물너안즈 고원을 챵ᄒ여
셕스롤 츄렴ᄒ여 긔녁업손 원별이냐
우리왕부 고졀쳥힝 디져을 젼슈훈이
스졍을 뉴련ᄒ랴 이졍 춤샹훈이
회푀가 만단일듸 의지즁지 부모즈이
은스근스 ᄒ오시고 아복아 긔르오셔
슴오이팔 되듯마듯 명문귀가 퇴취하여
군즈호긔 짝을지여 만복지원 보나신이
여필종부 삼종디졀 셩현슈훈 엄영 엣법의
니엇지 면할손고 친구기리 왕니ᄒ여

흰초향긔 밧줍기을 빅년갓치 바라던이
신히년 츈정월이 난디업손 이쟉별이
싱이ᄉ별 될듯하다 여류광음 시속이 슈진하여
츈거츄리 경물마듸 이향이희 층가한다이
보고져라 나릐돗친 학이되여 나라가셔 보고지고
말이쟝쳔 명월되여 빗쳐가서 보고져라
낭낙쟝송 바람되셔 부려가셔 보고지고
벽ᄉ챵쳔 시우되여 ᄲ려가셔 보고져라
호강슈 압노강이 막막중유 챵파되여
흘너가셔 보고지고 츄월츈풍 몃몃졀이
슈뉴불이 부모좌측 언지한변 ᄶ즐긔랴
만슈쳥산은 몃구비 ○이며 녹슈난 몃구비야
쳘젹간쟝 안이어든 그리워못 견딜손야
픔운의 훗터져도 모할쎠가 잇난이이라
쳔ᄉ만ᄉ 억지하느 오믜불망 이친이회
아ᄂᆞᆫ엇지 곳칠겟나 눈물노 ᄶ녀난회당
우슴으로 반긔고져 존일조야 슈희혼이
의형이 고이하다 모질고 단단ᄒ긔
우쥬간이 나밧기 ᄶ이시랴 심심산중
빅호가 모질고 단단하긔 날ᄌᆞᆺ혼가
마음을 다시차마 여힝을 챵염코져
우리부모 문명ᄒᆞᆺ 츄로지향 셩덕가의
위ᄌᆞ손세 널이고져 혼미ᄌᆞ약 불효여랄

의람하게 탁신ᄒ여 영화길챵 복을빌고
ᄉ문쳔믹 욕금지 원쳘쥬 하옵신이
깁흔경기 귀예잇고 놉흔칙명 완연한니
ᄉ친회픠 멀이ᄒ고 효봉구고 축심ᄒᄌ
ᄉ친경쟝 힘쓰리랴 안심ᄒ여 지나더니
이쩌가 어나디냐 삼동이 다진ᄒ고
신츈이 도하와셔 녹음봉죠 셩화시라
화게샹이 목단화왕 츈픔을 몬이기셔
가지가지 나부긜격 우리슉질 줄격이
부모안젼 응셕ᄒ닷 츄셩에 은은ᄒ여
낙겹이 분춘할격 아심쟈연 들쩌업다
쳔이랄 망챵한이 어안이 돈졀하다
그리워라 조샹부모 보고져라 우리슝모
인봉명쥬 네남민가 음용이 익히하다
하일하시이 긔력이 쥬을이여 쳥명이
노름이 썅썅하며 휜죠향긔 밧ᄌ올고
쳔슈만한 이닉회포 몽흔이나 가고져라
부모슬하 가고져라 쟈손지명 하다가면셔
나난엇지 못가는고 지졍친쳑 다ᄀ면셔
나ᄂ엇지 못ᄀ난고 여ᄋ쳑당 ᄃ가면셔
나ᄂ엇지 못가ᄂ고 니모양 우람을
오식단쳥 권케그려 일폭화도 만드려셔
부모좌졍 보닉고져 인싱쳔지 만물중이

쳔ᄒ고 가작ᄒ이 모여여밧긔 ᄶ오이시랴
슈환졍졍 우리ᄌ당 봉친지도 골몰ᄒ여
다ᄉ무가 ᄒ온즁이 불츄여랄 긔렴ᄒᄉ
몃변이나 늣긔시며 여즁요슌 우리왕모
삼종ᄉ덕 겸지ᄒ셔 쳔셩ᄌ의 유명ᄒᄉ
쳔뉸이 ᄌ별지이 강슉모 귀령마다
소손을 싱각ᄒ여 비희병츌 몃변이나
늣긔신고 그려그려 광음이 뉴슈ᄒ여
다셧가을 되엿도다 즐겁고도 반가와라
지죽동 우○○친 귀국향슨 ᄒ시고야
황홀ᄒ고 신긔ᄒᄃ ᄒ날인 당ᄒ오ᄀ
그ᄉ이 친지졍 ᄒ말슴도 엿쯉지모히
틱산여악 ᄌ의밧고 ᄒ이여디 은이바다
ᄉ오샥 히항즁의 날가는쥴 몰나든이
시로온 이별이냐 아심이 최졀할셔
ᄒ뉵월 님육일이 부여샹별 되여셔라
위국졍츅 우리야야 긔산디졀 놉ᄒ신이
시졀형편 무식하고 향슨고국 살펴보ᄋ
시로이 슈츔ᄒ고 막디ᄒ 부ᄌ지졍
ᄎ마잇긔 어려워라 쳥년감샹 존안이냐
슬푸도다 속졀업산 통곡이냐 젼후불고
쳬면을 일허든이 우리존구 디쳐졍도
허물을 용ᄉᄒᄉ 놉히넙히 훈긔ᄒ디

우지말고 밤먹어라 오야오야 나도간다
닉아모리 연유ᄒ여 부지ᄉ퓌 ᄒ련마는
디강히여 싱각ᄒ라 이월졍축 우리션조
문즁공회 후손으로 세세샹젼 국녹지신
되엿다가 통곡시월 이시샹의
영무지지 업ᄉ신이 보국안면 가망업고
보고듯난 쵸경마다 졀치졀치부심 하야셔라
조조이 삼십늌긔 쥬이샹칙 쏜을ᄇ다
삼년죵지 탈샹후난 가ᄂ이라 가난이라
필란길노 가ᄂ이라 ᄒ교명명 귀에잇고
우리죤고 양츈히퇴 슬ᄒ의 어릅쓰려
긔ᄒ을 임여ᄒ여ᄉ 포복ᄒ긔 먹시고
훈싱하긔 입피시며 뉴신지풍 ○젼최를
염여하여 틈틈이 권뉴ᄒᄉ 안항금쌍의
지극 셩우하여 귀공우익 겸ᄒ엿고
슉젼늬 디소틱의 심은셩덕이 되리오셔
금연은 갑인 츈이월 초육이른
우리왕모 갑일일시 즐거운즁 이둘ᄒ다
죵쥬달야 젼젼불미 나난엇지 불츰인고
소산디로 농ᄉᄒ여 서속갈고 감ᄌ슘겨
남ᄉ갓치 덕을ᄒ고 ᄒ강슈로 슈을비져
삼각산을 괴와○○ 우리야야 남미분이
두쌍으로 현작할젹 노라ᄌ의 알봉오시

츈풍이 나붓기며 남순의 슐을빌고
셔강의 복을빌려 만당이라 지아들은
호긔발월 츈물츈난가 여룡여호 ᄂᆡ이남지
손을쏘바 날을힌이 방연에 구시로다
즁상할 풍용과 긜특훈 죽인이니
그립고 보고져라 샨두긔 디지잇셔
경눈디지 품어신이 보국안민 셜분하고
스직동양 부디하여 츈쟝닙상 챵염하여
화형인각ᄒ고 명쥬슈쥭빅ᄒ여
조션을 허양ᄒ고 열친쳑지 정화ᄒ여
이곳 소원을 범연히 듯지말고
경심긔지 하여셔라 희푀가 만둔이나
다그럴슈 잇깃난가 북망쳔호 ᄒᆞᆸ난이
샹쳔이 뉴감합소셔 ᄌᆞ고로 셩제명왕의
초곤하미 샹시라 쥬문왕의 뉴리지익
팔빅연 향국국 슈명만시 ᄒ오시고
공부ᄌ님 양호지익 쳘환쳔ᄒ 할거신니
우리선싱 슈고ᄒᆞᆺ 쇼쳔이월 됩소셔
우리고국 복츅ᄒᆞᆺ 시화시풍 ᄒᆞᆸ소셔

만주망명과 가사문학 자료

제3장
감회가

견문취류본

『견문취류』(이휘 편저, 조춘호 주석, 2003, 92-103면)에 실려 있는 활자본이다. 제목 밑에 "寒洲先生 子婦 星州李氏 夫人"이라고 작가를 기재했다. 여기서 '성주이씨 부인'은 독립운동가 李承熙의 부인인 仝義이씨를 말한다. 그리고 제목의 註로 다음과 같이 기록하고 있다.

檀紀 4250년대(西紀 1920년대) 星州人 寒洲先生(諱 震相)의 子婦가 그의 夫君이 亡國의 한을 품고 畢子를 데리고 잠적(北間島)하자 그를 간절이 그리며 젊은 子婦의 애절한 심회 등을 그린 歌辭로 국운흥망이 한 가정, 한 여인에게까지 미치는 애통을 나타낸 글이다. 이 가사를 지은이의 夫君은 끝내 이국 만주에서 망국한을 품은 채 별세하니 그의 畢子가 棺柩를 모시고 환국하였다. 畢子는 야밤에 부친이 가출하는 것을 알고 뒤를 밟다가 父子가 동행하게 되었다는 것을 후일 알게 되니 즉 父는 忠을 위함이며, 子는 孝를 위해 盡忠竭力한 것이라 하겠다. 이 막내아들의 큰 형은 광복후 노쇠함에도 北山書堂에 계속 왕래하였다. 退溪先生의 학통을 이어받은 寒洲先生은 郭俛宇선생의 스승이고, 俛宇선생은 朗山(諱 埅)선생의 스승이니 이 세 문중은 내왕이 많았다.

이승희가 블라디보스톡으로 망명한 것은 1908년이고, 그의 아들 李基仁이 부친이 계신 만주로 망명한 것은 1910년이다. 따라서 위 기록의 "檀紀 4250년대(西紀 1920년대)"는 수정해야 한다.

이 가사는 4음보 연속체에서 많이 벗어난 형태를 지니고 있다. 그런데다가 국한문 혼용체인 견문취류본 텍스트는 한자어에 한글음을 병기했으므로 행 구분이 일정하지 않게 되었다. 여기서는 견문취류본 텍스트를 그대로 싣되, 한글음은 생략했다. 견문취류본 텍스트와는 달리 의미상·형태상 4음보를 기준으로 행 구분을 하였으며, 1음보 내에서는 띄어쓰기를 하지 않았다.

〈感懷歌〉

天地間 萬物中에 神靈할사 사람이라
男子의 平生事業 忠孝大節 主張이요
女子의 一平生은 貞烈孝友 第一이라
天定하신 緣分으로 차총예행 하오며

삼복지원불요라 三綱五倫 根本되여

夫婦有別 父子有親 있은後에

君臣有義 있었으며 三綱이 있으매

國法 있음으로 天地와 같은지라

天地造化로다 萬物이 生겼으며

日月이 빛을내어 萬物을 기루매

天地化動하며 萬物이 豊盛하고

夫婦和樂하며 子孫이 興昌하여

福祿이 無量할지라

땅이 하늘을 逃亡치 못하오며

女人이 君子를 어기지 못하여

女子의 平生 吉凶禍福이 君子에게 매였으니

그 寬重 앙망함이 天上 같은지라

家長子息을 멀리 離別하고 여러春秋를

지나나 모든期約이 打破하니

生覺함이 寤寐思服하야 輾轉反側이라

夫婦有別은 人之常情 母子之情은 天倫에

自然한 理致라 뉘라서 轉하리요

人間의 참어렵고 相離之懷라

萬古聖女 太姒氏도 치치전이라

여불영경광하시니

古今이 다르오나 素懷는 一般이라

文王은 大聖賢이시되 오직 관서전을

모시에 지날참에 올리 계신지라
夫婦 있으매 禮法 경지함이
人情이 괴로우니 슬픔을 感識하리요
英雄豪傑과 聖賢君子도
有情함은 삭이지 못하거늘
嗚呼 蒼天아 이런 俗物養生의
차죄차벌로 이같은 過誤를 받아
家長 子息을 千里에 期約없이
떨어져 團聚之像이 묘연한지라
하지도서라 生離思別 으뜸이라
착불이 촉언중이나 九曲에 쌓인 愁心은
如月如日에 첨가하리요
無情한 歲月은 자로化하여 歲色首近하여
送舊迎新을 當함에 寃懷가 百出이라
갈발없는 心懷를 鎭靜치 못하리로다
家家戶戶에 家中을 淸潔하고
命불福불을 달아놓고 正心灑掃하여
新年을 맞아 各其所願을 祝手하거늘
吾家를 살핀즉 心懷無限한지라
去來人이 그쳐지고 二三更에 다다라서
만호구척하고 雪上加霜 簫簫한 찬氣運 투골하여
寂寂 孤燈下에 어린 孫兒를 어루만저
초창 不寐타가 衾枕을 물리치고

文房四友를 벌려 新年을 맞아
祝辭를 지어낼제 上帝님은 살피소서
萬人間을 指導하사 善惡을 報應하고
生死전을 천사하니 暗昧한 蒼生들이
犯罪함이 있더라도 上帝님 物件이니
불택전악 하압시고 우리家君 孝悌忠信
盛世人民 되었던들 聖君을 도울것을
天運이 打盡하야 世界動振 요란하여
綱常이 떨어지고 社稷이 陷沒하야
滄桑世界 되였도다 當時에 英雄없어
輔國安民 할길없어 속절없이 血淚뿌려
魯仲連을 欽慕하니 海外萬里 依託하여
四顧無親 子子不知 東西南北 何處家요
北寒天 不毛之地 流離風霜 비보라에
白鬚紅塵에 君臣之會가 몽혼이 놀랐는지라
明天이 惟感有하사 大慈大悲하사
妻子의 懇切한 至願을 어여삐 여기사
堯舜聖代 새로만나 生還故國하야
萬歲安寧 하압기를 감히 天以地下에
伏乞子祝 하나이다
祝辭를 마친 後에 五行을 想考하야
吉凶을 占卜하니 無凶大吉이라
협비慰勞하고 啓明星이 밝았는데 금기융융하니

215

男女奴婢 모여들어 新年을 아뢰고

불변심하여 祠堂에 拜謁하니

神道도 느끼는듯 無心이 慘澹하니

我心悲懷 勘當키 어려워라

今日을 當하여 平常하리요 開悟强作하여

歲客을 接待하고 怨讐밤을 또當하니

晝夜가 지리하고 누웠은들 잠이오나

앉았은들 벗이오나 견디기 難堪하여

暫間 心願痛哭으로 感懷錄을 記錄하니

無心한 他人들과 豪華한 사람들은

鼻笑를 할터이나 억울한 나의懷抱

恨할곳이 바이없다 黃毛자루로 紙面에 부쳤노라

가고가고 가는歲月 참기를 工夫되야

老弱여로 이러한가 鬱寂心思 傷性일다

어찌나 今年餘月 무엇으로 虛送할고

於焉間 旬望이라 豪華한 少輩들은

연띄우며 登山하며 玩月하기 勝事로다

廣大한 天地間에 집집마다 저달이요

사람마다 玩月하나 北間은 어디매뇨

九萬長天 鶴이되여 펄적날아 가고지고

鴻鵠의 나래없어 날아가도 못하도다

靑天萬里에 기러기도 많다마는

一張書信 頓絶이요 吳山楚水 겹겹하여

魚雁이 不來하고 萬里海上에

靑鳥가 그쳤도다 어느날 消息알리

月無公山 저문날에 슬피우는 歸蜀鳥야

너울음 듣기싫다 海外萬里 빨리가서

우리所天 客窓下에 歸國하자 울어다고

이山저山 뻐꾹새야 碧海上 높이떠서

우리家君 客窓下에 報國하기 틀렸으나

故國가자 울어다고

오늘이 어느날고 癸丑上月 二十四日

吾兒의 出生日 아니런가 甲午年 今日이야

天幸이 저를얻어 僥倖兄弟 되었으니

神奇하고 貴重커늘 친애도망매불

생각하야 마음을 굳혔더니

오늘날 焚腸之懷 비견하면 好事눈물 아니런가

몇몇해로 生辰이며 誕日이며 虛度하니

妻子어미 되는마음 忽然心思 測量하랴

蒼天下에 無家客이요 世上에 有髮僧이

分明하도다 無光한 年長六旬이라

黃容이 이르고 白髮이 早白하야

새정자로 침노하야 寢席에 呻吟터니

非夢似夢間에 내兒孩

表表한 模樣으로 선연이 門을열고

어미를 부르거늘 억색 반가와

玉手를 덥석잡고 그린懷抱 하려다가
소스라쳐 깨달으니 一場春夢이라
虛荒하다 이꿈이야 可笑롭다 이꿈이야
꿈이어든 깨지말고 生時어든 정말쌈아
이怨恨을 푸렸마는 속절없이 헛부도다
산고수잔남하니 夢魂이 難得이라
꿈인들 돌아오리
花朝月夕 경조할적 멀리서로 生覺이요
思家步月 淸宵立은 吾兒의 懷抱로다
北天을 向望하니 望夫山이 높아있고
望子山 뜬구름은 몽지뭉지 피어나니
이내愁心 기쳤도다 仲春佳節 벌써되니
縣山에 봄이들어 불탄풀이 새로돋고
東山에 이슬오니 떨어진꽃 다시핀다
桃李花는 滿發한데 月明立下 고운態度
美人顔色 梅花이며 牧童遙指 杏花村은
路上行人 찾아가고 綠竹은 은은하여
春興을 띠웠도다 梨花에 杜鵑울고
梧桐에 밤비올적 寸寸肝腸 崩切이라
紗窓月色 夜三更에 잠없어 生覺하니
歷歷히도 꿈같도다
선비집 淸寒하여 窮塞한일 많을시고
接賓奉祀 奉侍下에 百千家 두루다녀

君子心情 열어두고 만만할사 아내로다
나의 才質 魯鈍하여 越機藝 깁짜기를
어찌타 못배워서 그리責望 하신말씀
太姙太姒 尊貴라도 길쌈을 하였거늘
선비집 婦女로서 職分을 피했으니
節用節食 能히하여 輔家盛을 어찌하리
嚴肅한 매운말씀 두렵고 無顔하기
불가망시 推測하니 春氷을 디딘듯이
봉염집옥 하온듯이 歲月을 보낼적에
各色으로 災殃禍라 一便難忌로다
그中에 영위하여 생각기로
젊어서 苦生함은 老來福을 받을지라
意識도 가음없고 千辛萬苦 얻은子息
窈窕淑女 맞아다가 君子好逑 짝을지어
家事를 전한後에 閑暇한 老人되어
子孫을 撫恤하고 우리夫妻 마주앉아
古今事를 이약하며 東山에 익은술을
둘이서로 和答하며 樂之至重 아니런가
그런재미 姑捨하고 面目不見이 웬일고
風雲落葉에 자취가 홀홀하야
太淸에 禽飛같고 大海의 浮萍草라
疳惱를 쓸어쥐고 山水에 樂을부쳐
箕山潁水 別乾坤에 巢父許由 체를뜬가

219

首陽山 깊은골에 伯夷叔齊 本을 받았는가
深山深谷 찾아가서 商山四皓 네老人이
바둑두자 함께간가 長生不死 期約하고
赤松子를 따라간가 그어디로 가셨건데
一去不見 우리所天 忠臣大節 사경을 正히하고
義理를 重히알아 다른일은 姑捨하고
이한일을 스쳐보면 그心性을 아리로다
종사관두 渴望孫子 남다르게 바라더니
祖先의 作德으로 金童兄弟 되였으니
지류世上 아니하고 先親을 永慕하여
東山拜禮 창외석을 虛費하고
다음에 孫子위해 壽富 祝願祝願 不避
風雨寒雪을 무릎쓰고 至誠으로 祝願하니
至誠感天 되오련가 丈夫한번 먹은마음
紅爐라도 변할손가 간절한 애성 生覺하니
버힌듯이 일어나니 기정이 家禍로다
如流光陰이라 仲春이 얼핏가고
晩春이 닥쳤도다 芙蓉芍藥 細雨中에
萬化方暢 좋은景은 뉘와함께 觀覽하며
庭前에 君子花는 뉘를위해 핀단말고
梨花亭 너른방에 父子內外 團聚하여
어이함께 모였던고 往事가 昭昭映映 밝아온다
형산일지 상판자는 年年一逢 하것마는

어이하여 저父子는 年年一逢 姑捨하고
六年一逢 어렵도다 夢魂一念이 北天에 매였으나
丈夫의 굳은 마음 어이洞燭 하시리오
成火겨워 狂心이라 怨望인들 아니하리
妻子에게 不見人情 하단말가
날바리고 가신兩班 生覺하면 무엇하리
그리워도 못보느니 없어無妨 하것마는
든情이 病이되어 사르나니 창자로다
仁厚하고 仔詳誠德 어이아니 매몰하며
銀似金似 얻은子息 處處이 못하리로다
모질고도 독하도다 애들하고 切迫할사
어여쁘다 나의畢子 鳳凰을 雙을이뤄
鴛鴦衾枕 胡蝶蜂이 덧없이 흩어지며
萬里相思 그린懷抱 어이다 말할소냐
閨中深處 찬이불에 一寸肝腸 조은苦待
萬斛愁를 넣어두고 자나깨나 愁心이라
芙蓉花色 초최하야 一尺시요 조여드니
人情소저 어이보리 君子好逑 되었으면
中饋를 所任하야 洞洞屬屬 操心함이
婦女의 職分인데 위군추야 도상에
정연이 避했으며 春夏秋冬 四時節候
전할길 바이없어 야료같은 그의슬픔
家長위해 못부리고 興心이 풀어져서

221

職任이 소여하여 親堂에 閑居하니
相思不忘 所天이나 유장의 성질되여
설부가 소삽하니 잔상하고 哀憐하여
骨節이 녹아난다 痛忿할사 나의몸이
閨門中에 終身禁錮되여
좋은歲月 못보오며 世上에 드문肝腸
胸中에 서리담아 丘山같은 자로
我心悲懷를 慰勞할고 生覺이 이뿐이라
萬古없이 至重커늘 造物이 猜忌한가
나의禍 未盡한가 出生後 四五年에
各色자롭 極甚하야 死境이 몇몇번가
兄弟男妹 넷兒孩를 萬事如生 기르자니
肝조여 불이일어 가슴답답 애가탈때
유사지심이 무상이오나 이것저것 생각하니
애장도 지리하고 世上도 싯틋하다
일삼어도무사로 萬事太平되렸마는
德薄한 이一身이 그런榮光 쉬울손가
다만위로 하는바는 孝子賢婦 至誠孝養
삼종이 完實하니 이것이 可觀이나
一心耿耿 품은懷抱 어느때나 끝이날고
綠樹에 저문봄은 花柳東風 歲月을
언제나 만나 堯之日月 舜之乾坤
花逢三春 擊壤歌를 海外東邦 君子國에

三綱五倫 宛然하고 禮樂文物 갖춰있어

君明臣忠 分明하니 우리君子 抑鬱之懷

春雪같이 풀어져서 忠貞하고 邪正되라

사정경물 生覺하니 春階아래 紅爐더위

거침될가 愁心이네 金風簫瑟 葉落梧桐

秋階아래 積散할때 秋月이 明朗하면

원해더욱 새로우며 落木寒天 찬바람에

白雪江山하고 걱정일지 임절말고

이치일 유여한데 含憾積傷 아니온가

더워도 生覺이요 추워도 생각이라

一日 十二時와 一年 三百六十日에

어느때 어느時에 잊을날이 있으리요

冬至永夜 夏至日에 이렇듯이 농진하니

木石이 아닌바에 어찌차마 比肩하랴

더러워라 이내懷抱 人生一生 可笑롭다

古今歷代 헤어보니 蜉蝣같은 人生이나

英雄豪傑 몇몇이며 絶對佳人 몇몇인고

力拔山 楚覇王은 八千兵 흩어질때

虞美人을 玉手잡고 눈물로 離別하고

吳江風波 水雲中에 七十여정 可笑롭다

吳江水 嗚咽하니 千秋에 不光하다

秦始皇 驪山樹에 松柏이 凄凉하고

漢武帝 武陵塚에 烏鵲이 슬피운다

223

萬古絶色 王昭君도 一觸幅丹靑 畵圖中에

前程을 망쳤으니 萬古遺恨 怨痛이요

天下絶色 楊太眞은 언양風波 놀란넋이

馬嵬驛의 冤魂이라 태학峯 芙蓉花는

뉘를위해 茂盛하며 晉容이 寂寞하여

千古恨을 머금어서 嚴冬에 나비로다

人生不長 春節로 紅顔이 새로하고

黑髮이 白髮되고 時乎時乎 無知려라

春日載陽 無情歲月 若流波라

東園桃李 片時春에 一生이 덧없으니

근심으로 자진하라 安心泰平 하오리라

春日載陽에 女息上拜라 如醉如狂에

忽然 동상이라 편물완상에 신구감창에

東南間方에 故鄕山川이나

洛江 河流는 故堂 門前이며

향연대 九鳳山은 우리先祖 居止로다

洛松亭 옛집에는 터만남아 유하로다

先親을 永慕하여 嗚咽 봉심이라

왕래상선은 청에 羅列하고 景좋은 和睦亭은

樹陰間에 은은하고 邊頭楊柳는 十里에

壯觀이나 靑柳帳을 둘렀는듯

明沙十里 海棠花는 고운빛을 자랑하듯

金砂川石은 곳곳에 버려있고

碧桃紅杏은 處處에 자자로다
은은한 萬花는 錦繡屛을 열었도다
景이 絶勝 한지라 天涯北方에
地形이 어디메뇨 望夫待와 望子운해
一心에 袍伶하나 어느곳을 向하리요
雲間에 나는鳥야 너는어찌 날아올라
蜀國怨恨 杜鵑鳥야 너는어찌 높이못가
애들 此身이여 女化僞男하야
不遠千里 빨리가서 이情懷를 풀렀마는
속절없난 長恨일다 遺恨遺恨 나의遺恨
어서죽어 後生가서 丈夫身이 못되거든
버금이 될지라도 숙웅이 되오리라

02 이규석본1

    작가의 손자인 李葵錫옹(전국민대 총장)이 소장하고 있는 순한 글체 원고지본이다. 이규석옹의 부탁을 받은 이상보 교수가 원래의 필사본을 원고지에 옮겨 기재한 것으로, 원고지 매수는 총 34장이다. 이규석옹의 말에 의하면 원래의 필사본은 전하지 않는다. 여기서는 원고지본 텍스트를 그대로 싣되, 잘못 쓴 것이 분명한 행 나눔은 고치고, 1음보 내의 띄어쓰기는 하지 않았다.

〈술회가〉

텬디간 만물중의 신령할ㅅ 사람이라
남즈의 일싱ㅅ업 츙효디졀 쥬쟝이요
여즈의 일평싱은 졍렬효우 졔일이라
쳔졍한 연분으로 삼동예롤 힝ㅎ오면
만복지원 부부로다 삼강오륜 근본되야
부부유별 부즈유친 이슌후의 군신유의
잇셔시며 삼강이셔 국법이 잇슴으로
디희와 갓혼지라 텬디조화로 만물이 삼겨시며
일월이 빗흘니려 만물을 길우미
텬디 화ㅎ여 만물이 풍셩ㅎ고
부부 화동ㅎ며 즈손이 흥챵ㅎ야
샹셰 짜로여 복녹이 무량할지라

짜히 하늘을 도망치 못ᄒ며
지어미 지아비를 어기지 못ᄒ며
평싱 길흉화복이 군ᄌ의게 미엿시니
그관즁 앙망함이 텬샹 갓흔지라
가쟝 ᄌ식을 멀리 이별ᄒ야
여러 츈츄를 지나디
모든 기약이 츠라ᄒ면
싱각ᄒ미 오ᄆᆡᄉ복ᄒ야 젼젼반측이라
부부유별은 인지샹졍이요
모ᄌ지졍은 쳘륜의 ᄌ연한지라
뉘라셔 권금ᄒ리
인간의 찻기 어려오믄 샹니지회라
만고셩여 쥬티스는 졀젼이 ᄒ니
불닝경당 ᄒ여시니 고금이 다르오나
소회는 일반이라 무왕은 디셩이시디
졔일쟝의 올려 계신지라
부부 잇스미 여빈경디 할진디
뉘아니 슬픔을 감심ᄒ리요
영웅호걸 셩현군ᄌ도
유졍함을 마지못하거놀
오호 챵텬아 리현슉 양싱여
하죄 하벌노 금셰에 이갓한 과보를
바다 가쟝 ᄌ식을 쳔이이역의

쩌쳐 단취지망이 묘연한고
아지 못게라 ᄌᆞ고 지인이
싱리ᄉᆞ별이라 함은
비록 언즁ᄒᆞ나 구곡의 ᄉᆞ힌 슈심은
여월여일의 릉가한지라
무졍셰월은 ᄌᆞ로 교환ᄒᆞ야
셰식이 슈궁ᄒᆞ여 송구영신을 당ᄒᆞ미
원회가 빅츌이라 갈발업ᄂᆞᆫ 심회를
쥬축할길 업셔 가즁을 청결ᄒᆞ고
명불복불 발켜노코 졍심 직긔ᄒᆞ여
신년을 마ᄌᆞ 각기쇼원 축슈하거ᄂᆞᆫ
오가를 술펴 심ᄉᆞ무황 한지라
거이 인젹이 끄쳐지고
이삼경이 다다르미
만호 젹젹ᄒᆞ고 셜샹가샹으로
속한 츤긔운이 투골하미
젹젹한 고등하의
어린 손아를 어라만져
쵸쟝 불미타가 금침을 물리치고
문방ᄉᆞ우를 버러 신년축ᄉᆞ 지어낼제
샹뎨님이 술피쇼셔 만인간을 졔도ᄒᆞᄉᆞ
션악으로 보응ᄒᆞ고 싱ᄉᆞ권을 쳔ᄌᆞᄒᆞ니
암미한 챵싱들이 득죄하미 잇드릭도

샹뎨님이 불툭션악 하옵시와
성ᄉ문을 알게ᄒ고 우리가부 효졔츙심
셩셰인민 되엿던들 셩군을 도울거술
쳔운이 다진ᄒ고 셰긔풍진 요란ᄒ야
강샹이 쩌러지고 ᄉ직이 함몰ᄒ야
챵셩셰긔 되여시나 당셰의 영웅업셔
보국안민 할길업고 쇽졀업시 혈루ᄲ려
노즁연을 흠모ᄒ야 ᄒᆡ외말리 유락ᄒ와
ᄉ고무친 혈혈부지 동셔남북 의햐쳐가 어디리요
북방한쳔 유리풍샹 빅뉴홍진의
군친지회가 몽혼을 놀내는지라
명텬이 유감ᄒ셔 디ᄌ디비ᄒᄉ
쳐ᄌ의 간졀한 지원을 어엿비 넉이시와
요슌셩셰 시로만나 셩환고국 ᄒ옵시와
만셰안락 ᄒ옵시기 명쳔게 복걸혈츅ᄒᄂ이다.
츅ᄉ를 마친후의 오힝을 샹고하여
길흉을 졈복ᄒ니 물융 디길이라
심회를 위로ᄒ고 계명이 들리거늘
금게 융융ᄒ니 남노여비 모혀
신년을 알외거날 변신ᄒ야
ᄉ당의 비묘ᄒ니 신도 늣기시는듯
물식이 참담ᄒ니 아심비여 목격이나
오날을 당ᄒ여 평샹ᄒ리 긔뉘리요

강죡ᄒ여 셰긱을 졉딕ᄒ고
원슈밤을 쏘당ᄒ니 쥬야가 지리ᄒᆞᆫ니
안즈신들 벗이오나 누어신들 잠이오나
쟝가심어 통곡으로 감회를 기록ᄒ니
무심한 타인들은 비쇼를 할터이나
억울한 내의회포 호쇼할곳 젼혀업셔
황무 둔ᄉ로 지면의 부치노라
가고가고 가ᄂᆞᆫ셰월 참기를 공부터니
노약으로 이러한가 울젹심ᄉ 샹일ᄒᆞ다
엇지타 금츈화월 무어시로 희쇼ᄒ리
어언간 슌망이라 호화한 쇼지들은
연씌우며 등순ᄒ니 망월하기 승ᄉ로다
광딕한 쳔디간의 쳘마다 져달이라
ᄉ람마다 완월ᄒ나 북당은 어디런고
져달응당 보련마ᄂᆞᆫ 나ᄂᆞᆫ어이 못보ᄂᆞᆫ고
구만쟝텬 학이되여 펄젹나라 가고지고
홍규의 나리여셔 나라가도 못ᄒ로다
쳥텬만리에 기럭이도 만건마ᄂᆞᆫ
일쟝셔신 돈졀이라 오ᄉ초슈 겹겹ᄒ니
어안이 불니ᄒ고 만리희샹의
쳥됴가 쯧쳐도다 어나눌 쇼식알리
월ᄒ손 져문날의 슬피우ᄂᆞᆫ 귀촉조야
네우람 듯기슬타

힝외말리 빨리가셔 우리쇼텬 긱창하의
고국가즈 우러다고 이손겨손 부꿍시야
북희샹 놉히쩌셔 우리가군 긱탑하의
보국하기 틀려시니 보국가즈 우러다고
오날이 어나눌고 계축샹원 이십스일
오아의 츌싱한날 아닐런가
갑오년 오날날의 쳔힝으로 져를어더
요힝형데 되여시니 신기ᄒ고 귀즁하디
조샹님의 망미하심을 싱각ᄒ야
마음을 구쳤더니 오날분쟝 싱각하면
호스눈물 아닐넌가
몃몃희를 싱신이며 탄일을 허숑ᄒ니
쳐즈어미 되는마음 홀넌심스 측양ᄒ랴
쳔ᄒ의 무가긱이요 세샹의 유발승이
분명ᄒ도다 무량한 연쟝 눅순이라
화용이 일노ᄒ고 흑발이 조빅이라
침셕의 신엇터니 비몽스몽간의
아ᄒ 표표한 모양으로 션연이
문을열고 어미를 부라거눌
억식반겨 옥슈롤 덥셕ᄒ고
그린회포 하여다가 소소쳐 찌다르니
일쟝츈몽 허황ᄒ다 무졍한 이꿈이야
꿈이어든 찌지말고 싱시어든 졍말살아

231

이원한을 푸련마는 속졀업시 헛부도다
스고슈쟝 낙낙ᄒ니 몽혼이 난득이라
꿈인들 도라오랴 화됴월셕 경됴흔ᄶᆡ
멀리셔로 싱각하며 스가보월 쳥쇼리은
오아의 회포로다
북쳔을 챵망ᄒ니 망부숀이 놉하잇고
망ᄌᆞ산 쓴구람은 뭉기뭉기 피여나니
닉의슈심 기쳣도다
즁츈가졀 벌셔되니 먼숀의 봄이드러
불탄풀이 시로돗고 동숀의 ○실오니
ᄶᅥ러진꼿 다시펜다
도화ᄂᆞᆫ 만발ᄒ고 월명님하 고은틱도
미인안식 미화이며 목동요지 힝화촌은
노샹힝인 ᄎᆞᄌᆞ가고 녹쥭은 은은ᄒ야
츈흥을 ᄯᅴ엿도다 이화의 두견울고
오동의 밤비올졔 촌촌간쟝 붕졀이라
스챵월식 야삼경의 잠업시 싱각ᄒ니
역역히 꿈갓도다 션비집 쳥한ᄒ여
군속한일 만흘시고 졉빈긱 봉졔스의
빅쳑간두 허다걱졍 군ᄌᆞ심듕 여러두고
만만할스 안히로다 내의직질 노둔ᄒ여
월궁의 깁ᄶᅳ기를 엇지타 못비와셔
기리칙망 ᄒ신말슴 틱임틱스 존귀ᄒ더

길슴을 ᄒ엿거든 션비딥 부녀로셔
쥬분을 폐히시니 졀용졀식 약간ᄒ야
부가셩을 엇지ᄒ리 엄슉ᄒ고 미운말슴
두립고 무안ᄒ야 불감앙시 국츅ᄒ야
촌빙을 드딘다시 셰월을 보낼격의
풍샹활ᄂ 일구난셜이라
구듕의 영위ᄒ고 싱각기를
졀물디 고생함은 노러복을 밧구미라
의식ᄂ 가유열고 쳔신만고 어든ᄌ식
요죠슉녀 마ᄌ다가 군ᄌ호귀 쪽을지어
가스를 젼한후의 한가한 복인되야
ᄌ숀을 무휼하며 우리부쳐 마죠안ᄌ
고금스를 이약할가 동샹의 익은슐을
둘이셔로 화담ᄒ미 낙지기둥 아닐넌가
그런ᄌ미 고스ᄒ고 면목불견 읜일이며
풍운낙쳑의 ᄌ최가 홀홀하니
틱챵의 졈미갓고 디희의 부평초라
졀의를 셔르치고 손슈의 귀를싯고
긔소영슈 별건곤의 쇼부허유 쳬를쓴가
슈양산 깁흔곳의 빅이슉졔 쫀을보아
심손심곡 츠ᄌ간가 숭손스호 녯노인이
바둑쓰ᄌ 함기간가
쟝싱불스 긔약ᄒ고 젹숑ᄌ를 ᄯ라간가

그어디를 가셧건디 일귀불견 불한귀라
우리쇼턴 졍심디졀 스졍을 경이ᄒ고
츙열을 즁히아라 다란일은 고스ᄒ고
이한일을 스쳐보면 그마음을 알터이라
죠션의 젹덕으로 금동형뎨 되여시나
동시싱면 아니ᄒ고 션친을 영모ᄒ고
동쳔을 기리향히 됴셕으로 허비ᄒ고
다음의 손ᄌ위히 슈복을 축슈하며
불폐 풍우한셔를 무릅스고
지셩으로 축원ᄒ니 지셩감턴 되올넌가
쟝부한번 먹은마음 홍노라도 변할소냐
간측한 이손싱각 버힌다시 지니오니
긔졍이 가이로다
님념한 광음이 초츈이 얼픗가고
구십츈광 다쳐도다
부용ᄌ약 셰풍이며 만화방챵 조혼경을
뉘와함기 관광ᄒ며 연당의 군ᄌ꼿은
뉘를위히 폐단말고
어졍화 너른방의 부ᄌ내외 단취하야
언졔한번 안ᄌ던고 왕스 소소역역ᄒ다
현츈샹호에 샹연ᄌ도 연연일귀ᄒ건마는
엇지ᄒ야 져부ᄌ는 연연일봉 고스ᄒ고
눅년일봉 어렵도다 몽혼일념이 북쳔의 쎠쳐시나

쟝부의 구든마음 엇지다 통촉ᄒ리
셩화계워 광심이라 원망인들 아니ᄒ랴
쳐ᄌ의 불근인졍 이다지 ᄒ단말가
날바리고 가는양반 싱각ᄒ야 무엇ᄒ며
그리워 못보나니 업셔도 무방ᄒ나
든졍이 병이되여 스로나니 챵ᄌ로다
인후ᄒ고 ᄌ샹셩덕 엇지이리 미뭏ᄒ며
은ᄉ금ᄉ 길운ᄌ식 쳘쳘이 못홀노랏
모질고 독ᄒ도다 이탁ᄒ고 졀박할ᄉ
어엿불ᄉ 내의 팔ᄌ 봉황의 샹을일워
원앙슈침 호졉몽이 덧업시 헛터지니
말리샹ᄉ 그회포를 엇지다 말할소냐
규즁심쳐 쳔이불의 만곡슈를 너허두고
ᄌ나ᄭᆡ나 슈심이라
부용화식 초최ᄒ여 인졍쇼지 엇지보리
군ᄌ호귀 즁괴를 수임ᄒ미
부녀의 쥬분인디 위군츄야 도의상을
젹연이 폐ᄒ시니 츈하츄동 ᄉ시졀의
목젼할길 바히업셔 야란갓한 그이슈품
가쟝위ᄒ 못부리고 홍심이 푸러지며
직업이 소니ᄒ야 친당의 한가ᄒ니
장ᄉ불망 쇼쳔이라 유졍이 셩딜되여
셜부가 소ᄉᆞ니 ᄌ샹ᄒ고 이련ᄒ여

골졀이 녹아질듯 분막할스 나의몸이

규문중의 죵신금고 되단말가

셰샹의 드문간쟝 흉중의 셔리담고

금슉갓한 이숀아로 아심을 위로할분

싱끽이 이쑨이라 만고업시 귀즁긔는

조물이 시기ᄒ고 여화가 미진턴가

츌싱후 ᄉ오년의 씩씩스롭 극심ᄒ여

ᄉ경이 몃몃번고

형뎨남미 넷아히를 만ᄉ여싱 길우즈니

간곳히 불이붓고 가슴답답 이가탈졔

유ᄉ지심이 무싱지긔라

이것져것 싱각ᄒ야 이쟝도 지리ᄒ고

셰샹이 싯틋ᄒ야 인셰ᄉ졀이 만ᄉ티평 되련마는

덕박한 이일신이 그런영광 쉬울소냐

다만위회 ᄒ는바는 효즈현부 지셩효양

삼동이 완실ᄒ니 이거시 가관이라

일심경경 품은회포 어나쩌 씃치날고

녹슈의 져문봉은 화류동풍 둘러잇다

경체야 좃타마는 비챵즈턴 이내호풍

셰월 언졔만나 요지일월 슌건곤의

화봉슴축 격양가로 히외동방 군즈국이

삼강오륜 완젼ᄒ고 문물이 가즈잇고

군명신츙 분명ᄒ야 우리군즈 억울지회

츈셜가치 푸러져셔 츙셩폐고 스졍폐랴

스졀경물 싱각ᄒᆞ니 홍로더위 셔쳡될가

근심이며 금풍이 쇼실ᄒᆞ고 오동츄긔 졈셩ᄒᆞᄃᆡ

츄월이 명랑ᄒᆞ면 원회가 빅츌이라

낙목한쳔 츤바람의 빅셜 강손한고

걱졍일지 일필발ᄒᆞ고 이지일 울열할ᄃᆡ

한감쳠샹 아니온가 더워도 싱각이요

치워도 싱각이라 어나쎄 어나시의

잇칠젹이 이스리요

동지야 하지일의 이럿타시 슝진ᄒᆞ니

목셕이 아닌바의 참아엇지 비견ᄒᆞ며

두어라 이내회포 인싱일스 가쇼롭다

고금을 헤여보니 부유갓한 인싱이라

영웅호걸 몃몃치며 졀ᄃᆡ가인 몃몃치랴

역발손 초픽왕도 팔쳔병 헛터질ᄃᆡ

위미인 손목줍고 눈물노 이별ᄒᆞ고

오강풍파 슈운즁의 칠십여젼 가쇼로다

오강슈 오열ᄒᆞ니 쳔츄의 불광토라

진시황 여손이도 슝빅이 쳐량ᄒᆞ고

한무졔 무릉이도 오죽셩 슬피운다

만고졀식 왕소군은 일폭단청 화도즁의

젼졍을 마츠시니 만고유한 청총이요

쳔하졀식 양티진은 어양풍유 놀낸녁시

마위역의 원혼이라

티익궁 부용화는 뉘를위히 무셩하며

옥용이 격막ㅎ야 쳔고한을 먹음으며

옥등의 나뷔로다

일성부득 쟝츈졀노 홍안이 쇠조ㅎ고

녹발이 빅슈되면 시호시호 부지리라

무졍셰월 약류파라 동원도리 편시츈의

인싱이 덧업스니 근심으로 슝진ㅎ랴

안심티명 ㅎ오리라

츈일지양의 여심샹비라

여취여광의 호연등손이라

경물완샹의 신구감챵이며

동남간방은 고향손쳔이라

남강하유는 고당문젼이라

탁졍티 구봉손은 우리션됴 긔지로다

낙슝졍티 옛딥의는 터만나마 유허로다

션친을 영모ㅎ야 오열붕셩이라

왕내 샹션은 쳔강의 나열ㅎ고

경치죠흔 화목졍은 슈운등의 은은ㅎ고

번두양유는 삼십리 쟝관이라

쳥유쟝을 둘러는듯 명ㅅ십리 히당화는

고은빗흘 즈랑는듯

금ㅅ쳥셕은 곳곳지 버러스며

벽도홍잉은 철철이 ᄌᄌ도다
분분한 낙화는 금슈병 여러도다
경긔 졀승한지라
쳔의 북방의 지향이 어디민뇨
망부디와 망ᄌ운의 일심이 포영ᄒ나
어나곳을 향ᄒ리요
운간의 져연됴야 너ᄂᆞᆫ엇지 놉히쎳노
양샹의 우ᄂᆞᆫ졔비 너ᄂᆞᆫ엇지 나라오며
촌국원 두견됴야 너ᄂᆞᆫ엇지 못오나냐
잇답ᄒ다 ᄎᆞ신이여 여화위남 ᄒ여시면
불원쳘리 ᄎᆞ즈가셔 이졍회를 폐련마ᄂᆞᆫ
속졀업시 쟝탄인듯 유한한 내의유한
어셔후싱 쟝부신이 못되거든
비금이 될지라도 슉봉이 되오리라.

갑ᄌ츄 칠월 이십이일 필셔라
　슬푸다 션존고 허다 풍샹과 십년 츈츄의 쥬쇼원회 노약
간장을 샹히 시든 셜화를 디ᄒᆞ오미 흉격이 막히고 셕ᄉ 역
역 통곡이 시로이 존안셩곤 완연 뵈옵고져 여취여광 무든
물 헷친 듯 지원 늣거워라.

　※ 이는 李葵錫총장댁에 전해오는 필사본을 베낀 것이라. 1993.7.7.
　　　　　　　　　　　　　　　　　　　　　　　이상보.

03 이규석본2

　작가의 손자인 李葵錫옹(전국민대 총장)이 소장하고 있는 컴퓨터 출력본이다. 이규석본1 〈술회가〉를 이상보 교수가 컴퓨터에 옮겨 출력한 것이다. 순한글체인 이규석본1을 국한문혼용체로 바꾸고, 고어 표기를 알기 쉽게 현대어 표기로 고쳤다. 행 조정에 있어서 이규석본1과 약간의 차이가 있다. 여기서는 이규석본2 텍스트를 그대로 싣되, 지나치게 긴 행은 둘로 나누어 조정하고 1음보 내의 띄어쓰기는 하지 않았다.

〈述懷歌〉

天地間 萬物中에 神靈할사 사람이라
男子의 一生事業 忠孝大節 主張이요
女子의 一平生은 貞烈孝友 第一이라
天定한 緣分으로 三從禮를 行하오면
萬福之源 夫婦로다 三綱五倫 근본되어
夫婦有別 父子有親 있은후에
君臣有義 있어시며 三綱있어
國法이 있음으로 大海와 같은지라
天地造化로 萬物이 생겼으며
日月이 빛을내려 萬物을 기르매
天地 化하여 萬物이 豊盛하고

夫婦 和同하며 子孫이 興昌하여

上世 따라서 福祿이 無量할지라

땅이 하늘을 도망하지 못하며

지어미 지아비를 어기지 못하며

平生 吉凶禍福이 君子에게 매였으니

그단중 仰望함이 天上 같은지라

가장 子息을 멀리 이별하여 여러 春秋를 지나되

모일 기약이 차려하면 생각함이

寤寐思服하여 輾轉反側이라

夫婦有別은 人之常情이요

母子之情은 天倫에 自然한지라

뉘라서 권금하리

人間의 찾기 어려움 常理之表라

萬古聖女 周太似는 절전이 흐니 불닝경당 하였으니

古今이 다르오나 所懷는 一般이라

武王은 大聖이시되 제일장에 올려 계신지라

夫婦 있으매 如賓敬對 할진대

뉘아니 슬픔을 甘心하리요

英雄豪傑 聖賢君子도 有情함을 마지못하거늘

嗚呼 蒼天아! 이현숙 양상여

何罪何罰로 今世에 이같은 果報를 받아

가장 子息을 天涯異域에 떠쳐

團聚之望이 杳然한고 아지못게라 自古之人아!

241

生離死別이라 함은 비록 言重하나

九曲에 쌓인 愁心은 如月如日에 等價한지라

無情歲月은 자주 交換하여

歲色이 垂窮하여 送舊迎新을 당하매 怨懷가 百出이라

갈발없는 心懷를 駐着할 길없어 家中을 淸潔하고

命불福불 밝혀놓고 精心齊戒하여

新年을 맞아 各己所願 祝手하거늘

吾家를 살펴 心思無惶 한지라

거의 人跡이 그쳐지고 二三更이 다다르매

萬戶 寂寂하고 雪上加霜으로

속한 찬긔운이 透骨하매

寂寂한 孤燈下의 어린孫兒를 어루만져

怊悵不寐타가 衾枕을 물리치고

文房四友를 벌려 新年祝辭 지어낼제

上帝님이 살피소서 萬人間을 濟度하사

善惡으로 報應하고 生死權을 擅姿하니

暗昧한 蒼生들이 得罪함이 있더라도

上帝님이 不擇善惡 하옵시와

生死門을 알게 하고 우리家夫 孝悌忠信

聖世仁民 되었던들 聖君을 도울것을

天運이 다盡하고 世紀風塵 搖亂하여

綱常이 떨어지고 社稷이 陷沒하여

蒼生世紀 되었으나 當世에 英雄없어

輔國安民 할길없고 속절없이 血淚뿌려

魯仲連을 欽慕하여 海外萬里 流落하와

四顧無親 子子不在 東西南北 依何處가 어디리요

北方寒天 流離風霜 백루紅塵에

君親之懷가 夢魂을 놀래는지라

明天이 唯鑑하시어 大慈大悲 하사

妻子의 간절한 至願을 어여삐 여기시어

堯舜聖世 새로만나 生還故國 하옵시어

萬世安樂 하옵시기 明天께 伏乞血祝 하노이다

祝詞를 마친후에 五行을 상고하여

吉凶을 占卜하니 勿凶 大吉이라

心懷를 慰勞하고 鷄鳴이 들리거늘

金鷄융융하니 男奴女婢 모여 新年을 아뢰거늘

飜身하여 祠堂에 拜廟하니 神도 느끼시는듯

物色이 慘憺하니 아심비여 목격이나

오늘을 당하여 平常할이 그누구리요

降酌하여 歲客을 接待하고

원수밤을 또당하니 晝夜가 지루하나

앉았은들 벗이오나 누웠은들 잠이오나

長歌심어 痛哭으로 感懷를 記錄하니

無心한 他人들은 非笑를 할터이나

억울한 나의懷抱 呼訴할곳 전혀없네

荒蕪遁辭로 紙面에 부치노라

가고가고 가는歲月 참기를 공부터니
老弱으로 이러한가 鬱積心思 常一하다
어찌타 今春花月 무엇으로 解消하리
어언간 旬望이라 豪華한 少才들은
연띄우며 登山하니 望月하기 勝事로다
廣大한 天地間에 철마다 저달이라
사람마다 翫月하나 北堂은 어데런고
저달응당 보련마는 나는어이 못보는고
九萬長天 鶴이되어 펄쩍날아 가고지고
홍규의 나래여서 나라가도 못하리로다
靑天 萬里에 기러기도 많건만은
一張書信 頓絶이라 吳山楚水 겹겹하네
魚雁이 不來하고 萬里海上에 靑鳥가 그쳤도다
어느날 消息알리
月下山 저문날에 슬피우는 歸蜀鳥야!
네울음 듣기싫다 海外萬里 빨리가서
우리所天 客窓下에 故國가자 울어다오
이산겨슨 부끙새야!
北海上 높이떠서 우리家君 客榻下에
輔國하기 틀렸으니 本國가자 울어다오
오늘이 어느날인가 癸丑上月 二十四日
똠兒의 出生한날 아닐런가
甲午年 오늘날에 天幸으로 저를얻어

僥倖兄弟 되었으니 新奇하고 貴重하되

祖上님의 망매하심을 생각하여 마음을 굳혔더니

오늘怨腸 생각하면 好事눈물 아닐런가

몇몇해를 生辰이며 誕日을 虛送하니

妻子어미 되는마음 홀낸心思 測量하랴

天下의 無家客이요 世上의 有髮僧이 分明하도다

무량한 年長 六旬이라

華容이 日老하고 黑髮이 早白이라

枕席에 신었터니 非夢似夢間에 아이가

飄飄한 모양으로 嬋妍이 門을열고

어미를 부르거늘 臆塞반겨 玉手를 덥셕하고

그린懷抱 하려다가 소소쳐 깨달으니

一場春夢 虛荒하다 無情한 이꿈이야

꿈이거든 깨지말고 生時거든 정말삼아

이怨恨을 풀련만은 속절없이 헛부도다

四顧수장 落落하니 夢魂이 難得이라

꿈인들 돌아오랴 花朝月夕 景좋은때

멀리서로 생각하며 思家步月 淸宵立은

吾兒의 懷抱로다 北天을 悵望하니

望夫山이 높아있고 望子山 뜬구름은

뭉게뭉게 피어나니 나의愁心 기쳤도다

仲春佳節 벌써되니 먼산의 불이들어

불탄풀이 새로돋고

東山에 봄이오니 떨어진꽃 다시핀다
桃花는 만발하고 月明林下 고은태도
美人顔色 梅花이며
牧童遙指 杏花村은 路上行人 찾아가고
綠竹은 은은하야 春興을 띄었도다
梨花에 杜鵑울고 梧桐에 밤비올제
寸寸肝腸 崩折이라
紗窓月色 夜三更에 잠없이 생각하니
歷歷히 꿈같도다
선비집 淸閑하여 군색한일 많을시고
接賓客 奉祭祀에 百尺竿頭 許多걱정
君子心中 열어두고 만만할사 아내로다
나의재질 駑頓하여 月宮의 집짜기를
어찌타 못배워서 길이책망 하신말씀
太妊太似 尊貴하되 길삼을 하였거든
선비집 婦女로서 主分을 폐했으니
節用節食 略干하야 富家聲을 어찌하리
嚴肅하고 매운말씀 두렵고 無顔하야
不敢仰視 跼縮하야 春氷을 디딘듯이
歲月을 보낼적에 풍상활난 一口難說이라
구중에 영위하고 생각키를
젊을때 苦生함은 老來福을 바꿈이라
衣食은 가유열고 千辛萬苦 얻은子息

窈窕淑女 맞아다가 君子好逑 짝을지어

家事를 전한후에 한가한 福人되야

子孫을 撫恤하며 우리夫妻 마주앉아

古今事를 이야기할까 東床의 익은술을

둘이서로 和答함이 樂在其中 아닐런가

그런재미 姑捨하고 面目不見 웬일이며

風雲落拓에 자취가 홀홀하니

太倉의 點米같고 大海의 浮萍草라

節義를 셔르치고 山水에 귀를씻고

箕山潁水 別乾坤의 巢父許由

체를 떴는가(본받았는가) 首陽山 깊은곳에

伯夷叔齊 본을보아 深山深谷 찾아갔는가

商山四皓 옛노인이 바둑두자 함께갔는가

長生不死 期約하고 赤松子를 따라갔는가

그어디를 가셨건데 一歸不見 不閑歸라

우리所天 正心大節 私情을 輕히하고

忠烈을 重히알아 다른일은 姑舍하고

이한일을 스쳐보면 그마음을 알터이라

祖先의 積德으로 金銅兄弟 되었으나

終始生面 아니하고 先親을 永慕하고

東天을 길이향해 朝夕으로 虛拜하고

다음의 孫子위해 壽福을 祝手하며

不廢風雨 寒暑를 무릅쓰고

247

至誠으로 祝願ᄒ니 至誠感天 되올런가

丈夫한번 먹은마음 紅爐라도 변할소냐

懇惻한 아쉬운 생각 버힌듯이 지내오니

그情이 可哀로다 荏苒한 光陰에

初春이 얼풋가고 九十春光 닮혔도다

芙蓉芍藥 세풍이며 萬花方暢 좋은景을

뉘와함께 觀光하며 蓮塘의 君子꽃은

뉘를위해 피었단 말인가

어정화 넓은房에 父子內外 團聚하야

언제한번 앉았던고 往事昭昭 歷歷하다

현손상호에 상연자도 年年一歸 하건만은

어찌하야 저父子는 年年一逢

姑捨하고 六年一逢 어렵도다

夢魂一念이 北天에 뻗쳤으나

丈夫의 굳은마음 어찌다 통촉하리

성화겨워 광심이라 怨望인들 아니하랴

妻子의 不近人情 이다지 많단말가

날버리고 가는兩班 생각하야 무엇하며

그리워 못보나니 없어도 無妨하나

든情이 病이되여 사르나니 창자로다

仁厚하고 仔詳聖德 어찌이리 매몰하며

銀絲金絲 기른子息 철철이 못할노릇

모질고 毒하도다 哀痛하고 切迫할사

여어뽈사 나의字 鳳凰의 狀을이뤄
鴛鴦繡枕 胡蝶夢이 덧없이 흩어지니
萬里相思 그懷抱를 어찌다 말할소냐
閨中深處 찬이불에 萬斛愁를 넣어두고
자나깨나 愁心이라 芙蓉花色 憔悴하여
人情所在 어찌보리 君子好逑
中饋를 受任함이 婦女의 主分인데
爲君秋夜 搗衣裳을 寂然이 廢했으니
春夏秋冬 四時節에 목전할길 바히없어
야란같은 그이手品 家長위해 못부리고
흥심이 풀어지며 직업이 소내하야
친당에 한가하니 長思不忘 所天이라
有情이 成疾되어 雪膚가 蕭索하니
自傷하고 哀憐하여 骨節이 녹아질듯
분막할사 나의몸이 閨門中에 終身禁錮 되단말가
세상에 드문간장 흉중에 서리담고
金屬같은 愛孫兒로 我心을 위로할뿐
생각이 이뿐이라 萬古없이 貴重키는
造物이 猜忌하고 餘禍가 未盡턴가
出生後 四五年에 색색사롬 極甚하여
死境이 몇몇번고 兄弟男妹 네아이를
萬事如生 기르자니 肝끝에 불이붓고
가슴답답 애가탈제 有事之心이 無生之機라

이것저것 생각하야 애장도 지리하고
세상이 시틋하야 人世謝絶이 萬事泰平 되련마는
德薄한 이一身이 그런榮光 쉬울소냐
다만위회 하는바는 孝子賢婦 至誠孝養
三從이 완실하니 이것이 可觀이라
一心 耿耿 품은懷抱 어느때 끝이날고
綠樹의 져문봉은 花柳東風 둘러있다
경치야 좋다마는 비창자천 이내호풍
세월 언제만나 瑤池日月 순乾坤에
華封三祝 擊壤歌로 海外東方 君子國이
三綱五倫 완전하고 文物이 갖추어있고
君明臣忠 분명하야 우리君子 抑鬱之懷
春雪 같이 풀어져서 忠誠펴고 事情펴랴
四節景物 생각하니 紅爐더위 서첨될까 근심이며
金風이 蕭瑟하고 梧桐秋氣 漸生한데
秋月이 明郞하면 怨懷가 百出이라
落木寒天 찬바람에 白雪 江山한데
걱정 一之日蹕發하고 二之日栗烈한데
한감첨상 아니온가
더워도 생각이요 추워도 생각이라
어느때 어느時에 잊힐적이 있으리요
冬之夜 夏之日에 이렇듯이 送盡하니
木石이 아닌바에 차마어찌 拜見하며

두어라 이내懷抱 人生一事 가소롭다
古今을 헤여보니 浮遊같은 인생이라
英雄豪傑 몇몇이며 絶代佳人 몇몇이랴
力發山 楚覇王도 八千兵 흩어질때
虞美人 손목잡고 눈물로 이별하고
烏江風波 水雲중에 七十餘戰 可笑로다
吳江水 嗚咽하니 千秋에 불쌍토다
秦始皇 礪山에도 松栢이 처량하고
漢武帝 武陵에도 烏鵲聲 슬피운다
萬古絶色 王昭君은 一幅丹靑 畵圖中에
前定을 마쳤으니 萬古遺恨 靑塚이요
天下絶色 楊太眞은 漁陽風流 놀랜넋이
馬嵬驛의 冤魂이라 太液宮 芙蓉花는
뉘를위해 茂盛하며 玉容이 寂寞하여
千古恨을 머금으며 옥등의 나비로다
一生不得 長春절로 紅顔이 衰凋하고
綠髮이 白首되면 時呼時呼 不再來라
無情歲月 若流波라 東園桃李 片時春에
人生이 덧없으니 근심으로 送盡하랴
安心待命 하오리라
春日載陽에 余心傷悲라
如醉如狂에 浩然登山이라
景物宛償에 新舊感愴이며

251

東南艮方은 故鄕山天이라

南江下流는 高堂門前이라

탁정臺 九鳳山은 우리先祖 基地로다

낙송정대 옛집에는 터만남아 遺墟로다

先親을 永慕하여 嗚咽 崩城이라

往來 商船은 千江에 羅列하고

景致좋은 화목亭은 水雲中에 은은하고

번두 楊柳는 三十里 壯觀이라

淸流墻을 둘렀는듯 明沙十里 海棠花는

고운빛을 자랑하는듯

金沙靑石은 곳곳이 버렸으며

碧桃紅櫻은 절절이 자자하도다

紛紛한 落花는 錦繡屛 열었도다

境界 絶勝한지라 天涯 北方에

지향이 어디메뇨 望夫臺와 望子雲에

一心이 포영하나 어느곳을 향하리요

雲間에 저鳶鳥야 너는어찌 높이떴노

樑上에 우는제비 너는어찌 날아오며

촌국원 杜鵑鳥야 너는어찌 못오느냐

애달퍼라 此身이여 女化爲男 하였으면

不遠千里 찾아가서 이情懷를 펴련만은

속절없이 長歎인듯 有限한 나의遺恨

어서後生 丈夫身이 못되거든

비금이 될지라도 숙봉이 되오리라

甲子秋 七月 二十二日 筆書라

슬프다 先尊考 허다 風霜과 十年 春秋의 老弱肝腸을 상해시든 說話를 대하오매 胸膈이 막히고 昔事 歷歷 痛哭이 새로워 尊顔성곤 宛然 뵈옵고져 如醉如狂 묻은 틀 헤친 듯 지원 느꺼워라

만주망명과 가사문학 자료

제4장
별한가

01 영남본

『영남내방가사』제2권(이정옥 편, 국학자료원, 2003, 98~137면)
에 실려 있는 필사본이다. 순한글체이며 줄글체 방식으로 기재되
어 있다. 여기서는 영남본 텍스트를 그대로 싣되, 4음보 단위로 행
구분을 하고 1음보 내의 띄어쓰기는 하지 않았다.

〈별한가〉

음양의 조하로 쳔지만물 숨겨쏘다
성현니 유츌ㅎㅅ 삼강오륜 발가셔라
남혼여가 즐거오문 일윤의 샹시로다
이셩이 호합ㅎ문 만복지 근원이라

모시 숨빅편의 관져랄 면져스고
쥬역 팔괴의 건곤이 웃씀이라
금슈 미물도 웅창 즈화로
싱싱지이 잇난지라 하물며 스람이야
일륜을 피할손야 쳔졍연분 각각이셔
원부모 이형데랄 여즈마다 면할손야
호쳔망극 부모은공 엇지ᄒ여 형셜ᄒ리
부아싱아 ᄒ시고 모아휵아 ᄒ사
신테발부난 슈지부모요
욕부모지덕은 호쳔무극이라
고법이 음즁ᄒ여 한변스람을 쏫치미
일싱 영욕이 한사람이계 마혀시며
쏘훈 슘동지의 틱이시니
아시난 싱아 부모의계 쌀으고
츌가ᄒ면 소쳔을 으탁ᄒ고
늘거면 즈식을 어지ᄒ야
평싱의 즈유권니 업스니
부여의 즌약ᄒ미 가탄가셕이라
슈원슈구ᄒ랴
호쳔금질 샹데인이 사람을 닉실젹의
불틱션악 ᄒ다더니 부귀빈쳔 현슈ᄒ고
인간고락 닉도ᄒ니 조물이 타시온가
쳔의랄 미지로다 슘오이팔 조흔시졀

작작기화 노리할디 월노승 미질적이
슈부귀 다남ᄌ랄 뉘아니 원츅ᄒ랴
싱니ᄉ별 업시슬기 ᄉ람마다 앙츅ᄒ디
오희라 ᄎ신니야 슈명 천신이
샹데계 득지련가 말시인싱 디엿다가
소쳔의 효후츙졀 타인이 유별ᄒ여
부월을 무렵시고 천이을 감동코져
상소복걸 ᄒ압다가 소이의 쳑이되여
오륜삭 헤슈타가 쳔힝으로 희방된후
시궁역진 할길업셔 노즁련을 흠모ᄒ여
원슈밋히 슬기슬허 희위말이 월경ᄒ나
암미훈 이인싱은 군ᄌᄊ즐 몰나밧니
우연한 원별노셔 싱니ᄉ별 기약ᄒ니
목셕이 아인바이 엇지타 무심ᄒ랴
호호명쳔아 시하운졔야
부부간 유별지정은 노소가 다를소야
쟝부의 너른ᄊ질 쥬리줍아 가정지낙을
요구할비 아니로디 이리될쥴 몰나쏘다
국운도 말슐ᄒ고 쳔은도 다진ᄒ니
츙분이 강미ᄒ야 와심샹담 이원슈랄
어ᄂ날 갑흘소야 호풍셰월 언졔만나
회운니 도라와셔 일월이 다시발가
티극이 놉흔고디 ᄌ유종 울일ᄶ예

257

우리소천 환구ᄒ여 명명한 제챵쳔니
용셔치 아니시면 속졀업손 이별야
여호들만 편만ᄒ고 서세풍진 요란하니
이별이 샹호간쟝 마ᄌ단쳘 ᄒ리로다
츈ᄒ츄동 ᄉ시졀의 망부호과 망ᄌ회랄
엇던쳐지 다ᄉᄅ며 뉘를줍고 원졍할고
금실도 끚쳐지고 쳘윤도 부리ᄒ여
오순초슈 겹겹이라 유졍혼들 무엇ᄒ며
무졍한들 무엇ᄒ리 인졍이 머려지니
츌ᄅ이 잇치거ᄂ 니젼이 보든안면
이목이 미양잇고 그젼이 듯던말슴
양이예 들이ᄂᆫ듯 못이져 원슈로다
군ᄌ이 쳘교지심 이싱쳘을 단연ᄒ여
니역풍샹을 감슈ᄒ고 쟝위긱으로 썌랄짜라
글을짓고 풍경을좃츠 시랄지어
긱회랄 붓쳐니야 칠일젼양이부졀
현가ᄒ던 도ᄉ가 아니면
누향연월의 안빈낙도ᄒ든 안지라
인간시비 부지ᄒ고 진염을 부운이부쳐
쳐ᄌ랄 고협ᄒ리마넌 쳐ᄌ이
위부지심이야 일신들 방심ᄒ리요
별후 팔구지의 빅슈 쇠안니
어나 지경이 되엿ᄂᆫ지 아ᄒ라

그리온 회포난 시일노 층가로다
셰월이 무졍ᄒᆞ여 쳥명가졀 츈구일은
우리소쳔 탄일이라 유리풍상 몃몃히예
연연니 허도ᄒᆞ니 셰연니 무다커놀
쳐ᄌᆞᄋᆡ 유한이라 심ᄉᆞ 챵연ᄒᆞᆫ즁
츈우조ᄎᆞ 불길ᄒᆞ여 운무난 ᄌᆞ옥ᄒᆞ야
나ᄋᆡ슈심 덧쳐시며 벽슈ᄋᆡ 이난바람
이ᄂᆡ심회 붓쳐시니 이화의 밋친이슬
별누랄 먹음은듯 무경으로 일모ᄒᆞ니
잘싀난 집을ᄎᆞᄌᆞ 무리무리 도라들고
시우ᄉᆞ챵 젹막ᄒᆞᆫᄃᆡ 열병잔촉 벗을솜아
누엇다가 안져다가 젼젼반측 좀못엇어
왕ᄉᆞ랄 풀쳐ᄂᆡ여 오륙경 ᄉᆡᆼ각ᄒᆞ니
역역히도 싀로워라 임신솜월 십팔일은
군ᄌᆞ만난 쳣날이요 무신ᄉᆞ월 샹ᄉᆞ일은
원군송별 ᄒᆞ즉이라 연분이 업셔시면
맛날봉ᄍᆞ 외잇시며 맛날봉ᄍᆞ 이셔시니
이별별ᄌᆞ 뉘가ᄂᆡ고 나와삼ᄉᆡᆼ 원슈로다
원슈로다 원슈로다 난싀가 원슈로다
셰샹곳 틱평ᄒᆞ면 박득ᄒᆞᆫ ᄂᆡ몸이나
삼종의 한이업고 슈소한 ᄌᆞ여손을
무휼ᄒᆞ여 화조월셕ᄋᆡ 부충부슈 자미로셔
낙셰기즁 이안인가 원통ᄒᆞ고 ᄋᆡ들ᄒᆞ다

셕일우리 존당게실써 오여일남 귀즁ᄒ여
싱일을 당ᄒ오면 슈복귀 다남ᄌ랄
ᄒ여달ᄂ 졔왕젼이 비든이리
거울갓치 발가오니 감챵지심 둘쎠업다
길연슌풍 맛나 젹조안모 반긴후이
금일즙관 ᄒ굿더니 관쳔지죄 미진ᄒ여
만ᄉ가 여이쵼코 시소가 위람ᄒ여
필경이 엇지될고 쳔ᄉ만염 녹ᄂ간즁
ᄒ마하면 쯘쳐딜닷 약슈봉손의
인연이 묘연ᄒ고 연분도 박졀토다
단쟝츄야 길어셔라 초계도 더디운다
질병이 황금쥬랄 유리존이 가득부어
힝혀ᄂ 단회될가 취록 먹은후이
취즁이 진졍으로 망부ᄉ 망ᄌ회랄
음영ᄒ미 쟝감심이 통곡이라
아셜 인간이별 ᄂᄒᄂ 분일넌야
지아즌난 츄련ᄒ고 부ᄌᄂ 우슬지라
말ᄒ자니 번거ᄒ다 울울심ᄉ 쥬착업셔
디강이ᄂ 푸러니어 지면니 붓치즈니
학식도 쳔박ᄒ고 졍신도 당황ᄒ여
횡셜슈셜 춤기ᄒᄂ 나이졍경 당ᄒ오면
뉘안니 샹심ᄒ랴 취즁인가 웃지말고
양광인가 이심마소 지난소도 고ᄉᄒ고

니두스랄 싱각ᄒ니 티손이 놉고
바다밧 디희로다 발광으로 밤시우고
조일이 중쳔ᄒ니 간밤이 츈우짓히
만물이 시롭도다 이화도화 만발ᄒ여
실실동풍 반겨ᄒ니 일만교터 먹음은닷
남북손 츈초식은 연연히 푸려잇고
옥챵젼 불근꼿흔 연연셰셰 다시피여
무지흔 식물들도 동ᄉ츈식 ᄒ건마난
동물이라 ᄒ난그손 일셩부득 깅소연이라
한번가면 다시오지 못ᄒ나이
인싱이 가련홈이 식물맛도 못ᄒ도다
일조빅발 이츈광이 날속이물 몰ᄂ더니
염나국 션짐갓니 이모양이 션짐하고
언마ᄒ면 마즈가랴 일ᄉ면 도무ᄉ라
만ᄉ티평 되련마난 그귀간이 모연ᄒ고
음신니 여시ᄒ니 귀기가 터졈이로다
이갓흔 인싱이야 즈최엽시 낙화오니
부유부기영화 원을ᄒ며 빈흔궁쳔 슬허한들
쳥츈이라 엇들손냐 몃몃셰월이 유파갓히
동원도리 편시츈의 인싱이 둣업도다
가소로다 이셰샹이 지극히 원통흔바
비샹이 간곤ᄒ고 열역 풍샹ᄒ야
우유도일 유십연의 여익이 미진ᄒ야

칠슌가부와 어린즈식을 쳔이변방이
더쳐두고 겨울 긴긴밤과 여람 쟝쟝ㅎ이
즈나긱ㄴ 심샹이요 불힝이 되야
가군이 근졍을 젼폐ㅎ고 질통감지와
우고담낙을 미ㅎ 졍셩도 피치 못ㅎ고
무친쳑의 츠아홀노 초황젼도홈이 샹샹되미
만믹이 홋터지고 오니 최졀이라
츄남츄북이 예나난홍안 쪽을불너 도라가니
네힝지 부렵도다 북샹이 놉히쩌셔
봉쳔셩을 지내그던 셰셰원졍 가져다가
우리부지 긱챵ㅎ이 낫낫치 젼ㅎ쥬랴
망즈손 치치달나 망부듸 놉히올나
즁화랄 구어보니 어느곳을 향할손야
운손이 길을막아 지형이 어디미요
만슈쳔봉 묵묵히 말업스니
운쳔만 챵망ㅎ여 영두운 챵희월은
봉쳔으로 빗쵤지라 나이아히 쳬다보면
고향싱각 여졍할가 즈연심○ 당황ㅎ여
무류히 도라셔니 월○동손 졈은날이
슬피우난 두견셩은 무션원ㅎ 져리깁허
허지이 졔혈ㅎ노 니가비록 미무리ㄴ
소회ㄴ 일반일듯 니가밧비 나라가셔
우리부졔 긱탑ㅎ이 귀국가즈 우려다고

노츈삼월 다지니고 쳥ㅎ절리 닷쳐도다
풍ㅎ화일관 조흔ᄲ예 하운이 헛허지고
일기도 쳥낭ㅎ니 우인 지우ㅎ고
낙인 지락이라 율긱의 시흥이
도도발양 할ᄲ이라 년못가이 녹음은
유록쟝을 둘은덧 만손화난 금슈병을
친닷 일진쳥풍이 황룡을 요동ㅎ니
금슈병 꼿가지이 웅봉자쳡은 츔츄고
황잉은 츈흥을 못이기여 양유사이 베랄ᄶ며
더슝이 샹연ᄌ난 식기랄 히롱ㅎ니
슬푸다 인싱이야 금슈미물맛도 못ㅎᄯ다
이럿탓 셩화경을 가련니 담낙ㅎ면
경미롭다 ᄒ련마난 눈압히 보히ᄂ거
이모다 젼혀 슈식일다
관손이 즁쳡ㅎ고 슈심이 젹례ㅎ더
은ᄒ오쪽 ᄯ쳐시니 츅지법 못비와셔
길슈름 못줍어며 홍곡의 나리업셔
나라가지 못ㅎ도다 오호명월 발근ᄲ예
아ᄌ이 옥면인가 ᄒ여드니
어히훈 ᄯ구람이 명광을 가리워노
져구람이 언지긋고 발근셰상 나도볼고
아모조록 줌을드려 굼이ᄂ 보려ㅎ니
원낭침 스늘ㅎ고 비치금 넝낙ㅎ니

쑴도쟝츠 어립도다 즈식은 싱사만연즁탁이라

지극훈 보비요 군즈난 예빈경디ᄒ나

츈양히틱이 머려지니 병쟝이 츈불난이라

봄도쇼한 짜시지 아니로다

아쳐홀스 우리아즈 쳔시만고 슘남미랄

금옥갓치 길너닉야 슈부귀다 남즈이

틱평셩디를 만나 국가이 동양이요

스가이 옥쥬로셔 형용 인각ᄒ고

일홈 츅빅ᄒ여 츙효을 겸젼ᄒ야

명망쳔하길을 츅원더니

쳥순이 말근옥이 진토이 뭇치시며

보비예 명쥬 희심이 잠기고

상셔로은 기린이 시셰랄 그랏만나

혈기 미졍홀쎠 풍진 간익ᄒ여

귀쳬 여위고 옥보방신이 병을어더

셜비 소삭ᄒ니 자모지졍이 즁난 알시롭기

엇더타 형설홀고 골졀리 압흔지라

츠의신샹이 미쾨ᄒ즁 말이원졍 츌송ᄒ니

더쳠치 아니온가 경경일염이

셔쳔을 기우려 슉식이 불감이라

쳥이리 젼싱디면 도로도 막힐지라

갓득 셕은간쟝 마즈타셔 죽으리로다

명명 챵쳔아 엇지ᄒ면 양칙될고

계교도 궁진ᄒ고 만ᄉ가 불통이라

흉즁이 막ᄉᄒ다 나이마암 이러할ᄶ

청춘소부 져희안히 정혼한지 십여연이

농즁이 ᄌ미업셔 막막은경 별쟝거이

싱의로만 셰월가니 월명ᄉ창 요젹한듸

고침단금이 육육별하니 간졀ᄒ야

단쟝ᄒ난 그회포랄 뉘라셔 위로할고

아연히 글인마암 ᄎ마엇지 견딀소냐

희현부 드러셔라 너희니외

쳔샹션관 션여로셔 인간의 젹강ᄒ야

한샹 말근옥이 남여롤 분ᄒ여스며

쳔샹 일월이 음양을 난화스민

조물리 시기ᄒ고 양신니 단마ᄒ야

초시곤익이 좀관이셔 심간을 ᄉ로나

젼졍말이 빅연향슈 구비ᄒ여 부귀복녹

ᄌ손니 만당ᄒ고 여일월지 셩향ᄒ며

여남손지 ○봉ᄒ고 화봉습츄 긔쥬오복

우리집이 졈지ᄒ여 셰셰챵셩 여구ᄒ여

지금이 근심극졍 일쟝츈몽 갓흘지라

하나님니 유의ᄒ사 샹쥬라 니여시며

품딜이 표연ᄒ야 벽낙발근 정신과

쳥슈 계샹이 놉흔 비슈랄

만리 은ᄒ이 졍운니 어럿고

교교한 반유월이 츄샹의 빗겻난닷
천졍가위로 한씌 가업셔라
명슈랄 탄치말고 씌만 기다려
만셰 이유ㅎ고 이합이 흔졍이스며
쳔운이 슌활ㅎ면 무왕불복이라
예로붓터 군ᄌ슉여 다익ㅎ미
이로보와 통한이로다 슈연니ᄂ
효ᄌ현부의 지극 효향이
노러ᄌ의 발난치이랄 효츅ㅎ고
츈풍화기로 쓰딜 길우며
지셩 호도랄 니혼ᄌ 바드니
조흔쥴 엇지알며 영셩흔 ᄌ여손니
팔동반니 되엿스니 엇더키 귀즁할가
ᄉ량홀쥴 모라오니 등신인지 초목인지
아심불가 측이로다 만ᄉ가 부운이다
평싱이 포한디문 형뎨 외로와
무치의삭과 쳥영의 노름이
무흠치 못ㅎ고 쳘슈연광이 닷쳣도다
이이 부모여구로 싱아ㅎ신 언덕
호쳔망극 ㅎ것마난 일호보답 못ㅎ엿니
오조난 미무리디 반포랄 ㅎ것마난
불초한 이인싱은 가마기만 못ㅎ도다
금연을 당ㅎ오니 구로지감 갈발업다

공조시난 빅발이라 늘기는 셜존으나
부모싱젼 효도치 못한그시 쳘쳔지 유한니라
오신니 노티ᄒᆞ여 한가훈 몸이되고
도로도 불원ᄒᆞ니 연연이 션친회일
춤곡ᄒᆞᄌ 단졍ᄒᆞ나 쳥싱이 불초ᄒᆞ니
여의를 못한고로 몃희랄 경영이ᄂ
광풍의 날인곳도 옛가지랄 도라보고
강숭이 쓴고기도 노든물을 싱각나니
비여목셕인들 싱즁고토 이즐넌가
허위허위 ᄎᆞᄌ가니 뉘가날 반기리
술들ᄒᆞ신 우리부모 어ᄂ곳디 계시관디
나온쥴을 모라신고 유명이 몃말이라
이ᄌ졍도 모라신고 곳곳이 보이난물식
옛이리 넉넉ᄒᆞ다 풍슈지통 억졔치못
아모리 통곡ᄒᆞᄂ 한말슴 업ᄉ시니
어와 슬푸도다 박쥬의 호라도
싱젼의 졍셩폐지 ᄉ후의 만반슈륙
손우조쟝 될뿐이라 헛부고 가이업다
좌우로 도라보니 구면목은 아조업고
거의모다 신면이라 ᄌ취도 셔이ᄒᆞ고
파희 우리종형 슈샹을 겸ᄒᆞ여
천눈밧 ᄌ별지졍 싱젼이 상봉ᄒᆞ여
피ᄎᆞ이 억울소회 일분니ᄂ 터파할ᄀ

슈션을 즈아다고 범범즁유 건너가셔
즁노영졉 반가온즁 격셰안면 창안빅발
근역이 셔일갓히 인간악화 분악홀스
홍안이 다박명은 고금이을 젼은니느
오형갓치 추악ᄒ리 빙옥즈딜이 너모
쳥슈기로 조물이 지극히 시기ᄒ여
난초 부러지고 옥이 빠아지며
향잇 스라지난 화익을 당ᄒ여
슘종도 쓴어지고 미망즌쳔니
구구투싱ᄒ여 원억훈 홍안을
이미히 허송ᄒ미 후스랄 이어
즈손니 만당ᄒ니 명명충쳔니
혹화랄 나리오미 뉘우쳐 즈손을
부르미라 연다칠슌니 불원ᄒ니
셕고타진 간쟝이 얼마 지탕ᄒ리
스졍이 통박홀분 츠별이 스별이라
이별이 샹훈간즁 마즈단졀 ᄒ리로다
셤슈롤 잇그어 션즁이 다시올나
고향으로 도라올시 갈쎠는
싱면니 착급기로 총총니 갓거니와
쳘윤낙스 나려오니 완경인들 아일손야
즁유비롤 쎠워 물결디로 나려오며
스방운쳔 술펴보니 쳘이관긔 널너쏘다

철연손 말연슈난 하날과 한비치요
셕간의 옥뉴젼은 경미랄 도아잇고
구봉손 탁영지난 노송이 울울ᄒ여
봉봉이 쳥홍이요 녹음방초 자자난디
십니쟝님은 황조가 요란ᄒ고
스월남풍 디믹황이라 평원광야이
황금을 폇닷ᄒ고 녹슈쳥강 노난고긔
양양빅구와 샹샹원앙이
홍치잇기 노난구나 샹ᄒ쳔광 듯난비른
편편이 금쒹엿고 어람답다 금슈화도
즁간일네 하이리 기다ᄒᄂ
셔분의 날길이고 나쥬이 셕연나이
일광명월 그날영즈 비옥이 어렷도다
구쳔의 스힌이별 강승이 흘너셔라
만졍요요 발근다리 호즁쳔지 나려오니
풍쳥양야의 여홍이 미진ᄒ나
소경이 단졍 일십이시 왕즈요년
등왕각 놉흔지취 일필휘지 셔문지어
셰국숨○ 기록ᄒ고 젹벽강 소즈쳠과
이틱빅 두즈미ᄂ 강산승지 노든헌젹
문쟝명필 젼지ᄂ 가련한 우리인싱
포말풍등 안일넌가 젼졍이 기단이셔
노역ᄒ물 이졋더라 회로의 강차션졍

화녹정을 후어더려 친쳑졍화 즐긴후의
딥어로 도라와셔 멋날간 뉴련ᄒ며
남미슉딜 죵반간이 밀밀졍회 디강ᄒ고
동셔각분 슬푸도다 피ᄎ셔손 낙이리라
내가온들 형이오며 형이온들 니가올가
속졀업슨 ᄉ별이라 어나ᄶ로 기약ᄒ고
후싱이 남형데디야 이싱셜치ᄒ여
광금쟝침의 휴유졍치ᄒ여
힐향영낙ᄒ며 여ᄌ신을 속신ᄒ야
긔손영슈 쥬류ᄒ며 쳐쳐이 풍경이요
나나리 풍유로셔 이싱슬치 ᄒᄉ니다
챵연히 죡별귀가ᄒ미 심ᄉ더옥 요란ᄒ다
금슈화당 너른집이 부ᄌ난 쥬벽ᄒ고
ᄌ난 좌안져 언지한변 즐겻던고
옛일가 쑴이런가 조셕으로 신혼시이
ᄎᄌ의 부의 ᄌ리랄 어라만져
읍읍 초창ᄒ야 옥소셩음이 암암징징
츈ᄒ일십 니시와 일연ᄉ빅 뉵십이인
어ᄂ시이 잇칠젹이 이시리요
슈로문의 ᄯ인빈난 네어디로 향ᄒᄂ고
만쟝슈회 스러다가 약슈쳔니 건○가셔
우리부졔 계신곳의 슈이슈이 부러다고
호련니 다썰치고 무슨이리 맛당ᄒ고

왈부 피랄츠고 쥰마랄 치딜ᄒ여
지향업시 가즈혼들 동셔남북 아득ᄒ고
샹손ᄉ호 쏜을바다 바독쟝기 졈심츠ᄒ니
긔졔업셔 아니되고 인젹이 부도쳐이
지기지즈 붕우들과 셔칙이ᄂ 졈심ᄒ여
셰샹만ᄉ 잇즈ᄒ니 근들엇지 쉬우리요
일며 도무ᄉ로 어셔슈이 죽어
빅골은 진퇴되나 영혼은 놉히나라
옥뉴천샹 올나가셔 샹뎨젼이 원졍ᄒ여
인도환셩 슈이ᄒ여 부기가 즈지되야
다당 형뎨의 오복이 무량ᄒ여
이별업시 슐기하물 바련ᄒ리라

02 역대·집성본

『역대가사문학전집』제39집(임기중 편, 아세아 문학사, 1998, 39~50면)과『한국가사자료집성』제3권(단국대학교 율곡기념도서관 편, 태학사, 1997, 443~466면)에 실려 있는 필사본이다. 순한글체이며 줄글체 방식으로 기재되어 있다. 필사자가 한문어구나 언문에 미숙하고, 영인 과정에서 잘린 부분까지 있어 의미 파악이 쉽지 않다. 여기서는 역대·집성본 텍스트를 그대로 싣되, 4음보 단위로 행 구분을 하고 1음보 내의 띄어쓰기는 하지 않았다.

〈별훈가〉

천지만물 시성훈후 음양이 분간되야
천신의 조화로서 혹남혹여 되여서라
성헌의 법을발케 숨강오륜 분명홀소
군신은 유의호고 부즈는 유친히며
부부는 유별호고 붕우난 유신호며
부즈간은 지극친호미 철윤은 고룩이요
군신은 이로합호미요 부부는 분별이 이스미라
윤기랄 츠리미 놉즈난 취처호고
여즈는 출호니 부여의 일성영욕
훈스람의 미여신니 스성이 훈가진니
단명호고 중수호미 다각각 천명이라

혹즈의 불길혼죽 목숨은 스라스나
미망지인으로 싱불여시라
이러무로 ᄀ중이 ○중홀쑌
가부는 흐날이라 흐날업시 엇지슬며
소천을 위흠은 제몸을 영위흠이라
엇지몸이 업시면 무어실 영위ᄒ리요
여즈 슴종의 이탁의 이스니
즈식은 만연영위라 ○갓치 든든히며
관중하고 스량홉기 비견홀곳 업시며
군즈는 은근히며 예빈경디 홀쑌이라
춘양갓치 쌌쯧ᄒ니 여즈의 구구혼 스정은
가중 슬푸도ᄃ 싱중고가를 바러두고
원부모 이형제ᄒ야 다만 소천을 여망ᄒ고
○연존고의 쩌나지 말고저흠은 인지숭시어나
ᄎ신은 전후싱 죄악이 관영ᄒ여
빅연영○을 못눌니고 말이원별 어인일고
은중을 미질쎠의 씃처질줄 몰나스니
이별죰을 쯧히시랴
혹곡의 양익업서 나라가지 못ᄒ로다
축지술을 못비와서 홀수업는 이별이야
은ᄒ죽○ 쯘처신니 건너갈길 전혀업ᄂ
은정을 씆○거든 춀ᄒ리 잇치거ᄂ
못이저 민망ᄒᄃ 일○의 경경ᄒ고

273

오미의 스복ᄒᆞ야 일변 존촉ᄒᆞ의
전전반측 누워시니 심스도 충연ᄒᆞ니
안ᄌᆞ짜가 누워짜가 밤은 지리ᄒᆞ여
초기도 더디운다 호성 존월의
동방니 기각이라
추남춘북의 나난혹안 운소 놉피쩌처
웅웅ᄒᆞᆫ 긴소리 족을불너 실피운니
늬가비록 미물이ᄂᆞ 조정은 나와갓다
춘풍야월야의 두견성도 처량홀스
무슨원ᄒᆞᆫ 그리설어 화제의 제혈ᄒᆞ노
희희라 인싱니야 조로갓튼 우리인싱
일○빅발이 춘광을 깁박ᄒᆞ여 속이물 몰ᄂᆞ더니
거울갓치 빅든눈은 부운이 가련는덧
청명○양의 예ᄂᆞᆫ 풍악소리 요란ᄒᆞ야
정신니 희황○고 심신이 술ᄂᆞᆫ토듯
공도세간 빅발니라 모양니 ○형된니
인세지략 늣겁쏘듯
인싱부득 깅소연을 누라서 모러리요
일스면 도무스라 만스티평 되런마는
오즉 흔ᄒᆞᆫ바 전싱ᄎᆞ싱 무슴죄로
이니몸 숨겨나서 비숭간곤과 열역풍숭ᄒᆞ야
우유도이 고흔지 육십일연이라
싲싲치도 늣○쏘듯

오회라 우리부모 불관훈 추일신을
보옥갓치 길너니야 무숨영화 보즈던고
호천망극 부모은덕 일호보답 못호여니
금연을모 당호오니 구로지즘 갈박업니
세월니 무정호여 엄동설훈 어지넌니
금시중춘 가절니라 써넌비록 조타만은
나는전허 수심일다
츠세니 순구일은 우리소천 탄일이라
희월 말니예 팔연 유리긱으로
열연이 니날을 허도호니 여연니 무드커날
처즈의 유호니라 길연의 순풍만나
금일춤관 호즈써니 만스가 여이춘아
약수봉손 이연니 모연호고 연분도 박절토다
월노홍스 미즐즉의 숨싱기약 월너니
오날 이지경의 천수만훈 가득홀줄
몽이에나 뜻호랴 이련홀스 나의츠즈
희포희포 그리다가 도○송별 호단말가
무숭홀사 호늘님아 천신만고 저희형제
안전 부체갓고 은금갓치 중훈 보○
시세라 그랏만니 헐시가 미정훈더
남의업는 ○숭잉화 비물니 경눈호고
신숭의 병을어○ 옥부방숭신 적비호고
설부가 소속호니 즈모○ 즈정으로

알씨랍고 즁ᄂᆞᆫᄒᆞᆫ말 엇지다 혀○ᄒᆞ라
질힝니 미쾌ᄒᆞ니 즁월노 힝역 엇지히며
○쳠치나 안여ᄂᆞᆫ지 오미의 밋친ᄉᆞ럼
숙식○ 편홀소야 양신니 다미ᄒᆞ야
ᄎᆞ셩을 당ᄒᆞ○다 군ᄌᆞ숙여 곤익줌은
예부터 인난지라 봉황의 ᄡᅡᆼ을지여
ᄡᅡᆼ을젼여 말치의 즐기지 못ᄒᆞ○
ᄯᅩᄒᆞ셩혼 십여히의 늠여간 기○업서
농즁ᄌᆞ미라 부지ᄒᆞ고 싱니로셔 셰월만
원앙침 셔늘ᄒᆞ고 니여ᄌᆞ의의 젼소지○
명월ᄉᆞ츙 깁푼밤의 원앙침 셔늘ᄒᆞ고
비○금 넝낙ᄒᆞ지 유유별ᄒᆞᆫ 간졀ᄒᆞ여
구곡의 밋친시름 엇지히야 풀쳐닐고
공ᄌᆞᄂᆞᆫ 더셩시더 곤우진치 ᄒᆞ옵시고
이비낭낭은 요지위여오 순지위부로더
곤익이 이셔신니 혈마 엇지ᄒᆞ라
니ᄯᅩᄒᆞᆫ 쳔수니다 연니ᄂᆞᆫ
헌○호심과 빙옥ᄌᆞ질노 보응ᄒᆞ니 업슬손가
쳔졍말니 니두복녹이 관분양황후의
복○을 니두홀지니
고진감니ᄂᆞᆫ 예의 ᄶᅥᆺᄶᅥᆺᄒᆞᆫ○다
그러ᄒᆞᄂᆞᆫ ᄎᆞ신은 ᄎᆞ셔ᄉᆞᆫ 낙일 갓트미
이셕ᄒᆞᆫ을 풀날니 업슬지라

금즈세 서의호가 편만ᄒ고 풍진니 요란ᄒ니
어ᄂ ᄒ세월에 국○의 회복되여
고국의 도라오니 정직뎌절○
홍진을 ᄉ절ᄒ고 천이변방의 물위띄니
○야칠일졀양이 부졀ᄒ든 도인이 아이며
녹○연월의 안빈녹디 ᄒ던 안지
일편단심 이○석 갓트니 엇가인을 유런ᄒ라
세우ᄉ층 요적○디 고등을 버들슴아
무류니 안즈신니 술술이 부○바람 회랄 알외는
어린손즈 좀이들고 적적○ 혼즈안즈
지닌일을 풀처닌니 전싱갓고 꿈도갓도다
춘ᄒ중 긴긴날과 단즁추야 긴긴밤의
ᄎ마어니 견딜소야 그리워라 나니이즈
어이ᄒ야 수의볼고 꿈의나 보러ᄒ니
초수오손 증첩ᄒ니 몽혼는득이라
꿈도즁ᄎ 어렵도ᄃ 영두운 충희월은
우리아즈 보런마는 저도응당 ○각홀듯
고침낭금의 춘불는이라
광음이 여류ᄒ여 슴춘가졀이라
심신니 요란ᄒ○ ○곡난 의지ᄒ야
춘식을 완상ᄒ니 만의벽공의 졈운이 천ᄒ고
연당가의난 양유가 처처ᄒ여
유록즁을 두룻쓴 일지청풍 ○동을 요동ᄒ니

금수봉 솟가지의 웅봉즈접○

쌍쌍이 나난즈고 나를 연ᄒ여 웅충ᄒ화ᄒ고

첨ᄒ의 승승춘연이 싯끼처 비거비리 하난지라

가권니 담늑하면 경기롭다 하런마난

눈압ᄒ히 보인불식 처처니 심회로다

망즈손 올나가서 망부디 놉피올나

○○○ 바리본니 천봉만흑 겹겹ᄒ니

어디로 지향ᄒ고

허우리 도라서서 고향강손 구어본니

평원광야 너른드런 고가의 흡ᄒ히잇고

망망○ 낙동강은 ᄒ날과 ᄒ빗치라

충강의 쯧닌비는 어느곳 향ᄒ는고

만중수의 시러다가 양수철니 근너가서

우리손천 게신고디 수이수이 푸려주렴

앙앙빅구는 중ᄉ의 왕○ᄒ고

승승 원낭은 녹수의 즐겨서라

인싱이 가련ᄒ미 미물만 못ᄒ도다

을ᄒ여시 다썰치고 준마를 즈바타고

지향업시 가즈ᄒ니 갈길이 ᄋ득ᄒ고

승손ᄉ무 봉을ᄇᄃ 보니손 올ᄂ가서

바독중기 두즈ᄒ니 공부업시 안니되고

지기붕우로 더부러 인적 부도처의

서칙이나 좀심ᄒ야 서름을 씨러칠가

무슴일이 맛당홀고 싱각스록 슺치업닉
이몸니 어서죽어 빅골은 진토되○
영혼은 놉피나라 옥누천당 올나가서
슝제게 원정ᄒᆞ야 부귀가의 귀ᄌᆞ되여
부귀영화 눌일적의 이별업시 스라보싀
천신님전 발원이라 금일당ᄒᆞ야
가중ᄌᆞ식 그린간중 마ᄌᆞ단절 ᄒᆞ올지라
좀업시 발광ᄒᆞ야 연승의 부슬쎄여
심중의 무흔ᄉᆞ를 디강기록노라

을축이월 삼일 시서ᄒᆞ노라 수○슬는 좀시 여가 넘는 그
슬 가ᄉᆞ 가중 보옴즉 ᄒᆞ기로 일후의 여이 부ᄋᆞ 보일가 시워
등초ᄒᆞ여시나 형ᄌᆞ 기괴 우읍다

279

03 가사문학관본1

한국가사문학관 홈페이지에 올라와 있는 필사본이다. 『별한가한별곡』이라는 필사집의 11~50면에 실려 있다. 순한글체로 줄글체 방식으로 기재되어 있다. 여기서는 가사문학관본1 텍스트를 그대로 싣되, 4음보 단위로 행 구분을 하고 1음보 내의 띄어쓰기는 하지 않았다.

〈별한가〉

음양의 조화로셔 쳔지만물 숨겨쓰라
셩현니 유츌ㅎㅅ 삼강오륜 발가셔라
남혼여가 즐거오문 일윤의 샹시로
이셩이 호합ㅎ문 만복지근원이라
모시 숨빅편이 관져랄 먼져스고
쥬역 팔괘의 건곤이 웃쏨이라
금슈미물도 웅챵ㅈ화로
싱싱지이 잇난지라 하물며 ㅅ람이야
일륜을 피할손야 천젼연분 각각이셔
원부모 이형뎨랄 여ㅈ마다 면할손야
호쳔망극 부모은공 엇지ㅎ여 형셜ㅎ리
부아싱ㅎ시고 모아휵아ㅎㅅ
신톄발부난 슈지부모요

욕보지덕은 호쳔무극이라

고법이 음즁하여 한변스람을 쑈치민

일싱영욕이 한스람이계 마혀시며

쏘한 숨종지의 틱이시니

아시난 싱아 부모의계 쌀으고

츌가휴면 소쳔을 으탁ᄒ고

늘거면 ᄌ식을 의지ᄒ야 평싱의

ᄌ유권니 업스니 부여의 존약ᄒ미

가탄가셕이라 슈원슈구ᄒ랴

호쳔금질 샹뎨임이 사람을 니실젹이

불틱션악 ᄒ다더니 부귀빈쳔 헌슈ᄒ고

인간고락 니도하니 조물이 타시온가

쳔의롤 미지로다 숨오이팔 조흔시졀

작작기화 노리할씨 월노승 미질젹이

슈부귀다람ᄌ랄 뉘아니 원츅ᄒ랴

싱이ᄉ별 업시슬기 사람마다 앙츅ᄒ더

오희라 ᄎ신니야 슈명쳔신이

샹뎨계 득죄련가 말시인싱 디엿다가

소쳔의 효우츙졀 타인의 유별ᄒ여

부월을 무릅시고 쳔의을 감동코져

샹소복걸 ᄒ옵다가 소인의 쳑이되여

오륙삭 혜슈타가 쳔힝으로 힉방된후

셰궁역진 할길업셔 노즁연을 흠모ᄒ여

원슈밋히 슬기슬허 희위말이 월경ᄒ나
암미흔 이인싱은 군ᄌᄯ즐 몰나밧니
우연흔 원별노셔 싱니ᄉ별 기약ᄒ니
목셕이 아인바이 엇지타 연무심ᄒ랴
호호명명쳔아 신흔운졔야
부부간 유별지졍은 노소가 다를소냐
쟝부의 너른ᄯ질 쥬리줍아 가졍지낙을
요구할비 아니로더 이리될쥴 몰나ᄶ다
국운도 말술ᄒ고 쳔은도 다진ᄒ니
츙분니 강미ᄒ야 와심샹담 이원슈랄
어ᄂ날 갑흘소야 호풍셰월 언졔만나
회운니 도라와셔 일월이 다시발가
티극이 놉흔고디 ᄌ유죵 울일ᄯᅥ예
우리소쳔 환구ᄒ여 명명한 져챵쳐니
용셔치 아니시면 속졀업손 이별야
여호들만 편만ᄒ고 셰풍진 요란하니
이별의 ᄉ흔간쟝 마ᄌ단졀 ᄒ리로다
츈ᄒ츄동 ᄉ시졀의 망부흔과 망ᄌ회랄
엇던쳔지 다ᄉ르며 뉘를줍고 원졍홀고
금실도 ᄉ쳐지고 쳘윤도 부리ᄒ여
오손쵸슈 겹겹이라 유졍흔들 무엇하며
무졍한들 무엇하리 언졍이 머리지니
츌라이 잇치거ᄂ 니젼의 보든안면

이목이 미양잇고 그젼의 듯던말슴
양이예 들이는듯 못이져 원슈로다
군즈이 쳘교지심 이싱쳘을 단연ᄒ여
이역풍상을 감슈ᄒ고 쟝위긱으로
ᄯᅵ랄ᄯᅡ라 글을짓고 풍경쫏ᄎ 시랄지어
긱회랄 붓쳐니야 칠일젼양이부졀
현가ᄒ던 도ᄉ가 아니면
누향연월의 안빈낙도ᄒᆞ든 안지라
인간시비 부지ᄒ고 신염을 부운이부쳐
쳐ᄌ랄 고렴ᄒ리마넌 쳐ᄌ의
위부지심이야 일신들 방심ᄒ리요
별후 팔구지의 빅슈 쇠안니
어나 지경이 됫엿는지 아흐라
그리온 회포난 시일노 층가로다
셰월이 무졍ᄒ여 쳥명가졀 슌구일은
우리소쳔 탄일이라 우리풍슝 몃몃희예
연연니 허도ᄒ니 셰연이 무다커날
쳐ᄌ이 유훈 이심ᄉ 챵연훈즁
츈우조ᄎ 불길ᄒ여 운무난 ᄌ옥ᄒ야
나이슈심 덧쳐시며 벽슈이 이난바람
이ᄂᆞ심회 붓쳐시니 이화의 밋친이슬
별누랄 먹음듯 무윙으로 일모ᄒ니
잘시난 집을ᄎᄌ 무리무리 돗라들고

시우ㅅ챵 젹막ᄒᆞ디 일병ᄒᆞ촉 벗을숨아
누엇다가 안져다가 젼젼반측 줌못엇어
왕ㅅ랄 풀쳐니여 오륙경 싱각ᄒᆞ니
역역히도 시로워라 임신ᄉᆞ월 십팔일은
군ᄌᆞ만난 쳣날이요 무신ㅅ월 샹ㅅ일은
원군송별 ᄒᆞ즉이라 연분이 업셔시면
만눌봉ᄶᆞ 외이시며 맛날봉ᄌᆞ 이셔시니
이별별ᄌᆞ 뉘가닌고 나와삼싱 원슈로다
원슈로다 원슈로다 난시가 원슈로다
세샹곳 평ᄒᆞ면 박득ᄒᆞᆫ 이몸이나
삼죵이 한업 슈소한 ᄌᆞ여손을
무휼ᄒᆞ여 화조월셕이 부챵부슈 자미로셔
낙셰기즁 이안닌가 원통ᄒᆞ고 익들ᄒᆞ다
셕일우리 존당계실ᄶᆞ 오여일남 귀즁ᄒᆞ여
싱일을 당ᄒᆞ면 슈부귀다남ᄌᆞ랄
ᄒᆞ여달ᄂᆞ 계왕젼의 비든이리
거울갓치 발가오니 감챵지심 둘쎠업다
길연 슌풍맛나 젹조안모 반긴후의
금일쳠관 ᄒᆞ엿더니 관쳔지죄 미진ᄒᆞ여
만ᄉᆞ가 여의츠코 시소가 위람ᄒᆞ여
피경이 엇지덜고 쳔ᄉᆞ만염 녹난간쟝
ᄒᆞ마하면 ᄭᅳ쳐딜닷 약슈봉손의
인연이 모연ᄒᆞ고 연분도 박졀토다

단쟝츈야 길어셔라 초계도 더디운다
질병이 황금쥬랄 유리존의 가득부어
힝허ᄂ 관회딜가 취록 먹은후이
취즁이 진졍으로 망부ᄉ 망즈회랄
음영ᄒ미 쟝감심이 통곡이라
아셜 인간이별 ᄂᄒᄂ 쑨일넌야
지아ᄌ난 츄연ᄒ고 부지ᄌᄂ 우슬지라
말ᄒᄌ니 번거ᄒ다 울울심ᄉ 쥬츅업
디강이나 풀어니여 지면니 붓치ᄌ니
흑식도 쳔박ᄒ고 졍신도 당황ᄒ여
횡셜슈셜 춤괴ᄒᄂ 나이졍경 당ᄒ오면
뉘아니 샹심ᄒ랴 취즁인가 웃지말고
양광인가 의심마소 지난소조 고ᄉᄒ고
니두ᄉ랄 싱각ᄒ니 티ᄉ이 놉고
바다밧 디희로다 발광으로 밤쇠우고
조일이 즁쳔ᄒ니 간밤의 츈우쯧히
만물리 시롭도다 이화도화 만발ᄒ여
실실동풍 반겨ᄒ니 일만교티 먹음은닷
남북ᄉ 츈초셕은 연연히 푸러잇고
옥챵젼 불근쏯흔 연연셰셰 다시피여
무지ᄒ 식물들도 동ᄉ츈식 ᄒ건마난
동물이라 ᄒ난산 인싱부득 깅소연이라
ᄒ변가○ ○○○○ 못ᄒ나이

인싱이 가련홈이 식물맛도 못ㅎ도다
이조빅발 이츈광이 날속이물 몰ㄴ더니
염나국 션짐갓니 이모양이 션짐ㅎ고
언마ㅎ면 마ㅈ가랴 일ㅅ면 도무ㅅ라
만ㅅ티평 디련마난 그긔간이 모연ㅎ고
음신니 여시ㅎ니 귀기가 티졈이로다
이갓흔 인싱이야 ㅈ최역시 낙화오니
부유부귀영화 원을ㅎ며 빈ㅎ궁쳔 슬허한들
쳥츈이라 엇들소냐 몃몃셰월이 유파갓히
동원도리편시츈푼이 인싱이 듯업도다
가소로다 이셰샹이 지극히 원통한바
비샹이 간곤ㅎ고 열역 풍샹하야
우유도일 육십연이 여익이 미진ㅎ야
칠슌 가부와 어린 ㅈ식을
쳔이변방이 더쳐두고 겨울 긴긴밤과
여람 쟝쟝ㅎ의 ㅈㄴ씨나 심샹이요
불힝이 디야 가군이 근셔을
젼폐ㅎ고 질통감지와 우고담낙을
미ㅎ 졍셩도 피치 못ㅎ고
무친척의 ㅊ아흘노 초황젼도홈이 샹샹되미
만믹이 훗터지고 오니 최졀이라
츈남츄북이 나ㄴ홍안 쪽을불너 도라가니
너힝지 부렵도다 북생이 놉히쩌서

봉쳔셩을 지나그던 셰셰원졍 가져다가
우리부지 긱챵혼이 낫낫치 젼히쥬랴
망ᄌ손 치치달나 망부디 놉히올나
즁화랄 구어보니 어ᄂ곳을 향할소냐
운슨이 길을막아 지형이 어디민요
만슈쳔봉 묵묵히 말업스니
운쳔만 챵망ᄒ여 영두운 챵희월은
봉쳔으로 빗췰지라 나이아히 쳐다보면
고향싱각 여졍홀가 ᄌ연심스 당황ᄒ여
무류히 도라셔니 월츌동산 졈은날이
슬퍼우난 두견셩은 무슨원혼 져리깁허
화지이 졔혈ᄒ노 니가비록 미무리ᄂ
소회ᄂ 일반일듯 네가밧비 나라가셔
우리부지 긱탑ᄒ이 귀국가ᄌ 우러라고
모츈삼월 다지니고 쳥ᄒ져리 닷쳐도다
풍화일광 조흔ᄄ예 하운이 홋허지고
일긔도 쳥낭ᄒ니 우인지우ᄒ고
낙인지락이라 율긱의 시흥이
도도발양 홀ᄶ이라 연못가이 녹음은
유록쟝을 둘은덧 만산화난 금슈병
꼿가지의 웅봉ᄌ졉은 츔츄고
황잉은 츈흥을 못이기여 양유사이 베랄ᄶ며
디숭이 샹연ᄌ난 식기랄 히롱ᄒ니

287

슬푸다 인싱이야 금슈미물맛도 못ᄒ도다
이럿탓 셩화경을 가권니 담낙ᄒ면
경긔롭다 ᄒ련마난 눈압희 보히ᄂ거
이모다 젼혀 슈식일다
관손이 즁쳡ᄒ고 슈심이 젹톄ᄒᄃ
은ᄒ오죽 ᄭᆫ쳐시니 츅지법 못비와셔
길슈름 못줍어며 홍곡의 나리업셔
나라가지 못ᄒ도다 오호명월 발근ᄻᆏ예
아ᄌ의 옥면인가 ᄒ여드니
어히ᄒ ᄯᅳᆫ구람이 명광을 가리원노
져구람이 언지긋고 발근셰상 나도보고
아모조록 줌을드러 굼이나 보려ᄒ니
원낭침 스늘ᄒ고 비취금 넝낙ᄒ니
ᄭᅮᆷ도쟝츠 어렵도다 ᄌ식은 싱ᄉ만연즁탁이라
지긋한 보비요 군ᄌ난 예빈경ᄃᄒᄂ
츈양헤틱이 머러지니 병쟝이 츈불난이라
봄도ᄶᅩ한 타시지 아니로다
아쳐홀ᄉ 우리아ᄌ 쳔신만고 숨남미랄
금옥갓치 길너니야 슈부귀다남ᄌ의
티평셩ᄃ를 만ᄂ 국가이 동양이요
사가이 옥쥬로셔 형용 인각ᄒ고
일홈 죽빅ᄒ여 츙효를 겸젼ᄒ야
명망쳔ᄒ 은기을 츅원ᄒ여더니

청슌이 말근옥이 진토의 뭇쳐시며
보비예 명쥬 히심의 잠기고
상셔로온 기린니 시셰랄 그랏맛나
혈기 미졍할더의 풍진 간익ᄒ여
귀쳐여워고 옥보방신이 병을어더
셜비소삭ᄒ니 자모지이 즁난 알시롭기
엇덧타 형셜할고 골져리 압흔지라
ᄎ의신이 미쾨ᄒ즁 말이원졍 츌송ᄒ니
더쳠치 아니온가 경경일염이
셔쳔을 기우려 슉식이 불감이라
쳥이리 젼징디면 도로도 맛힐지라
갓듯 셕은간쟝 마ᄌ타셔 죽으리로다
명명챵쳔아 엇지ᄒ면 양칙딜고
계교도 궁진ᄒ고 만ᄉ가 불통이라
흉즁이 막슉ᄒ다 나이마암 이러홀쩌
쳥츈소부 져희안희 셩혼한지 십여연의
농즁이 ᄌ미업시 막막은졍 별쟝거의
싱으로만 셰월가니 월명ᄉ챵 요젹한더
고침단금이 유유별한니 간졀ᄒ야
단쟝ᄒᄂ 그회포랄 뉘라셔 위로할고
아연히 글인마암 ᄎ마엇지 견딜소냐
야희현부 드려셔라 너희닉외
쳔상션관 션여로셔 인간의 젹강ᄒ야

한샹 말근옥이 남여롤 분ᄒ여스며

천샹 일월이 음양을 난화스미

조무리 시기ᄒ고 양신니 단마ᄒ야

조시곤익이 좀관이셔 심간을 스로ᄂ

젼졍말이 빅연향슈 구비ᄒ여 부귀복녹

ᄌ손니 만당ᄒ고 여일월지셩향ᄒ며

여남손지불봉ᄒ고 화붕슘츄긔쥬오복

우리딥이 졈지ᄒ여 셰셰챵셩 여구ᄒ여

지금이 근심극졍 일중츈몽 갓흘지라

ᄒᄂ님니 유의ᄒᄉ 샹쥬랄 너여시며

품딜인 포연ᄒ야 벽나 발근 졍신과

쳥슈 계샹이 놉흔 비슈랄

만리 은ᄒ이 경운니 어렷고

교교한 반유월이 츄샹의 빗겻난닷

쳔졍가워로 하씨가 업셔랴

명슈랄 탄치말고 씨만 기다려

만셰이유ᄒ고 이합이 ᄒᄌ졍이스며

쳔운이 슌활ᄒ면 무왕불복이라

예로붓터 군ᄌ슉여 다읷ᄒ미

이로보와 통한이로다 슈연니ᄂ

효ᄌ현부의 지극 효양이

노러ᄌ의 발발난치의랄 효측ᄒ고

츈풍화기로 쓰딜 길우며

지성효도랄 니혼즈 바드니

조혼줄 엇지알며 영성훈 즈여손니

팔종반니 디여스니 엇더키 귀중홀가

ᄉ량홀줄 모라오니 등신인지 토목인지

아심불가측이로다 만ᄉ가 부운이다

평싱이 포한디문 형데 외로와

무치의삭과 쳥영의 노름이

무흠치 못ᄒ고 쳘슈연광이 닷쳣도다

이이 부모여구로 싱아ᄒ신 언덕

호쳔망극 ᄒ건마난 일호보답 못ᄒ엿니

오조난 미무리디 반포랄 ᄒ것마난

불초한 이인싱은 가마귀만 못ᄒ도다

금연을 당ᄒ오니 구로지감 갈발업다

공조시난 빅발이라 늘기는 셜존으나

부모싱젼 효도치 못한그시 쳘쳔지 유한니라

오신니 노퇴ᄒ여 한가훈 몸이더고

도로도 불원ᄒ나 연연이 션친회일

참곡ᄒ즈 단졍ᄒᄂ 쳥싱의 불초ᄒ니

여의를 못한고로 몃히랄 경영이ᄂ

광풍의 날인곳도 옛가지랄 도라보고

강의뜬 고기도 노든물을 싱각나니

비여목셕인들 싱쟝고토 이즐넌가

허위허위 ᄎᄌ가니 어나뉘가 날반기리

술들ᄒᄂ신 우리부모 어ᄂ곳디 계시관디
나온쥴을 모라신고 유명이 몃말이라
이ᄌ경도 모라신고 곳곳이 보이난물식
옛이리 역역ᄒ다 풍슈지통 억졔치모
아모리 통곡ᄒᄂ 흔한말ᄉ 업ᄉ시니
어와 슬푸도다 박쥬의 호라도
싱견의 졍셩폐지 ᄉ후의 만반슈륙
ᄉ우포쟝 딜ᄲᆞᆫ이라 헛부고 가이업다
좌우로 도라보니 구면목은 아조업고
거의모다 신면이라 ᄌ최도 셔익ᄒ고
파회 우리종형 슈샹을 겸ᄒ여
쳔눈밧 ᄌ별지졍 싱견의 샹봉ᄒ여
피ᄎ이 억울소회 일분니ᄂ 터파할가
슈션을 줍아타고 범범즁유 건너가셔
즁노영졉 반가온즁 격셰안며 챵안빅발
명근역니 셔○갓히 인간악화 분악할ᄉ
홍안의 다박명은 고금의으로 젼은니ᄂ
오형갓 ᄎ악ᄒ리 빙옥ᄌ딜이 너모
쳥슈기로 조물이 지극히 시긔ᄒ여
난초 부러지고 옥이 ᄶᅢ아지며
향이 ᄉ라지난 화익을 당ᄒ여
슘종도 근어지고 미망존쳔니
구구투싱ᄒ여 원억한 홍안을

이미히 허송ᄒ며 후ᄉ랄 이어
ᄌ손니 만당ᄒ니 명명챵쳔니
혹화랄 나리오미 뉘우쳐 ᄌ손을
부루미라 년다칠슌니 불원ᄒ니
셕고타진 간쟝이 얼마 지탕ᄒ리
ᄉ졍이 통박할분 ᄎ별이 ᄉ별이라
이별의 샹한간즁 마ᄌ단졀 하리로다
셤슈로 잇그어 션즁의 다시올나
고향으로 돌좌올시 갈쩌는
싱면니 착급긔로 홈홈니 갓거니와
쳘을낙ᄉ 나려오니 완경인들 아일소냐
즁유비롤 쒸워 물결디로 나려오며
ᄉ방우쳔 술피보 쳘이관긔 널너쏘다
쳘연손 말연슈난 하날과 한비치요
셕간의 옥뉴젼은 경긔랄 도아잇고
구봉손 탁영지난 노송이 울울ᄒ여
봉봉이 쳥홍이요 녹음방초 자자난디
십니쟝님은 황조가셩은 요란하고
ᄉ월남풍 디믹황이라 평원광야이
황금을 폇닷ᄒ고 녹슈쳥강 노난고긔
양양빅구와 쌍쌍원앙은
홍취잇기 노는구나 상하쳔광 듯난비른
펀펀니 금쒸엿고 아람답다 금슈화도

293

중간일네 하이리 기다ᄒᄂ

셔분의 날걸이고 나쥬의 셕연나이

일광명월 그날영ᄌ 비옥이 어럿도다

구천의 ᄉᄒ인이별 강승이 홀너셔라

만졍요요 발근다리 호즁쳔지 나려오니

풍쳥양야의 여흥이 미진ᄒᄂ 소경의 단쳥

일십이시 왕ᄌ요넌 등왕각 놉흔시취

일필휘지 셔문지어 셰국슴츅 기록ᄒ고

젹벽강 소ᄌ첩과 이티빅 두ᄌ미ᄂ

강산승지 노든헌젹 문쟝명필 젼시ᄂ

가련ᄒ 우리인싱 포말풍등 안일런가

젼졍이 기단이셔 노역ᄒ물 이졋더라

회로의 강좌션경 화목졍을 후어드려

친쳑졍화 즐긴후의 딥어로 도라와셔

몃날간 뉴혀ᄒ며 남슈딜 종반간이

밀밀졍회 디강ᄒ고 동셔각분 슬푸도

피ᄎ셔ᄉ 낙이리라 내가온들 형이오며

형이온들 니가올가 속졀업손 ᄉ별이라

어ᄂ디로 기약ᄒ고 후싱이 남형뎨댜야

이싱 셜치ᄒ여 광금쟝침의 휴유졉지ᄒ여

힐향열낙ᄒ며 여ᄌ신을 속신ᄒ야

긔손영슈 쥬류ᄒ며 쳐쳐의 풍경이요

나나리 풍유로셔 이싱슬치 ᄒᄉ이다

챵연히 죽별귀가ᄒᆞᄆᆡ 심ᄉᆞ더옥 요란ᄒᆞ다
금슈화당 너른집이 부ᄌᆞ난 쥬벽ᄒᆞ고
자난 좌안쳐 언지 한변 즐겻던고
옛일가 꿈이런가 조셕으로 신혼시이
ᄎᆞᆺᄌᆞ의 부의ᄌᆞ리랄 어라만져
읍읍초챵ᄒᆞ야 옥모셩음이 암암징징
츈ᄒᆞ일ᄉᆞᆸ니시와 일연슴빅뉵십이러
어ᄂᆞ날 어ᄂᆞ시이 잇칠젹이 이시리요
슈로문의 ᄯᆞ인빈난 네어디로 향ᄒᆞᄂᆞᆫ고
만중슈회 스러다가 약슈쳔니 건너가셔
우리부ᄌᆡ 계신곳이 슈이슈이 부러다고
호련니 다ᄯᆞᆯ치고 무ᄉᆞ니리 맛다ᄒᆞᆯ고
왈가왈부 픠랄ᄎᆞ고 쥰마롤 치딜ᄒᆞ여
지향업시 가ᄌᆞᄒᆞᆫ들 동셔남북 아득ᄒᆞ고
샹손ᄉᆞ호 쏜을받아 바득쟝기 좀심ᄎᆞ니
긔지업셔 아니디고 인격이 부도쳐이
지긔디ᄌᆞ 붕우들과 셔칙이나 좀겨
셰샹만ᄉᆞ 잇ᄌᆞᄒᆞ니 근들엇지 싀우리요
일ᄉᆞ면 도무ᄉᆞ로 어셔 슈이쥭어
빅골은 진퇴디ᄂᆞ 영혼은 놉히나라
옥누쳔샹 올나가셔 샹뎨젼의 원셔ᄒᆞ여
인동환싱 슈이ᄒᆞ여 부귀가 ᄌᆞ지디야
다당형뎨의 오복이 무량ᄒᆞ여
이별업시 살기ᄒᆞ물 발원ᄒᆞ리라

04 가사문학관본2

한국가사문학관 홈페이지에 올라와 있는 필사본이다. 순한글체이며 줄글체 방식으로 기재되어 있다. 필사자가 언문쓰기에 익숙하지 않고 한자어에 대한 식견이 부족한 듯 틀리게 적은 부분이 많아 내용 파악이 쉽지 않다. 여기서는 가사문학관본2 텍스트를 그대로 싣되, 4음보를 기준으로 행을 구분하고 1음보 내의 띄어쓰기는 하지 않았다.

〈별한가〉

음양애 조화로서 천지만물 생○또다
성현이 순출하사 상강오륜 ○○서라
남훈여가 절거움은 일윤애 상세로○
이성애 호합은 만복지 그는이라
모시 삼○편애 관절을 먼저쓰고
주여 팔게애 이문이 으○○라
금수밀물도 음향자화로 생생지○ ○나니라
하물며 사람이야 일윤도덕 어길소냐
천정연분 각각이서 원부모 지형지는
여자마다 면할소냐 호천망걱 부모은공
어지다 ○하면 갑을소냐
부하 생하하신 모하 흉하하사

신치발부는 수신지부모요 용모지덕 호천무근이라

의법에 음중크던 한분 사람애 쪼츠면

또한 삼종지택애 있면

아시애는 생화부모을 딸으며

출가하면 소천을 의탁하고

늘그면 작식을 의지하나니

평생애 자유권이 업시랴

부녀애 자약함이 가탄가석이라

호천부전 상게이니 사람을 내실적애

불택선악 한다더니 부기빈천 천수하사

인간고략 내또하니 조물애 타시온가

천이가 무지로다 삼오이팔 조훈시절

짝짝지와 노래하고 원노성 매질적애

수북애 다남자을 니아니 원축하며

생이사별 없시살기 사람마다 양축하대

오회라 차신이야 수명천신애

산진짐님게 덕질련가 말시인생 대였다가

소천애 호히충천 ○인애서 유별하야

부워을 무릅스고 천이을 감동커져

상소볼길 하옵다가 소인애 척여대의

오류섹 치주타가 천행으로 해방댄후

시궁역진 마다하고 노준역을 훈도하야

원수밑애 살기실어 해이말리 원천하니

안매한 이인생은 군자뜻을 몰라바네
우연한 원별로서 생이사별 기약하니
목석이 아닌바애 어지태연 무심하랴
오호 명천아 시호 운재야
부부간 유별지정 노소가 다를소냐
군자애 늘은뜻을 가정지나게
요고할배 아니로대 이리댈줄 몰라또다
구문도 말삼하고 천운도 다진하야
와신상뱀이 원수로다 어너날 ○사올고
호붕시절 어제많나 회운이 돌라와서
이월이 다시발아 태극이 높은집애
자녀 조을때애 우리소천 황고할고
애가답답 하나님요 명명한 저창천이
용색치 아니시면 속절없는 사별이여
호로많편 많하고 시기풍진 요란한데
이별애 상한간장 하마하면 큰처질따
춘하추동 사시절애 방부할사 방자워는
어뜻쳔지 다싸이면 늬을잡고 은정할고
금설도 끈어지고 오산천수 겹겹이라
은정이 멀어지니 차라리 있치거나
못있어 원수로다
이전애 보든않면 이목애 매양이고
그전애 뜻든말삼 양이애 쟁쟁하야

군자애 생처을 타얀하야자니
재것로 때을따라 글을짖고
칠일 져녁부절 현가하든 도사가 아니면
노양연월애 않빈낙도 하련만은
처자 위부지심이야 일신들 방심하리요
별후 팔구재애 백수시않이 어나지경 되않는지
아허라 그리운 히붕 청가배성이라
시월이리 무정하여 청명가절 수구일은
우리소천 탄일이 우리평생 몇몇해애
연연이 혜또하고 시연이 무닥하날
처자 유한이라 심사도 창년한줄
춘길조차 불길하다 운문않 자욱하고
백수애 우는바람 나의심이 부처쓰며
이화애 쟁긴이실 별유을 머금은뜻
경없이 일모하니 잘새는 집을차자
물리물리 돌아들고 쉬우사창 적막한데
일편잔촉 법을삼아 누어따가 않아따가
전전반촉 잠못들 과사을 후처내고
오난행낙 생각하니 영역이 세로와라
임진사월 십팔일은 군자많난 처날이요
무진사월 삼사일은 원군속별 하직이라
연분이 없어스면 많날봉자 외있스며
많닐봉자 있어스면 이별이자 누가내노

나와삼생 원수로다 시상곳 태평하면
박덕한 이몸이나 삼종애 한이없고
수소한 자녀손애 무휼하야 화저월석애
부창부수 재미로소 낙재기중 이아닐까
원통하고 앨들또다 서길애 우리종당 기실적애
오영일남 기중하야 생일 당하오면
수북이 다남자을 지왕전애 비든일이
거울같이 발아오면 감창지심 둘때없따
질변애 순풍많아 적조않면 받아뜨니
그어미 잠간보려하니
시소가 워렴하야 많사가 여엇찬애
필경애 어찌될지 처사마넘 농난간장
하마하면 근처질따 약수 봉산애
이년이 봉년하야 연분도 박절토다
단장추야 길어서라 초기도 더듸운다
질병애 황금줄을 유리잔애 가득부어
행여나 취할난가 치또록 먹은훈애
망부사 방사위는 장가시며 통곡이라
아사스라 인간이별 허다하니 나하나 뿐일여야
지아자난 추연하고 부지자는 우울지라
말하자니 번거하고 우울심사 주작없새
대간이나 그려내여 질변애 부치잔이
학식이 고류하고 정신도 당황하야

않혼이 투신하고 홍설술설 참기하나
나의경성 당하오면 늬아니 상심하리
치중인가 웃지말고 광심인가 의심마오
지낸소족 고사하고 내두사을 생각하면
태산이 높고높아 다다가 대회로다
발강으로 밤세우고 종일 충천애
간밤애 추육○애 만물이 세롭드라
이화도화 생화촌은 슬슬동풍 반겨
일만교태 머금은덕 앞내시 수양부들
춘색을 자랑하고 남산북산 추녀색도
동산춘색 하건만은 옥창전 불또화
년년시시 다시피고 동물이라 하는인생
갱소연치못 한변가면 다시오지 못하리라
슬푸다 인생이야 식물많 못하도다
일쪼 백발이 춘관을 결박하야
속회오문 몰아드니 엉나국애 기별간네
이몽양이 성임하고 얼마하면 마자가리
일사년 도무세라 많사태평 되련많은
이여기간 모여유신애 대장천미로다
조로낙화같은 문은인생
청춘이라 미더하면 빈난궁천 설화하리
돈도리 편시추는 어이리 더되느냐
추나춘북애 나나 홍않

짝을불어 돌아가니 늬행지 부럽드라
북해산 높이떠서 동천석을 지나그든
우리부자 객창화애 귀국가자 울어다오
모천삼월 다지내고 청하절이 딱처구나
일기 청경하야 수인지유하고
흐인지낙할때라
연못가애 유륙장을 둘은뜻고
딿산화류은 금수변풍친듯
운봉자적은 화행이 춤을추고
황금같은 귀꽁리는 양유산애 비을짜고
대상애 쌍연자은 색기을 희로한다
슬푸다 인생이야 과권이 않낙하면
저르하는 송환경을 경계롭다 하련만은
눈앞애 보는것이 전혀모다 수심일따
수심천척애 은하자교 끄어지니
근녀갈길 바히없고 축지법 공부없서
지지추려 모지부면 홍곡애 날애없어
나라가도 못하도다
호오호 명월 발은달은 아자애 옵명인가
어이한뜻 반겨뜨니 구름이 많광을 덥어구나
저구름 언제버고 발은시상 나도볼가
아처하사 내아해는 저달보고 고향생각 오자할가
아연이 질릴심사 오내치절이라

나애마음 이를적애 청춘소부 저애안해
서인하지 심여지애 농장자미 없이
단장하는 그회포는 법장지어 시월이라
아년이 질린심사 골절이 철어진다
야해 현부드어서 너의내위
천상선관선여가 지하애 화강하야
한쌍말근 옥으로 남녀을 분하여쓰니
자고로 영호골이 이별이 없슬소냐
초시고액 잠관있어 마음을 사로나니
무앙불법이 장내애 많복이 구전하고
자손많당 지금애 근심없고 수명장수 할터이니
이사람을 수생삼아 않심하여라
히히라 하지하별로 차한을 부지못하리라
가이 통한이로다 주연이나 효자현부
구애지극 보양을 호축하고
춘풍하지로 뜻을 비풀어
지극효도을 나혼자 받으니
조훈줄 어찌알며 헝성한 자녀손이
팔종반이 되었스니 어뜨긔 귀중할까
사랑한줄 모르오니 등신인지 토목인지
야심을 불과특심이로다 많사가 불통이라
내평생 포된문 무형지로 외로와
평생애 근심이오 자손무훈치 못하고

칠수영광 타쳐또다 부애구로지각

생각하신 은덕 호천많극

불초한 이인생은 까마귀많 못하도다

금연은 본다하고 우로지각 갈발없다

공도시간 백발이라 늘은것은 설잔으나

부모생전 효도치 못한것이 철천지 유한이라

아시애 노퇴하야 한가환 몸되고

도로도 불인하여 연연이 선치회인

참곡하자 단장하나 천심이 불한이라

여이치 못한고로 몆해 귀영이라

광풍애 날린꽃또 의가지을 도라보고

광상애 뜻고귀도 노든물을 색각하니

인비목석인들 생각고절 이칠소냐

혀위혀위 차자가니 어난누가 날바래노

살들하신 우리부모 어나곳애 가시근대

나오는줄 모을신고 유명이 몆말린고

애자정도 모르신가 곳곳이 보인물색

의일이 역역하다 풍수진통 참지못해

아모리 통곡한들 한말삼도 없사시니

어화 실푸도다 박주야호라도

생전애 전성피지 산후애 많반수루

산후포장 될번이라 허뿍고 가의없다

자위로 돌아보니 구면은 아주없고

그이모다 신면이라 차치도 서인한중

바수애 우리조형 시성을 겸하여서

철윤밭 자유지정 다시보니 피차

어굴속이 뿐이로다 구선을 자바타고

번번중유 건너가서 유로연정 반가운정

석시않면 장안백발 글역이 서길같고

인관악한 분분하다 흥안애 다방면은

고금으로 전합이라 오형같이 차약하리

배옥자지리 너무 침숙하야

조물이 극히 시기하여 난초 뿔어지고

옥이 빠아지며 화액을 당하니

사동도 뿔어지고 이방지천애 구구투생하면

원○님한 홍산을 애매이 허송하여

후사을 이여 자손을 부들여신다

칠숭이 불으하니 석고타는 간장 얼마 지탕하리

사정이 통박할분 차별이 사별이라

이별애 상한간장 하마단절 하리로다

섬섬옥수 부여잡고 섬중애 다시올라

고향으로 돌라올대 창연한 유루심사 끄치없고

철윤약사 나려오니 완경이 아닐소냐

중유애 배을대야 물결대로 나려오니

사방은산 살펴보니 천지않게 열열또다

철연사 말연순은 하늘과 한비치요

석간애 온누천은 엉칠을 도아있고

구봉산 탄영제은 노성이 우루루하고

봉봉천봉이요 노금방초 자자는데

시비장일은 황자가선 요란하다

사월난풍 대멱환이라 평원각야애

환금을 편듯하며 녹주천간 노는고기

야양배구애 쌍쌍원행이 성취귀 놀리또다

상하천당 듯난빛은 편편금 뒤였고

경치도 아룸답다

금수하당 준간얼 대하리 귀다하나

새변애 날글리고 나주애 성인나니

월관명월 허른자치 배옥이 어리였다

구천애 ○빌을 강산애 혈려또다

만경표표 발근달애 호접철리 나려오니

훈경양야애 영홍이 미진하나 소경애 단청이라

시비사왕자는 등왕자 높은자치

일필회지 서문지역 시국삼죽 기록하고

백경광 소자척과 이태백 부자면은

강산천지 노든현적 문장면펼 전해스니

가련한 우리인생 포발퐁등 이아닌가

은가정이와 귀간있어 노렴합을 있어뜨라

하목정애 잠관들어 친척을 반긴후애

집으로 돌라와서 몇날관 유람하며

남죽질 종반간애 이일정화 대간하고
동서각빈 슬푸도다 피찬서산 나이리라
내가온들 형이올까 형이온들 내가오리
속절없은 사별이라 휴생애 생남형지되여
차생 설치되여 관금관침애 회수 점지하여
일학이 열락하여 자진을 축수하면
치임포징이오나 차생설분 하사이다
창연이 작별하고 심사도 더욱 요란하다
금수하당 너른집애 부자난 주벽하고
자녀은 자우않자 언제한분 질기볼고
생시련가 꿈애련가 아침저녁 신혼시애
차자보고 어류많저 혀곡이 초창하여
용모숙모와 아맘이 쨍쨍
춘하잔인시필시와 일연삼백 육십일애
어느날 어느시애 이즐때 있스리오
출로문애 뜨있배는 늬어대로 행하느냐
많장수이를 실어다가 약수철이 건너가서
우리부자 귀신곳애 소소이 풀어다오
휼휼이 다던지고 무산일이 많당할고
활려왕부 배을차고 주말을 지버타고
지향없이 가자하니 동서남북 아득타다
상사사호 번을밭아 바득장귀 자신타니
귀제없어 아뉘되고 붕우들과 서역이나

자심하여 시상사을 있자하니
권들어찌 시우리요 일사면 도무서라
어서죽어 백골 진토되야
영혼은 높이날아 옥녹전강 높이가서
상기전애 원성하고 인동한섬 수기되여
귀가문애 잘되여 다당형지 복녹이 무량하여
이생설치 하여보세 별한가

제5장
단심곡

01 권영철본

『규방가사-신변탄식류』(권영철 편저, 효성여대 출판부, 1985, 463~468면)에 실려 있는 활자본이다. 현재로선 이 활자본이 유일본이지만 다른 이본의 발견을 기대하며 이본명을 붙였다. 권영철은 제목과 원문 사이에 다음과 같이 설명했다.

作者 : 未詳
出處 : 慶北 奉花郡 春陽面 宜陽里 權參事宅

나라를 잃음으로써 남편과도 이별하고 기다리는 심경을 읊은, 憂國慨世嘆과 女身因果嘆이 혼합된 작품이다.
명문화벌에 출가하여 시부모의 은택과 남편의 사랑을 받으면서,

부귀영화를 언약하였더니, 경술년에 세상이 변하여 남편은 이국땅으로 떠나게 되었다. 오늘이나 내일이나 소식 오기 기다리다 삼십을 넘고 보니 거울 대하기가 싫어진다. 男服을 하고 임을 찾아가 볼까 하나 그도 뜻과 같지 않고, 꿈 속에서 창공을 날아 임을 찾았으나 鷄鳴聲에 허사가 되고 말았다. 서울 친가의 친척댁에 가서 동기들을 만나 情話를 나누면서 가슴에 쌓인 회포를 잠시 풀어보기도 함으로써 슬픔의 노출을 절제한 모습을 보인다.

여기서는 권영철본 텍스트의 띄어쓰기와 행 구분을 그대로 옮겨 적었다.

〈단심곡〉

화산하 디명가의 이니몸 싱셰ㅎ야
조상님의 여쳔ㅈ익 은ㅅ금ㅅ 사랑속에
양친부모 긔디함은 여산약히 ㅎ엿서라
이구방연 조요시절 영남의 디셩ㅊㅈ
출가입승 ㅎ여보니 구고님 홍은혜택
미거신이 져져잇고 셩덕군ㅈ 님을만나
쥬여티산 깁흔인졍 일시원거 어려워라
화류츈풍 조흔ㅉ며 월명ㅅ창 깁흔밤의
금석갓치 굳은언약 양가의 보옥으로
왕니간의 영호ㅎ고 금동옥여 연싱ㅎ며
남의시조 도잣더니

경슐연 변복셰상 쮜여난 포부지화
치국평쳔 경운으로 신혼부부 만난졍을
헌신갓치 쩌쳐부고
부상의 이별회포 서리서리 서리담아
십삼도 고국산쳔 도라보고 도라볼젹
봄바람 잔물결의 낫서른 이역의서
고독시름 어이홀가
아침이슬 어렷스니 사향흐은 눈물인가
져역연긔 쩌엿스니 슬픈한숨 토함인가
고독인셰 한탄으로 간장이 엇더실고
유성도으 가는비가 이니홍삼 젹실젹의
구슬눈물 쏠여보고
명스십리 해당화는 빅화중 신션니라
무량하미 한이라니 니소회 너와갓다
물결이 치은터로 순풍이 부은터로
셰상을 둘여보면 쩌못맛난 사람들은
도중종젹 부평갓치 유낙흐니 만타하되
풍셜이 상셜갓흔 초나라 굴삼여와
졀긔놉흔 김시습과 시잘하는 김삿갓이
올치못한 쩌을맛나 유리포박 하엿다니
국파국망 한이되여 쳔의로 가신가군
조국안부 듯고보면 금의환양 할엿마은
이몸을 이즈신가

추쳔이 말갓난디 님의소식 물은후의
날갓치 어린간장 부모동긔 원별ᄒ고
추풍의 낙엽쳬로 이곳와 상심함을
아조이져 던졋난가
운산은 회포갓고 장강은 눈물갓다
요동의 화포주난 일모향관 어디연고
황학을 불관하고 빅운만 유유하다
하날은 일쳔이라 음신이 돈졀ᄒ니
님향ᄒ을 일편단심 어나시의 무상ᄒ리
춘싱추실 이수디로 낙엽이 시름돕고
만화방창 봄물식이 나을보고 비웃난듯
오날이나 소식올가 닌일이나 사람올가
기다리난 이셰월이 얼푸시 십삼셩상
말이야 십건만은 일일평균 십이시의
기다리난 이간장이 실낫갓치 걸엿구나
삼십이 넘어서니 자미업난 거울디히
이용을 고시ᄒ니 반이나 슉든모습
뉘을위히 이러한고
홀잇쳐 싱각ᄒ니 규중을 썰쳐나셔
남복을 긔착ᄒ고 일쳑챵마 치을쳐서
운산을 넘고넘고 하슈을 건너건너
님을ᄎ즈 닌가가셔 쳔슈만슈 미친원망
낫낫치 풀어볼가

동지장야 깁흔밤에 몽혼이 유유하여
창공에 놉히날아 그리든 임을만나
것흐로 눈물짓고 소회을 다못ᄒ고
무정한 져계성예 씨쳣구나 허셰로다
속타는 이마음의 창을열고 바라보고
송임의 눈이와셔 가지마다 쏫치피니
갓득이나 심난한디 안심ᄒ기 어려워라
두어라 상심ᄆᄌ 삼셩의 굿은연분
이도쏘한 초약이고 너두복녹 근본이라
남북양지 우리양인 구월국화 오상고졀
명심불망 쯧을삼아 송진시일 ᄒ다보면
금연티셰 디길운은 그린부부 만날더니
일히일비 반긴졍사 양곳부모 보이고져
고심노력 비는마음 쳔지신명 무심ᄒ리
남다른 편모소쳐 니가더욱 조으난듯
부디부디 시럼마스 풍운의 길시맛나
동부부긔 평친당 열친쳑지 졍화ᄒ고
화당만실 밍셰ᄒ오 산아산아 잘잇드가
만첩쳥산 풀으러서 님이늘아 오시는밤
중중촉촉 환영ᄒ리라
초목금슈 잘잇다가 춘거추실 이슈디로
삼쳔리 강토안의 너의본식 일치말고
님의환국 ᄒ은날의 형형식식 환영ᄒ리라

313

가친의 학향도덕 셰인이 추앙터니
철리원ᄉᆞ 슬푼서름 구곡이 ᄭᅳᆫ어질 듯
동서부지 어린동싱 언졔나 장성ᄒᆞ여
고목의 빅치날고 이게모다 회포로다
임인춘 하일비러 자모슉젼 조흔그늘
외조모 외슉쥬가 육십ᄀᆞᆸᄌᆞ 지나시고
빅셜임상 조흔풍쳬 열ᄎᆞ즁의 희소담낙
막상막하 그ᄌᆞ미가 일역서난 씨닷지못
어나세 ᄒᆞᄎᆞᄒᆞ니
종졔늬외 금슈ᄌᆞ딜 늬ᄶᅥ서 반긘졍ᄉᆞ
ᄭᅩᆺ슈풀이 만발ᄒᆞ니 기리유익 즐거워라
한양도 션명경치 쳐음이 아니오나
존고ᄌᆞ모 미셔한니 운ᄋᆡ의 잠긘심신
일분이나 트이난듯
오빅연 ᄉᆞ젹종묘 예이동방 우리나라
보면목이 어ᄃᆡ가고 서풍심조 어인일고
서울작쳔 우리사장 쳔제일시 모인좌석
션ᄀᆡᆨ이 강임한듯 여즁군ᄌᆞ 우리고모
유한경졍 종고모며 무망일석 향ᄎᆞᄒᆞ니
철운지졍 늑진졍회 슈일간 헛부도다
종졔이실 졔아김실 이노름 불참ᄒᆞ니
ᄃᆡ영입실 이겻나야
셰유부용 고은모양 그린지가 몃절인고

군즈숙여 만복실어 싱사부모 설치ᄒᄌ
조변석화 이시디의 ᄎ형의 미친시름
금연은 쾌이풀고 사시장춘 질기거니
만스가 즐겁도다
삼츈의 남은홍을 녹음쥬 겨워볼가
연묵을 나슈우니 무식이 뜻갓즈나
디강디강 니소회라
보시ᄂ니 웃지마오 니소원 승스ᄒ여
원근간 친시지졍 일즁연화 ᄒ오리라

만주망명과 가사문학 자료

제6장
사친가

01 권영철본

『규방가사 — 신변탄식류』(권영철 편저, 효성여대출판부, 1985, 578~583면)에 실려 있는 활자본이다. 현재로선 이 활자본이 유일본이지만 다른 이본의 발견을 기대하며 이본명을 붙였다. 권영철은 제목과 원문 사이에 다음과 같이 설명했다.

작자 : 미상

출처 : 경북 청송군 청송읍 월막동

왜정때 지어진 가사로, 3·1독립운동때 만주로 망명간 부친과의 생이별, 그 후 출가할 때 모친과의 이별을 슬퍼하였고, 여자이기 때문에 어머니를 만나러 갈 수 없는 신세를 한탄하고 있다.

독립운동가의 한 가정이 생생하게 묘사되어 있고, 이별의 동기나 내력이 자세하며, 생활상이 잘 나타나 서사성이 강한 작품이다. 1차적으로 가족이 헤어진 것을 슬퍼하였다. 국가적인 비운으로 인해 아버지가 만주로 떠난 데서 생긴 이별, 그 뒤 어머니와 동생을 남겨두고 출가함으로써 생긴 이별이 그것이다. 그러나 더 큰 한탄은 女身困果에 있다. 20년 가까이 친정의 소식을 알지 못하고, 하루같이 잊지 못하면서도 갈 수 없는 자기의 처지를 더 슬퍼하고 있기 때문이다.

일반적인 신변탄식작품들과 다른 점은 여성의 작품이면서도 시국에 관심이 많고, 비분강개하는 면이다.

여기서는 권영철본 텍스트의 띄어쓰기와 행 구분을 그대로 옮겨 적었다.

〈사친가〉

어와세상 사람들아 나의소히 드러보소
무정세월 약유파라 살갓치 닷난세월
엊그제 엄동셜한 어나사람 쏘찾기로
흔적업시 사라지고 째마츰 모춘이라
춘한이 아즉남아 세우가 션션키로
사람은 춥다하나 우주만물 초목군싱
절후를 제가아라 묵은싹 돗아나고
창천의 약간화분 덩이흙 헤쳐보니
거연의 묵은샤리 시싹이 돗아온다

묵은싹 다시보니 감기무량 이니회포
눈물이 압홀가너 이십연 과거사를
역역히 회고하니 세상사 일장춘몽
꿈속갓흔 이세월이 속절업시 흘러간다
사십미만 이니몸이 삼십칠세 사는동안
할일이 무엇이냐 밥먹고 잠자기야
계견인들 못할소냐 인싱의 중한일이
삼강오륜 몰낫스니 어화너일 가소롭소
규중행지 절통하다 여자의 가련하미
원부모 이형제와 만니원정 가신가업
감지지공 속절업고 고로의 나의편친
고초막심 셜음이라 이십년 긴세월이
흉중이 싸인원한 구의산 구름갓고
환하수 물과갓해 산고해심 싸힌회포
울고울고 쏘울어도 한이업난 셜음이라
억울한 여자유행 조흔닷 날이가나
밀실의 홀노안자 숨은눈물 긴한숨에
장우장한 밤을시와 아침의 이러나면
흔젹업시 조은기식 남우스면 나도웃고
히로익락 째를짜라 감각이 여상하나
그러하나 일편단심 주야장쳔 오미불망
이즐길이 잇셧든가
오늘은 틈을어더 십년의 지진일을

다시한번 드라보자 춘풍화기 가득하던
오가의 비운이야 삼쳘리 조선강토
시진한 운수던가 기미모춘 당도하니
조선의 삼쳘리가 도탄에 우즈질째
갈곳일은 조선동포 누구가 구원할고
열난한 실진쳥연 션비지도 부르지져
유아의 자모마남 대한의 윤예갓치
구토를 차질격의 장하신 우리야야
큰뜻은 품어시고 북으로 압녹강을
홀홀니 건너시니 당신의 가신뜻과
가신곳 어대런가 만사를 쩔치시고
즁원의 너른산하 포부를 펼치시려
협소한 죠선강산 뒤이두고 가셧건만
우미한 세낫가족 아모것도 몰낫스니
삼일이 지난후에 그제야 소식듯고
일가가 난리드라 두거불문 우리남미
편친시하 되엿스나 외로울사 우리남미
안수를 셔로잡고 우흐로 자친위로
시조읍고 대를일고 가산이 불셩모양
기막히난 그시안셩 이몸이 죽고죽어
빅골이 사라진들 이질길이 잇실소냐
신행견 이니몸이 무지졍을 신속하여
기미사월 초구월이 할일업시 써나간다

날보니난 우리자친 어린듯 졍신일고
단상이 모힌친척 사람마다 눈물이라
어화세숭 사람들아 여자의 삼종지도
누구가 마련햇노 셤셤약질 우리어마
주장업난 허다가사 날과의논 하시더니
이몸마자 보니시고 란마갓흔 거창가사
누와의논 하시니오 고혈한 모자분을
엇지두고 써나갈가 방문밧 썩나셔니
흐르나니 눈물이요 층게를 나려셔니
나오나니 통곡이라 엇지참아 써나갈가
억울한 여자유행 이길업시 못사난가
대문밧 나셔보니 할일업시 가는구나
셩인의 어진예법 나에게 원수로다
소슬한 이집안에 고혈하신 우리어마
동셔불변 어린아우 엇지두고 써나살가
자고로 작별하니 한둘이 아닐게요
써나는 그자리는 영웅도 울엇거든
아니울고 갈거시냐 가기난 가야겟고
차마써나 갈수업셔 일보이보 흐른눈물
평지의 아롱진다 인졍업난 교자쑨이
사졍업시 써나가니 할수업시 가는구나
심신이 포한하야 조흔일이 잇실소냐
그러나 졍한예졀 대달영 다시넘겨

종일을 지난후이 침실의 도라오니
차홉다 니자신이 죽지안여 사랏구나
누으니 잠이오나 잠업스니 헛된싱각
안전이 여러잇난 옛날니집 관셩이라
정드런 비인집에 모자분 마주안자
쓸쓸리 우시리라 멀리가신 우리야야
신변이 엇드신고 심혼이 시가되여
야속할사 이니몸이 양익이 잇셨던들
구말리 운소중이 놉히휠휠 나라가서
한양셩중 두루도라 견경을 두루도라
살핀후에 압녹강 건너가시 두루단여
오련만은 차홉다 규중종젹 범인으로
쉬울소냐 째마침 초하망간 녹음은
욱어지고 월셕은 만졍한대 싱각나니
수심이오 보이나니 슬품이라
뒤산이 두견셩은 귀촉도 슬피운다
두견아 무러보자 네몸은 시가되여
나래를 가졋거늘 촉도를 왜못가서
심야공산 명월하에 귀촉도 슬피우러
이친하고 우난나를 촌장여절 울니나냐
오날밤 월식짜라 네나레의 니몸실어
촉도를 가난길이 우리야야 게신곳에
나리노아 주고가라 북쳔을 쳑망하니

산박게 산이잇고 물건너 쏘물이라
져산을 넘어가면 기산도 잇스리라
져물을 건너가면 영수도 잇스리라
기산영수 차자가셔 소부허유 만나보고
우리야야 놉흔자최 반드시 아련마는
이들다 여자행지 일보가 극난하니
기산을 갈거시냐 영수를 무를것가
속졀업시 날이가니 봄이가고 가을온다
화조월셕 째를조차 춘거추래 밋번인가
꿈속갓치 살다보니 십팔년 긴세월이
순간갓치 지냇드라 아름업난 두줄눈물
북을향해 흘리기가 아마도 몃번이냐
장하신 우리야야 말리타국 긱관에셔
만단고초 격그시라 싱환고국 못하시면
고혈한 우리남미 그셔름을 엇지할가
완촉이 구든충졀 만고죽빅 드러온들
지하지도 우리남미 쳐도유한 단쳔지통
엇지참고 견대리오 그려도 사랏스니
먹고입고 살깃다고 할일이 못할일을
것침업시 능당하며 타도타행 단니면셔
져살기만 골몰하니 이목구비 이수하나
금수나 다를소냐 삼강오륜 몰낫스니
신체발부 큰은혜를 아나냐 모르나냐

한홉다 반춘이식 바야흐로 깁허가니
만화가 피리로다 그러나 이꼿친들
얼마하여 낙화되리 이봄도 지나가면
쏘다시 봄오리라 이후의 오난봄은
산쳔이만 오지말고 니가슴 깁히깁히
싸히고 싸힌원한 풀리난 봄이오라
두손을 놉히드러 명쳔쎄 기도하자
깁고깁흔 이니원한 명쳔쎄 기도한들
노쳔이 구령하니 이름이 잇실소냐
구곡간장 싸힌한과 억울한 이니회포
낫낫치 기록하여 다시한번 이만치
쓰고나셔 다시돌아 싱각하니 빅분일도
못다쓰고 지필이 그만이오
무식이 원수로다 할일업시 던젼오니
추락수필 이것을 이십년 싸인셜름
다젹엇다 하깃나냐
　　　　　게묘 이월 이십이일

저자약력

┃고 순 희
부경대학교 국어국문학과 교수
한국고시가문학회 부회장
한국고전여성문학회 회장(2014~2015)
저서 : 『고전시 이야기 구성론』, 『교양 한자 한문 익히기』
공저 : 『국문학의 구비성과 기록성』, 『우리 문학의 여성성·남성성(고
　　　전문학편)』, 『규방가사의 작품세계와 미학』, 『고전시가론』,
　　　『세계화 시대의 국어국문학』, 『한국고전문학강의』, 『한국의
　　　해양문화(동남해역 下)』, 『우리말 속의 한자』, 『국어국문학 50
　　　년』, 『부산도시 이미지』, 『조선통신사 사행록 연구총서 7』

만주망명과 가사문학 자료

초 판 인 쇄　2014년 02월 21일
초 판 발 행　2014년 02월 28일

저　　　자　고 순 희
발 행 인　윤 석 현
발 행 처　도서출판 박문사
책 임 편 집　최인노 · 김선은
등 록 번 호　제2009-11호

우 편 주 소　⑦ 132-702 서울시 도봉구 창동 624-1
　　　　　　　　북한산 현대홈시티 102-1106
대 표 전 화　02) 992 / 3253
전　　　송　02) 991 / 1285
홈 페 이 지　http://www.jncbms.co.kr
전 자 우 편　bakmunsa@hanmail.net

ⓒ 고순희　2014 All rights reserved. Printed in KOREA

ISBN 978-89-98468-24-8　94810
　　　978-89-98468-22-4　94810(세트)　　　정가 23,000원

* 이 책의 내용을 사전 허가 없이 전재하거나 복제할 경우 법적인 제재
　를 받게 됨을 알려드립니다.
** 잘못된 책은 구입하신 서점이나 본사에서 교환해 드립니다.